KNAUR

MICHAEL TSOKOS

Zerteilt

True-Crime-Thriller

KNAUR

Besuchen Sie uns im Internet:
www.knaur.de

Aus Verantwortung für die Umwelt hat sich die Verlagsgruppe Droemer Knaur zu einer nachhaltigen Buchproduktion verpflichtet. Der bewusste Umgang mit unseren Ressourcen, der Schutz unseres Klimas und der Natur gehören zu unseren obersten Unternehmenszielen. Gemeinsam mit unseren Partnern und Lieferanten setzen wir uns für eine klimaneutrale Buchproduktion ein, die den Erwerb von Klimazertifikaten zur Kompensation des CO_2-Ausstoßes einschließt. Weitere Informationen finden Sie unter: www.klimaneutralerverlag.de

FSC www.fsc.org MIX Papier | Fördert gute Waldnutzung FSC® C083411

Originalausgabe Oktober 2022
Knaur Taschenbuch

Ein Imprint der Verlagsgruppe
Droemer Knaur GmbH & Co. KG, München

Ein Projekt der AVA International GmbH
Autoren- und Verlagsagentur
www.ava-international.de
Covergestaltung: ZERO Werbeagentur, München
Coverabbildung: Collage unter Verwendung von Motiven von Shutterstock.com
Satz: Adobe InDesign im Verlag
Druck und Bindung: CPI books GmbH, Leck
ISBN 978-3-426-52868-6

2 4 5 3 1

Die Handlung in »Zerteilt« beginnt elf Wochen nach den Ereignissen in »Zerrissen« und findet zeitgleich zu den Geschehnissen in »Kaltes Land« statt.

Prolog

Die mannshohen Kirschlorbeerbüsche, die das gesamte Grundstück zur Straßenfront hin vor neugierigen Blicken abschirmten, warfen in der Abenddämmerung lange Schatten auf den akkurat gestutzten dunkelgrünen Rasen. Aus dem hinteren Teil des Gartens war das leise Surren des automatischen Mähroboters zu hören, der dort seine Bahnen zog.

Sie hatte bewusst auf der Straße vor dem Anwesen geparkt, nur wenige Meter entfernt von dem riesigen, gusseisernen Eingangstor entfernt. Das Tor stand seltsamerweise offen. Bisher hatte er immer sehr darauf geachtet, dass während seiner Anwesenheit genauso wie während seiner Abwesenheit das Tor verschlossen blieb. Am Anfang ihrer Beziehung hatte sie ihn oft damit aufgezogen, wie penibel er darauf achtete, dass alle Türen und Tore verriegelt waren. Mittlerweile hatte sie sich an seine Vorsicht gewöhnt und mit Erstaunen das Schlüsselset von ihm entgegengenommen, das ihr nicht nur Zugang zu seinem Landhaus hier draußen, sondern auch zu seiner Villa im Grunewald gewährte. »Ein Zeichen meiner Liebe«, hatte er ihr damals ins Ohr gehaucht.

Obwohl sie sich, um möglichst wenig Geräusche zu erzeugen, langsam und bedächtig auf der etwa dreißig Meter langen, ebenfalls mit Kirschlorbeerbüschen gesäumten Kiesauffahrt dem Haupthaus näherte, knirschten die trockenen Steinchen bei jedem ihrer Schritte in der Abendstille. Leise verfluchte sie ihre schwarzen Stiefel mit den glatten Ledersohlen.

Als sie hinter einer kleinen Biegung fast das mit zwei imposanten Löwen aus grauem Steinguss gesäumte Eingangsportal erreicht hatte, schallte ihr aufgeregtes, stakkatoartiges Stimmengewirr aus dem Haupthaus entgegen. Sie hielt abrupt inne. Im nächsten Moment war alles wieder still. Trotz des lauen Spätherbstabends fröstelte sie. Der Tonfall, der in dem Stimmengewirr mitgeschwungen hatte – sie vermochte nicht zu sagen, ob es sich um zwei oder mehr Personen handelte, die dort anscheinend verbal aneinandergeraten waren –, machte ihr Angst. Es hatte sich nach Empörung und Ärger, vielleicht aber auch nach Wut angehört, selbst wenn sie kein einziges Wort, das da lautstark gesagt oder wahrscheinlich eher geschrien worden war, verstanden hatte.

Sie sah sich um. Kein fremder Wagen parkte in der Einfahrt. Lediglich sein schwarzer Jaguar stand vor der Doppelgarage, wie immer. Die Garage nutzte er nie für seine Fahrzeuge, sie war Abstellraum für allerlei Utensilien und Zubehör für seine diversen Wassersportaktivitäten.

Ein ungutes Gefühl beschlich sie. Nur selten empfing Ludger hier Gäste. Das Haus war sein Refugium, sein Rückzugsort vom hektischen Stadtleben.

Vielleicht mache ich mich doch besser bemerkbar?, fragte sie sich.

Aber gerade, als sie sich durch lautes Rufen seines Namens bemerkbar machen wollte, hielt sie erneut abrupt inne.

Die massive Ebenholzhaustür mit dem großen, messingfarbenen Türklopfer in Fischform stand spaltbreit offen.

Vorsichtig, Schritt für Schritt, noch behutsamer als schon zuvor, trat sie auf die Stufen des Eingangsportals zu. *Irgendetwas stimmt hier ganz und gar nicht!*

Sie spürte, wie ihr Herz plötzlich schneller schlug, ihre

Handflächen feucht wurden. Beinahe wäre ihr der Schlüsselbund entglitten. Hilfe suchend drehte sie sich um, doch das Grundstück mit den hohen Büschen schirmte sie von der Außenwelt ab. Schließlich nahm sie all ihren Mut zusammen und ging die vier breiten Stufen hoch. Sie blieb kurz stehen, ehe sie die schwere Eingangstür leise weiter öffnete.

Für einen Moment verharrte sie an der Schwelle.

Es herrschte völlige Stille im Inneren des großen Hauses. Sie trat in die mit Marmor geflieste und mit dunklem Edelholz getäfelte Diele. Die Kühle des Hauses, die sie im Sommer immer so geschätzt hatte, ließ sie jetzt noch mehr frösteln. Sie spürte, wie eine merkwürdige Nervosität von ihr Besitz ergriff. Während sie noch überlegte, ob sie sich jetzt bemerkbar machen oder leise weiter in das Innere des Hauses vordringen sollte, um dort nach dem Rechten zu sehen, krachte ein Schuss.

Sie erstarrte. Im letzten Moment konnte sie den Schrei unterdrücken, der in ihr hochstieg. Dann näherten sich Schritte. Marie drehte sich panisch in der weitläufigen Diele nach einem Versteck um.

I

**Berlin-Lankwitz,
Ufer des Teltowkanals,
21. Oktober, 08:53 Uhr**

Fred Abel war an diesem Morgen der Frühbesprechung der rechtsmedizinischen Spezialeinheit »Extremdelikte« des BKA, die ihren Sitz in den Treptowers hatte, ferngeblieben. Das Bürogebäude war mit seinen einhundertfünfundzwanzig Metern das höchste Gebäude der Hauptstadt im Berliner Ortsteil Alt-Treptow.

Gemeinsam mit Beamten von Feuerwehr, Schutzpolizei und Berliner Landeskriminalamt sollte Fred Abel die Bergung einer Wasserleiche an ihrem Fundort am Ufer des Berliner Teltowkanals rekonstruieren. Allerdings handelte es sich in diesem Fall nicht um eine gewöhnliche Wasserleiche, sonst wäre er nicht in den Zuständigkeitsbereich der rechtsmedizinischen Spezialisten für »Extremdelikte« gefallen.

Der aus Sicht von Abel notwendigen Rekonstruktion war vorausgegangen, dass eine Woche zuvor der leblose Körper, im Teltowkanal in Berlin-Lankwitz treibend, von einer Spaziergängerin entdeckt und kurze Zeit später von den alarmierten Rettungskräften aus dem Wasser geborgen worden war. Eine Notärztin hatte die Tote, die später als eine zweiundsechzigjährige Frührentnerin aus Berlin-Lankwitz identifiziert werden konnte, noch eine knappe Stunde lang am Uferstreifen vergeblich zu reanimieren versucht. Die Handtasche der Verstorbenen war wenige Meter entfernt von ihrem Fundort in der Uferböschung entdeckt worden.

Weil zunächst alles nach einem Suizid ausgesehen hatte, da die Frau nach Angaben ihres Lebensgefährten depressiv gewesen sei, war damals kein Rechtsmediziner angefordert worden. Zwei Tage später hatte sich aber bei der Obduktion der Toten im Berliner Landesinstitut für gerichtliche und soziale Medizin der Verdacht auf eine todesursächliche äußere Gewalteinwirkung beziehungsweise ein Tötungsdelikt ergeben. Bei der Präparation des Kehlkopfskeletts und des Zungenbeins der Toten waren mehrere Brüche dieser Strukturen und zusätzlich dickschichtige Einblutungen in die Halsweichteile festgestellt worden. Und so war Doktor Fred Abel von der rechtsmedizinischen Spezialeinheit »Extremdelikte« des BKA ins Spiel gekommen.

Natürlich bestand auch die Möglichkeit, dass es sich bei den Halsverletzungen der Frührentnerin um ein Artefakt handelte, weil sie nichts mit dem Ableben der Frau zu tun hatten, da sie zum Beispiel entweder auf einen agonalen Sturz auf einen Gegenstand am oder im Wasser des Teltowkanals oder auf die Folge einer forcierten, um nicht zu sagen, unsachgemäßen Bergung ihres Leichnams zurückzuführen waren. Abel hatte in seinen fast fünfundzwanzig Jahren als Rechtsmediziner schon etliche Fälle gesehen, bei denen zunächst eine Gewalteinwirkung durch fremde Hand vermutet wurde, die sich dann als Bergungsverletzung herausstellte. Deshalb mussten auch in diesem Fall zunächst die genauen Abläufe der Leichenbergung exakt rekonstruiert werden. Und das konnte nur vor Ort erfolgen, am Schauplatz des Geschehens und mit denselben Personen, die damals die Frau aus dem Wasser geborgen hatten.

Die Morgenluft war noch kühl, und Abel fröstelte leicht, als er zwei Feuerwehrmännern zusah, wie diese einen bekleideten Dummy, eine lebensgroße Puppe aus Kunststoff, in Richtung des Kanalufers trugen. Nachdem die beiden den Dummy auf dem mit Gras und Unkraut überwucherten Uferstreifen des Teltowkanals abgelegt hatten, gesellten sich weitere vier Kollegen der Berufsfeuerwehr zu ihnen sowie zwei uniformierte Schutzpolizistinnen, die wie die Feuerwehrleute eine Woche zuvor bei der Leichenbergung aus dem Kanal anwesend gewesen waren. Auch zwei Beamte der sechsten Mordkommission des Berliner Landeskriminalamts waren vor Ort.

»Also, ich fasse die Obduktionsergebnisse der Kollegen vom Landesinstitut noch einmal zusammen, damit wir alle auf demselben Stand sind«, wandte sich Abel mit lauter Stimme an die Umstehenden. »Zeichen eines längeren Aufenthaltes der Frau vor ihrer Auffindung im Wasser, wie zum Beispiel Waschhautbildung, fanden sich an der Toten nicht. Ergo kann sie erst kurze Zeit vor ihrer Entdeckung in den Kanal gelangt sein. Dass ihre Handtasche dort drüben …« – Abel zeigte auf eine etwa sechs Meter entfernte Uferböschung, hinter der eine vierspurige Schnellstraße in Richtung Berlin-Tempelhof verlief und von der immer wieder die Geräusche vorbeifahrender Autos herüberdrangen – »… gefunden wurde, spricht ebenfalls dafür, dass sie nur kurze Zeit vor der Entdeckung durch eine Spaziergängerin ins Wasser gelangt sein muss. Sonst wäre sie zweifellos abgetrieben, wenn ich mir die Strömung hier so ansehe. Und das bestätigt zudem die Arbeitshypothese der zuständigen Mordkommission, dass sie hier ins Wasser gelangt ist.«

Abel machte eine kurze Pause und sah zu den beiden Beamten der Mordkommission, die daraufhin zustimmend nickten.

»Die Obduktion ergab als Todesursache ein Ertrinken. Daran habe ich aufgrund der Befunde, die die obduzierenden Kollegen vom Landesinstitut erhoben haben, keine Zweifel: punktförmige Unterblutungen der Lungenüberzüge, schaumiger Inhalt in den Bronchien und eine trockene Überblähung der Lungen. Allerdings steht die Frage im Raum, ob die Frau freiwillig, in suizidaler Absicht, oder im Rahmen eines wie auch immer gearteten Unfalls hier in den Teltowkanal gelangt ist, oder ob sie Opfer eines körperlichen Angriffes mit Gewalteinwirkung gegen ihren Hals wurde. Die Kollegen fanden nämlich Verletzungen ihres Kehlkopfskeletts und des Zungenbeins.«

Einige der Umstehenden nickten stumm, andere murmelten etwas zu ihren jeweiligen Nachbarn.

Abel registrierte neben den neugierigen Blicken eine gespannte Stimmung, vermutlich in Bezug darauf, welche weiteren Ausführungen er wohl noch machen würde. Allerdings war er mit seiner Sachverhaltsschilderung schon fast am Ende und schob nur noch kurz hinterher: »Ach ja, wichtig für die Gesamtbeurteilung ist die Tatsache, dass die Tote zum Zeitpunkt der Obduktion und damit auch zum Zeitpunkt ihres Todes Spuren eines Beruhigungsmittels im Blut hatte. Allerdings ist eine Aufhebung ihrer Handlungsfähigkeit aber aufgrund der geringen Konzentration nach Aussage unseres Toxikologen Doktor Fuchs nicht anzunehmen. Und deshalb sind wir heute hier, um zu klären, inwiefern die Halsverletzungen vielleicht ein Artefakt sind, oder ob es sich möglicherweise um eine Straftat handelt.«

Abel trat einen Schritt auf einen der Feuerwehrleute zu,

einen drahtigen Mann mit grau melierter Kurzhaarfrisur, den er auf etwa Mitte vierzig schätzte und der sich ihm vorhin als Dienstgradältester und Verantwortlicher der Berliner Feuerwehr an diesem Tag vorgestellt hatte.

»Wenn Sie so weit sind …«, sagte Abel mit einer kurzen Kopfbewegung in Richtung des Dummys.

Der Angesprochene, in der blauen Schutzkleidung – samt gelblichen Leuchtstreifen um die Ärmelmanschetten und an Vorder- und Rückseite der festen Jacke –, rief daraufhin seine Kollegen auf: »Achim, Yannick, Judith, Nick, stellt euch auf! Zeigt dem Doktor, was genau ihr mit der Frau gemacht habt. Wie ihr sie rausgezogen habt und wie ihr dann hier an Land mit ihr vorgegangen seid.«

Erst jetzt erkannte Abel, dass sich eine Frau unter den Feuerwehrleuten befand, die ihm bisher durch die unvorteilhaft geschnittene Uniform und den riesigen zitronengelben Helm auf dem Kopf nicht aufgefallen war.

Die vier Angesprochenen traten an den Dummy heran, hoben ihn auf und trugen ihn an die Wasserkante.

»Yannick hat sie allein rausgezogen, er war als Erster am Ufer und an ihr dran«, sagte einer von ihnen.

»Okay, Yannick. Dann zeig mal, was du gemacht hast«, forderte sein Chef ihn auf.

Die als Judith angesprochene Frau und ein beleibter Kollege drehten die Puppe auf den Bauch und schoben sie mit den Füßen voran in den Teltowkanal, wobei sie darauf achteten, dass der Dummy nicht von der Strömung abgetrieben wurde. Ein weiterer der Männer, ein massiger Kerl undefinierbaren Alters, bei dem es sich um den angesprochenen Yannick handeln musste, beugte sich hinab, griff in den geschlossenen Kragen der Jacke, mit der die Puppe bekleidet war, und zerrte sie durch ruckartiges Reißen am Kragen die Böschung hinauf. Dann richtete er sich auf und sagte: »Genau so. Genau so habe ich sie da rausgeholt.«

☠ ☠ ☠

2

Berlin-Kreuzberg,
Wohnung von Marie Lindweg,
21. Oktober, 08:54 Uhr

Als Marie gegen 02:30 Uhr nachts vom Polizeipräsidium in Potsdam nach einer gefühlt endlosen Befragung durch die dortigen Beamten in ihre Wohnung zurückgekehrt war, war sie zitternd auf der Couch zusammengebrochen. Das Bild von Ludger hatte sich vor ihrem inneren Auge förmlich eingebrannt: sein Kopf in der immer größer werdenden dunkelroten Blutlache. Sie hatte den Rest der Nacht schluchzend und frierend in Schuhen und Jacke, nur in eine dünne Decke eingewickelt, in ihrem Wohnzimmer verbracht. Und immer, wenn ihre Augen vor Erschöpfung zugefallen waren, hatte sie Ludgers Kopf in einer Blutlache gesehen.

Vorsichtig streckte sie jetzt ihre tauben Glieder und streifte die Straßenschuhe von den Füßen, die mit einem dumpfen Geräusch auf den Holzboden fielen. Sie wusste nicht, ob sie geschlafen hatte, aber wenn, dann konnte es nicht lange gewesen sein. Ihr Kopf dröhnte, und in ihrem Mund hatte sich ein schaler Geschmack breitgemacht. Langsam sickerte die ganze Tragweite der Situation in ihr Bewusstsein. Ludger war eiskalt erschossen – ermordet – worden. Übelkeit stieg in ihr auf.

Was gestern Abend nach dem tödlichen Schuss genau passiert war, lag in ihrer Erinnerung wie in einem Nebel.

Ihr Anruf beim Polizeinotruf. Die Stimme, die ihr gesagt

hatte, sie solle im Haus warten und ruhig bleiben und sich erst lautstark und vernehmlich zu erkennen geben, wenn Polizeibeamte vor Ort eingetroffen waren. Die Ewigkeit, die es gedauert hatte, bis weit weg mehrere Martinshörner ertönten, die zunehmend lauter geworden waren. Die Fahrzeuge, die sich unter Knirschen auf der kiesbedeckten Einfahrt dem Haupthaus näherten. Und schließlich die Beamten, die sie aufgelöst neben Ludger gefunden und nur mit Mühe in den Nachbarraum gebracht hatten.

Das ist nur ein Traum, Marie! Das ist alles nicht wirklich passiert!, hatte sie sich immer wieder und wieder eingeredet. Aber es war kein Traum gewesen. Es war die Realität. Eine brutale und erbarmungslose Realität. Eine Realität, fast zu monströs, um wahr zu sein, hatte dennoch von einer Minute auf die andere Einzug in ihr Leben gehalten.

Mal wieder. Als ob der Tod des eigenen Kindes in einem Leben nicht genug wäre …

Ihre Zähne klapperten, und ihre Fingerspitzen waren vor Kälte weiß und ohne jedes Gefühl, als sie sich jetzt völlig benommen erhob. Die Sofadecke über den Schultern, schlurfte Marie zum Heizkörper unter dem Wohnzimmerfenster und drehte ihn mit ihren tauben Fingern – ein Phänomen, das sich bei ihr mit zunehmendem Alter jedes Jahr stärker bei Kälte bemerkbar machte – unbeholfen auf die höchste Stufe. Dann ging sie in die Küche und setzte Wasser auf.

Kurze Zeit später – am Küchentisch, eine Tasse heißen, ungesüßten grünen Tee vor sich, an dem sie ihre Hände wärmte – musste sie sich eingestehen, dass ihr die Situation über den Kopf wuchs. Ludgers Tod würde sie ohne Hilfe nicht verkraften.

Der digitale Radiowecker auf dem alten Küchenunterschrank zeigte 09:05 Uhr. Sie sollte sich in knapp einer Stunde, um zehn Uhr, in der Keithstraße beim LKA zu ihrer erneuten Vernehmung als Zeugin einfinden. In der Nacht war zwischen den Brandenburger und Berliner Polizeibehörden vereinbart worden, dass die weiteren Ermittlungen aufgrund von Ludgers Hauptwohnsitz in Berlin über die hiesige Mordkommission laufen würden.

Der Gedanke an eine weitere Befragung ließ Panik in ihr aufsteigen. Tränen traten ihr in die Augen, leise schluchzend trank sie ihren Tee. Sie fühlte sich fürchterlich allein. Erneut hatte das Leben ihr eine geliebte Person entrissen. Sie spürte, wie sich dieser dunkle Schmerz ihrer bemächtigte, der nach Lillys Tod ihr ständiger Begleiter geworden war. Sie hatte keine Kraft mehr, zu kämpfen. Doch wer würde ihr nach dem gestrigen Vorfall schon helfen?

Marie schaute wehmütig auf das Foto, das an der gegenüberliegenden Küchenwand hing und ihre verstorbene Tochter Lilly als stolzes Schulkind zeigte. Und plötzlich wusste sie, wen sie um Hilfe bitten würde.

Ich rufe ihn jetzt an. Er ist der Einzige, dem ich vertrauen kann. Er wird mir helfen. Er wird wissen, was zu tun ist …

Sie ging zurück ins Wohnzimmer, dort lag ihr Handy auf dem gläsernen Couchtisch. Sie öffnete ihre Kontakte und rief die Nummer des Mannes auf, zu dem sie seit drei Jahren, seit dem Tod ihrer gemeinsamen Tochter, jeglichen Kontakt nicht nur gemieden, sondern strikt abgelehnt hatte.

Dann drückte sie auf die Anruftaste.

☠ ☠ ☠

3

Berlin,
Treptowers, BKA-Einheit »Extremdelikte«,
Büro Prof. Paul Herzfeld,
21. Oktober, 11:49 Uhr

Die Mühe war leider umsonst, deinen Ausflug an den Teltowkanal heute Morgen hättest du dir sparen können. Die Damen und Herren der sechsten Mordkommission haben mich gerade informiert: Eine Fremdeinwirkung bei deiner Leiche aus Lankwitz kann definitiv ausgeschlossen werden. Die Ermittlungen sind eingestellt worden«, sagte Professor Paul Herzfeld, Leiter der rechtsmedizinischen Spezialabteilung »Extremdelikte«, zu seinem Stellvertreter.

Abel warf seinem Freund und Mentor einen fragenden Blick zu. Er war vor wenigen Minuten in den Treptowers angekommen und hatte begonnen, Herzfeld von der Rekonstruktion der Bergung der Wasserleiche unter Beteiligung der am Einsatz beteiligten Rettungskräfte zu berichten. Doch er war nur bis zu der Äußerung gekommen, dass ihm das ruckartige Reißen am Kragen der Jacke dazu geeignet erschien, die Verletzungen am Kehlkopf und dem umgebenden Weichgewebe im Sinne von Strangulationsbefunden zu erklären.

»Ich verstehe nicht ganz, was macht dich da so sicher, Paul? Ich meine …«

»Es gibt neue Erkenntnisse«, unterbrach Herzfeld ihn.

In diesem Moment vibrierte Abels Handy in der Innentasche seiner Lederjacke, aber er ignorierte den Anruf, denn er wollte erst einmal hören, was Herzfeld ihm zu sagen hatte.

»Vor nicht einmal zehn Minuten kam eine Mail der Sechsten, in der stand, dass bisher unbekanntes Videomaterial von einer Überwachungskamera auf dem Industriegelände aufgetaucht ist, das direkt neben dem Leichenfundort liegt«, fuhr Herzfeld fort. »Darauf ist eindeutig erkennbar, dass sich die Verstorbene allein und langsamen Schrittes der Wasserkante des Teltowkanals nähert. Keine andere Person weit und breit. Und dann sieht man, wie sie ins Wasser springt …«

Abel nickte kurz, ehe er sagte: »Okay, nicht das Schlechteste für alle Beteiligten.« Nach einer kurzen Pause schob er nach: »Wenn man mal von der Betroffenen selbst absieht.« Dann verabschiedete er sich.

Ein offener Fall weniger auf meiner Liste, dachte er erleichtert bei Verlassen von Herzfelds Büro. Da vibrierte das Handy in seiner Innentasche erneut.

4

Berlin-Wedding,
Wohnung von Lars Moewig,
21. Oktober, 11:54 Uhr

Verdammte Scheiße, Freddy … Geh doch endlich ran.

Lars Moewig ging wie ein Tiger im Käfig zwischen dem Wohn- und Schlafzimmer und der Küche seiner vor wenigen Monaten bezogenen kleinen Wohnung im Wedding hin und her.

Es war zwar erst sein zweiter Versuch – innerhalb von gerade mal fünf Minuten –, seinen Freund auf dessen Handy zu erreichen, aber er brauchte dringend Informationen von dem BKA-Beamten. Zwar konnte er sie sich als Privatermittler auch irgendwie selbst beschaffen, aber das hätte einige Zeit in Anspruch genommen. Zeit, die er nicht hatte. Er brauchte die Infos jetzt. Sofort. Das Handy mit dem monotonen Freizeichen immer noch am Ohr, warf er einen Blick aus dem Küchenfenster.

Im Sommer war er kurz entschlossen aus seiner heruntergekommenen Wohnung in einer anonymen Mietskaserne am Heckerdamm in Charlottenburg-Nord ausgezogen und in seinen Kiez, den Wedding, zurückgekehrt. Seine finanzielle Lage als Privatermittler hatte diesen Umzug ermöglicht, obwohl es eigentlich die illegalen Machenschaften seiner direkten Nachbarn waren, zwei Mitglieder einer berühmt-berüchtigten Verbrecherorganisation, die ihn mehr oder weniger zu einem Umzug gezwungen hatten, wollte er sein Leben nicht bei einer Auseinandersetzung mit diesen Kriminellen riskieren.

Er ließ seinen Blick erneut aus dem Küchenfenster schweifen. Seine jetzige Wohnstraße war Tristesse pur und der Wedding einer von vielen Berliner Problemstadtteilen, in denen die Uhren gänzlich anders schlugen als in den schicken Villenvierteln, den eleganten Einkaufsstraßen oder dem Regierungsviertel der Hauptstadt. Abgebröckelte und mit Graffiti beschmierte Häuserfassaden, Ein-Euro-Shops neben Dönerläden und Shisha-Bars, heruntergekommene Autos, allesamt älteren Baujahrs, am Straßenrand und achtlos vor der Haustür entsorgter Sperrmüll. Trotzdem liebte Moewig den Wedding. Hier war er geboren, und hier gehörte er hin. Auch wenn ihn seine diversen Auslandseinsätze, zunächst als Bundeswehrsoldat in Afghanistan, danach als Fremdenlegionär und später als Sicherheitsberater – eine euphemistische Umschreibung seiner damaligen Tätigkeit als Söldner –, in verschiedene Länder in Nahost und in Afrika geführt hatten. Länder, die durchaus mehr zu bieten hatten als sein verwahrloster Kiez, und dennoch hatte es ihn immer wieder hierher zurückgezogen.

Moewig war in einfachen Verhältnissen aufgewachsen. Von seinen afroamerikanischen Vorfahren hatte er die dunkle Haut geerbt.

Seit seine Tochter vor drei Jahren gestorben war, hatte es ihn nicht mehr hinaus in die Welt gezogen, er spürte, dass sein Platz in der Nähe von Lillys Grab war und er sie nicht noch einmal, wie früher so oft, zurück- und allein lassen durfte. Deshalb hatte er damals eine Gewerbelizenz als Privatdetektiv beantragt und schlug sich seitdem durchs Leben mit der Observation untreuer Ehemänner, dem Aufspüren angeblich gestohlener Fahrzeuge und anderer vermeintlicher Betrügereien für Versicherungsgesellschaften und manchmal als Security-Berater für mittelständische Unternehmen.

Während er noch seinen Gedanken nachhing, hörte er am anderen Ende der Leitung die Stimme seines alten Freundes.

»Lars? Du schreibst doch höchstens mal eine SMS und rufst sonst nie an. Ist alles in Ordnung?«

Abel hatte mit seiner Bemerkung recht, denn Moewig hasste Handys. Nicht nur wegen der damit verbundenen permanenten Erreichbarkeit, sondern auch wegen der Möglichkeit der Ortung eines Handynutzers. Ein Umstand, der für seinen Job definitiv kein Vorteil war. Deshalb steckte sein Handy auch die meiste Zeit ausgeschaltet in seiner Jackentasche oder lag im Handschuhfach seines alten Lada Niva.

»Nein, gar nichts ist in Ordnung, Freddy«, erwiderte er mit belegter Stimme. »Marie wurde gestern Abend Zeugin, wie ihr Freund erschossen wurde.«

»Wie bitte? Ist das dein Ernst? Wie geht es Marie?«, fragte Abel am anderen Ende der Leitung mit erschrockener Stimme.

»Es geht ihr den Umständen entsprechend. Sie war in einem anderen Raum des Hauses, als der Schuss fiel. Sie hörte den Knall, als sie gerade das Haus betreten hatte, und hat sich dann versteckt. Für sie bestand wohl keine unmittelbare Gefahr, da der Schütze nichts von ihrer Anwesenheit wusste. Aber … Ich brauche deine Hilfe, Fred. Ich benötige dringend Informationen über Ludger Bartrück. Das ist sein Name … ich meine, war sein Name. Maries Freund. Ich muss wissen …«

»Moment«, unterbrach Abel ihn. »Der Reihe nach, Lars.

Erzähl mir erst genau, was passiert ist. Damit ich mir ein Bild machen kann. Die sieben Ws, du weißt schon.«

Moewig wusste nur zu gut, worauf sein alter Freund und Lebensretter anspielte. Die sieben Ws standen für die in der Kriminalistik am Anfang jeder Ermittlung stehenden sieben W-Fragen, deren Beantwortung zur Beurteilung eines Sachverhalts nicht nur essenziell, sondern auch ausschlaggebend für die weitere Planung der Ermittlungstaktik waren, nicht zuletzt, um unter Zeitdruck Prioritäten zu setzen: *Was* ist *wo, wann, wie* und *warum* geschehen? *Wer* war beteiligt, und *woher* stammt diese Information?

In Moewigs Kopf schossen Dutzende Gedanken umher. Er versuchte, sich zu konzentrieren.

»Der Reihe nach. Bitte, Lars. Wir können uns aber auch gern hier bei mir im Büro treffen, wenn du das möchtest. Du kannst …«

»Nein, es ist eilig, Fred«, unterbrach er Abel nun seinerseits und bemühte sich, ruhig zu klingen.

Fred hat recht. Ich muss ihm alles erzählen, nur so kann er mir helfen …

»Ich darf keine Zeit verlieren. Also, Marie hat seit einem knappen Jahr einen neuen Freund. Ich wusste bis heute Morgen nicht, dass sie in einer festen Beziehung ist, weil wir seit Lillys Tod vor drei Jahren keinen Kontakt mehr hatten.«

Bis auf meine von Marie nie beantworteten SMS zweimal im Jahr. Zu Lillys Geburtstag und zu ihrem Todestag.

»Ich habe sie das letzte Mal bei Lillys Beerdigung gesehen.«

Moewigs Stimme wurde brüchig.

»Das wusste ich nicht, Lars. Das tut …«

»… nichts zur Sache, Fred. Marie ist gestern am frühen

Abend zu ihrem Freund, diesem Ludger Bartrück, rausgefahren. Nach Teupitz, südliches Brandenburg. Er hat da ein Wochenendhaus. Na ja, vielmehr einen imposanten Landsitz, nach dem, was Marie mir vorhin berichtet hat. Sie wollte ihn mit ihrem Besuch überraschen. Sie wusste, dass er dort ist, weil er sich am Vormittag mit einem Geschäftspartner in Leipzig treffen und die Nacht über in Teupitz bleiben wollte.

Marie fährt also zu ihm, und als sie sich dem Haus nähert, hört sie Stimmen. Eine kurze, aber heftige verbale Auseinandersetzung. Kurz danach kracht ein Schuss. Marie, die sich zu jenem Zeitpunkt bereits im Eingangsbereich in der Diele befindet, versteckt sich sofort in einem von der Diele abgehenden Gästebad. Als sie dann Schritte auf der Auffahrt hört, die sich vom Haus wegbewegen, lugt sie aus dem Badezimmerfenster und macht ein Handyfoto von dem mutmaßlichen Schützen, von dem Mann, der gerade das Haus verlassen hat.«

»Wow, das ist nicht nur sehr mutig, sondern auch blitzschnell und richtig reagiert. Was sieht man auf dem Foto?«, fragte Abel.

»Du kennst sie, Fred. Auf Maries Intuition konnte man sich schon immer verlassen. Sie tut eigentlich stets das Richtige im richtigen Moment«, erwiderte Moewig, dessen Gedanken zu seiner ehemaligen Lebensgefährtin, der Mutter seines einzigen, viel zu früh verstorbenen Kindes abschweiften. Aber sofort war er wieder fokussiert.

»Das Handyfoto zeigt einen Mann, allerdings nur von hinten. Er trägt einen schwarzen Overall mit Kapuze und dunkelblaue Latexhandschuhe. Als er das Haus verließ, hatte er die Kapuze noch auf. Das hat Marie beobachtet, als sie sich mit ihrem Handy in Position brachte. Aber in dem Moment, in dem Marie die Aufnahme macht, streift er die Kapuze herunter. Das Entscheidende dabei ist: Während er danach greift, rutscht der Ärmel des Overalls ein Stück herunter und enthüllt am erhobenen linken Unterarm den kleinen Ausschnitt eines Tattoos. Irgendein Tribal-Motiv, schlangenförmige Linien, so wie sie es mir beschrieben hat.«

»Und das konnte Marie von ihrem Versteck aus tatsächlich fotografieren?«, fragte Abel ungläubig.

»Da das Haus etwas erhöht gebaut ist, war Maries Perspektive ideal«, erwiderte Moewig knapp.

»Und dann?«

Moewig spürte die Anspannung in seiner Stimme.

»Dann nichts. Dann war er auch schon weg. Marie hat noch einige Zeit im Gästebad gewartet, ob er vielleicht zurückkommt, und ist dann ins Wohnzimmer geeilt. Dort lag Bartrück auf dem Rücken, eine riesige Blutlache unter seinem Kopf. Das Projektil ist wohl in der Mitte der Stirn eingetreten. Sie hat dann den Notruf gewählt.«

»Okay, ich hab jetzt einen ersten Überblick. Das Brandenburger Landeskriminalamt ist involviert und hat Marie bereits befragt, nehme ich an?«

»Korrekt. Das war gestern Abend. Sie war bis nach Mitternacht in Potsdam im Präsidium. Dort wurde ihr mitgeteilt, dass das Berliner LKA wegen des Hauptwohnsitzes von Bartrück in Berlin übernehmen würde und für seine Ermordung zuständig sei, allerdings in Zusammenarbeit mit den Brandenburger Kollegen. Sie ist jetzt gerade in der Keithstraße und wird dort als Zeugin vernommen.«

»Du stehst mit ihr in engem Kontakt?«

»Ja, Fred«, sagte Moewig und hatte Mühe, seine Stimme kräftig klingen zu lassen. »Ich bin froh, dass sie sich heute Morgen bei mir gemeldet hat. Dass sie mir anscheinend wieder vertraut …«

»Das ist gut. Was genau soll ich tun, Lars?«

»Ein paar Dinge bereiten mir riesige Sorgen. Erstens, der Mann, der das Haus verlassen hat, der Schütze, war ein Profi. Zumindest sagt mir das mein Gefühl. Zweitens, das Foto, das Marie gemacht hat, wird von der Polizei in den nächsten Tagen mit Sicherheit zu Fahndungszwecken eingesetzt. Das Tattoo wird seinen Weg in die Öffentlichkeit finden, davon bin ich überzeugt. Eine groß angelegte Öffentlichkeitsfahndung wird beginnen, sollte die Polizei bis dahin keinen Verdächtigen oder zumindest eine heiße Spur haben. Wir wissen beide, wie so was läuft.«

Moewig hörte ein zustimmendes Grunzen von Abel am anderen Ende der Leitung.

»Und das bedeutet …«, fuhr Moewig fort.

»… der Schütze wird zwangsläufig erfahren, dass bei seiner Tat ein Zeuge zugegen war«, beendete sein Freund den Satz.

»Ganz genau, Fred. Wenn auch nur eine indirekte Zeugin, denn die Schussabgabe hat Marie ja nicht gesehen. Aber sie …«

»Moment«, wurde er von Abel unterbrochen, »könnte es nicht sein, dass das Foto von einer Überwachungskamera auf dem Gelände stammt? Ich könnte mich dahinterklemmen, dass das von den zuständigen Ermittlern im Rahmen der Öffentlichkeitsfahndung so kommuniziert wird.«

»Vergiss es, Fred. Ich sage doch, ich bin mir sicher, da war ein Profi am Werk. Der oder die haben das vorher gecheckt.

Weder am noch im Haus oder irgendwo auf dem weitläufigen Grundstück gibt es laut Marie Kameras.«

»Sackgasse«, erwiderte Abel mit zerknirscht klingender Stimme am anderen Ende.

»Ich befürchte«, fuhr Moewig fort, »dass Marie in Gefahr geraten, sogar ins Visier des Täters geraten könnte. Sie hat ihn schließlich gesehen und könnte ihn in einem Prozess anhand des Tattoos identifizieren. Wenn der Schütze und seine Hintermänner …«

»Hintermänner?«, fragte Abel alarmiert. »Was meinst du mit Hintermännern? Lars, worauf willst du hinaus?«

»Ludger Bartrück war nicht der, der er vorgab, zu sein«, erwiderte Moewig.

»Was heißt das?«, wollte Abel wissen.

»Ich habe mich über Bartrück schlaugemacht. Er hatte anscheinend ein gutes Gespür für lukrative Geschäfte. Eine Villa im Grunewald, eine Jacht an der Côte d'Azur, ein Chalet in den Schweizer Alpen und das riesige Anwesen in Brandenburg direkt am Teupitzer See. Marie hat er erzählt, dass er mit Immobiliengeschäften sein Geld verdient. Ich habe das heute Vormittag überprüft, und siehe da: Seine Immobilienfirma ist anscheinend nur eine Briefkastenfirma. Ich habe noch nicht herausgefunden, was genau er getrieben hat, aber er hatte definitiv Dreck am Stecken. Und zwar gewaltigen Dreck, wie ich von einem Informanten erfahren habe.«

»Drogen? Waffen? Prostitution? Was sagt dein Informant?«

»Auf jeden Fall Organisierte Kriminalität. Bartrück war keine Ich-AG, definitiv kein Ein-Mann-Betrieb, so viel ist sicher. Er steckte in irgendetwas Großem mit drin. Etwas so Großem, dass niemand gern darüber redet, wie es scheint. Ich habe selten solch eine Mauer des Schweigens erlebt – bei denjenigen, mit denen ich in der Kürze der Zeit versucht habe, über Bartrück zu sprechen«, antwortete Moewig.

»Und Marie soll in dem ganzen Jahr ihrer Beziehung zu Bartrück nichts davon mitbekommen haben?«

»Sagt sie jedenfalls«, entgegnete Moewig.

»Und das glaubst du ihr?«

»Ja, das glaube ich ihr.«

»Hat Marie denn nie hinterfragt, wo so viel Geld herkommt?«, insistierte Abel weiter. »Was ihr Freund in Wahrheit so treibt, um sich die imposanten Häuser leisten zu können? Hat sie in dieser Zeit nie irgendwelche dubiose Geschäftspartner gesehen? Hast du sie das mal gefragt?«

»Natürlich. Sie sagt, da war nichts. Andererseits … du kennst sie ja. Für Geld oder Geschäfte hat sich Marie noch nie interessiert. Sie sagt, er habe ihr nach Lillys Tod Halt gegeben, sie hätte sich wieder lebendig gefühlt an seiner Seite. Alles andere hat sie vermutlich ausgeblendet.«

Für einen kurzen Moment herrschte Schweigen zwischen den beiden Männern.

»Was soll ich tun, Lars? Welche Informationen soll ich dir beschaffen?«

»Was wissen die Behörden über Bartrück? Was hat er wirklich getrieben? Mit wem hat er sich angelegt? Ich muss wissen, wer hinter seiner Ermordung steckt. Für Marie.«

»Du hast Angst, dass sie ins Fadenkreuz von Bartrücks Mörder gerät, wenn bekannt wird, dass sie den Täter identifizieren kann. Das kann ich gut nachvollziehen, Lars.«

»Ich würde es mir nicht verzeihen, wenn ich jetzt nichts

unternehme und Marie etwas zustößt«, sagte Moewig und atmete dabei tief, fast seufzend, aus.

»Hast du Marie irgendetwas gesagt? Dass sie vielleicht in Gefahr sein wird, wenn die Ermittlungen und insbesondere das Foto publik werden?«, wollte Abel wissen.

»Nein. Natürlich nicht. Kein Wort. Das würde sie in ihrem momentanen Zustand nicht verkraften. Bartrücks Tod setzt ihr ziemlich zu. Außerdem ist es ja noch ein Stochern im Nebel, nur ein dumpfes Gefühl, dass das Ganze aus dem Ruder laufen könnte. Fred, hier geht es um meine Familie. Oder den Rest von dem, was mal meine Familie war.«

Moewig wurde schwindelig bei dem Gedanken, dass der Tod, nachdem er sich schon Lilly geholt hatte, jetzt auch noch nach ihrer Mutter greifen könnte.

5

Berlin,
Treptowers, BKA-Einheit »Extremdelikte«,
Büro Dr. Fred Abel,
21. Oktober, 12:22 Uhr

Nachdem er den Anruf beendet hatte, starrte Abel noch einige Zeit lang nachdenklich auf das Display seines Handys. Viele Gedanken und Erinnerungen schossen ihm durch den Kopf. Das Telefonat mit seinem alten Freund hatte etliche, auch schmerzliche Erinnerungen in ihm geweckt, nicht nur an Lars' mit zwölf Jahren an Leukämie verstorbene Tochter Lilly. Lilly, die ihrem Vater alles bedeutet hatte.

Sie hatten in ihrer mittlerweile dreißig Jahre zurückliegenden Bundeswehrzeit beide als Zeitsoldaten bei den Fernspähern gedient, einer Spezialeinheit in der Ära des Kalten Krieges. Dort hatten sie sich kennen- und schätzen gelernt. Trotz aller persönlichen und sozialen Unterschiede waren sie Freunde geworden. Eine Freundschaft, die jetzt schon seit drei Jahrzehnten bestand und einige Höhen und Tiefen überstanden hatte. Vor drei Jahren war Lars in Verdacht geraten, der »Miles & More-Killer« zu sein, ein wahnsinniger Serienmörder, der wochenlang eine blutige Spur durch halb Europa gezogen hatte. In verschiedenen europäischen Städten war es in unmittelbarer Nähe der dortigen Flughäfen zu bestialischen Morden gekommen. Lars war damals, nicht ganz ohne Abels – allerdings ungewolltes – Zutun verdächtigt worden, in Nähe des Berliner Flughafens Tegel, der zu jener Zeit noch in Betrieb war, eine ältere Frau in ihrer Wohnung getötet zu haben. Auch für einen weiteren Mord in London in direkter Nähe um dortigen Heathrow Airport schien er aufgrund des Ergebnisses einer von Abel veranlassten speziellen DNA-Analyse verantwortlich zu sein. Dieser Mord an einer ebenfalls betagten Dame ähnelte in Vorgehensweise und Ausführung auffallend der Tat in Berlin, und Lars, der sich exakt zu jener Zeit in London aufgehalten hatte, besaß für den Tatzeitraum kein Alibi. Genauso, wie er den Behörden für den Zeitraum der Tat in Berlin ein Alibi schuldig blieb.

Lars saß also damals unter Mordverdacht in Untersuchungshaft, während seine an Leukämie erkrankte Tochter Lilly im Krankenhaus im Sterben lag. Abel hatte daraufhin Himmel und Hölle in Bewegung gesetzt, um die Unschuld seines Freundes zu beweisen, und hatte den »Miles & More Killer« quer durch Europa gejagt. An Lillys Todestag war sein Freund schließlich aus der Untersuchungshaft entlassen worden.

Obwohl die Beziehung zwischen Marie Lindweg und Lars schon vor Lillys Geburt beendet gewesen war, bereute Abel es nach wie vor, nicht schneller mit seinen eigenmächtig geführten Ermittlungen gewesen zu sein, weil Lars Lillys Mutter nicht in ihren schwersten Stunden am Sterbebett ihrer Tochter zur Seite stehen konnte. Mit Lillys Tod hatte Lars alles verloren, was ihm im Leben bis dahin wichtig gewesen war, und es hatte lange gedauert, bis er wieder zurück ins Leben gefunden hatte.

Abel riss sich aus seinen Gedanken und loggte sich mit seinen Zugangsdaten im zentralen Datenarchiv des BKA ein. Nach etwa zehn Minuten hatte er gefunden, wonach er suchte.

»Mein lieber Mann!«, entfuhr es ihm, nachdem er sich einen ersten Überblick verschafft hatte.

Lars hatte mal wieder den richtigen Riecher gehabt. Ludger Bartrück war kein unbeschriebenes Blatt bei den deutschen Polizeibehörden. Im Gegenteil. Sowohl beim Berliner LKA als auch beim BKA hatte sich ein beachtlicher Akteninhalt über seine Person angesammelt.

Fast alle Dokumente waren als Verschlusssachen deklariert, entweder als *VS – Nur für den Dienstgebrauch* oder mit der nächsthöheren Sicherheitseinstufung *VS – Vertraulich.* Der Rechtsmediziner war froh, dass er die Dokumente mit seiner Sicherheitsklassifizierung öffnen und einsehen konnte. Ihm wurde schon nach dem Überfliegen der ersten Seiten der zum Teil mehrere Hundert Seiten umfassenden PDF-Dateien auf seinem Computermonitor klar, warum der Zugang zur Personalie Bartrück nicht für jeden im System zugänglich war.

Gegen Ludger Bartrück war zweieinhalb Jahre zuvor ein Ermittlungsverfahren im Zusammenhang mit dem Verdacht des Menschenhandels und der gewerbsmäßigen Schleusung von nicht aufenthaltsberechtigten Ausländern nach Deutschland eingeleitet worden. Allerdings hatte Bartrück anscheinend damals recht schnell erkannt, dass sich eine Schlinge um seinen Hals zuzog, die er aus eigener Kraft nicht lösen konnte, und dass nur ein Seitenwechsel ihn vor der öffentlichen Zurschaustellung seiner Person und einer langjährigen Gefängnisstrafe bewahren würde. Nach Zusicherung einer Strafmilderung durch die Ermittlungsbehörden hatte er sich, ohne zu zögern, bereit erklärt, gegen seine

Komplizen und Mittäter auszusagen. Abel war wie elektrisiert, als er las, gegen wen die Ermittlungen wegen Menschenhandels und gewerbsmäßiger Schleusung von nicht zur Einreise nach Deutschland berechtigten Personen sowie wegen Fälschung von Asylanträgen geführt wurden: Asad Saad.

Der Mann war der Kopf eines in Berlin-Neukölln ansässigen libanesischen Clans, der nicht nur in der Hauptstadt, sondern bundesweit agierte. Die Eltern von Asad Saad waren mit ihrem ältesten Sohn und seinen drei jüngeren Brüdern Abadi, Abdelkarim und Amir in den Achtzigerjahren nach Westberlin gekommen. Die vier Brüder hatten unter der Führung von Asad Saad, der in libanesischen Familienkreisen aufgrund seiner Macht und der ihm zugeschriebenen Stärke ehrfürchtig »der Löwe« genannt wurde, eine steile kriminelle Karriere hingelegt.

Der Saad-Clan agierte mittlerweile seit fast zwei Jahrzehnten als kriminelles Kartell und war neben Drogenhandel, Prostitution und Schutzgelderpressung auch in bandenmäßige Überfälle auf Luxuskaufhäuser, Museen und Kunstsammlungen verwickelt. Trotz aller polizeilicher und staatsanwaltschaftlicher Anstrengungen, die je nach politischer Couleur und rechtsstaatlicher Ausrichtung des jeweilig zuständigen Innensenators und Justizsenators des Berliner Senats mal vehementer, mal laxer betrieben wurden, hatten die Saads es bis vor Kurzem immer wieder geschafft, trotz zahlreicher Anklagen und Gerichtsprozesse einer Verurteilung zu entgehen. Was neben einem geschickt taktierenden Heer von Strafverteidigern auch dem komplizierten, kaum durchdringbaren Geflecht von Firmen, Scheinfirmen und Komplizen, die das schmutzige

Geld aus den verschiedenen Verbrechen wuschen, geschuldet war. Erst vor knapp drei Monaten hatten Asad Saad und seine Brüder dann aber doch nicht nur ihre Maske fallen lassen und öffentlich ihr wahres Gesicht zur Schau gestellt, sondern unwiderruflich eine Grenze überschritten. Auch ihre gewieften und mit allen Wassern gewaschenen Anwälte hatten Abdelkarim und Abadi Saad sowie mehrere weitere Personen aus dem inneren Zirkel des Clans nicht mehr vor dem Zugriff der Behörden und ihrer Verhaftung bewahren können.

Vorausgegangen war, dass Amir Saad, der jüngste der vier Brüder, mit einer schweren Schussverletzung in einer der an der Charité als »Rettungsstellen« bezeichneten Notaufnahmen aufgenommen worden und wenige Stunden später dort trotz einer Notoperation den Folgen seiner Schussverletzung erlegen war.

Während die Ärzte noch um Amir Saads Leben kämpften, hatte sein Bruder Abdelkarim Saad, der im Clan als der Mann fürs Grobe galt, mit einem Dutzend Gefolgsleuten die Rettungsstelle der Charité verwüstet. Sie hatten nicht nur Angehörige des Sicherheitspersonals der Klinik zum Teil schwer verletzt, sondern auch medizinisches Personal und Patienten bedroht und ein wahres Schlachtfeld hinterlassen. Wenige Tage später töteten die Saads den diensthabenden Chirurgen und verantwortlichen Operateur in jener Nacht, dem sie die Schuld am Tod ihres Bruders Amir gaben.

Die Anwälte der Saads hatten kurz zuvor gegen die Besatzung des Rettungshubschraubers, mit dem Amir Saad in die Charité geflogen worden war, gegen die gesamte Nachtschicht der Rettungsstelle sowie die Geschäftsführung der

Charité Strafanzeige wegen fahrlässiger Körperverletzung und Beihilfe zum Mord durch Unterlassen gestellt.

Abel war bei den »Extremdelikten« gemeinsam mit seiner Kollegin Sabine Yao die undankbare Aufgabe zuteilgeworden, den erschossenen Amir Saad zu obduzieren und mit seinem anschließenden rechtsmedizinischen Gutachten Stellung dazu zu nehmen, ob die von Notärzten und Operateuren ergriffenen medizinischen Maßnahmen adäquat gewesen waren. Oder ob man bei einer anderen Art der medizinischen Versorgung beziehungsweise des operativen Vorgehens von einem Überleben des Patienten hätte ausgehen können. Das eindeutige Ergebnis von Abels Obduktion, dass sich nämlich aus rechtsmedizinischer Sicht keine Anhaltspunkte für ein Unterlassen ergaben und den behandelnden Ärzten kein Behandlungsfehlervorwurf gemacht werden konnte, hatte nun wiederum ihn bei den Saads in Ungnade fallen lassen. Mit der Konsequenz, dass der Clan nicht nur ihm nach dem Leben trachtete, sondern dass Abadi Saad in Abels Wohnhaus eingedrungen war und einen Mordanschlag auf seine Lebensgefährtin Lisa Suttner verübt hatte.

Ein Mordanschlag, den Lars in letzter Minute verhindert hatte.

Abels Gedanken schweiften kurz zu Lisa, mit der er bereits seit mehr als zehn Jahren zusammen war, mit der er gemeinsam alt werden wollte, die gerade im sechsten Monat schwanger war und mit der er sehnsüchtig auf die Geburt ihres Sohnes wartete.

Während sich Abadi und Abdelkarim seit knapp drei Monaten in Untersuchungshaft befanden und auf ihren Prozess warteten, hatte sich Asad Saad, der Kopf des Clans, seiner

Verhaftung entziehen können und war seitdem auf der Flucht. Was allerdings nicht bedeutete, dass er aus der Welt war oder seine kriminellen Aktivitäten ruhen ließ.

Diese verdammten Saads …

6

Berlin,
Hauptbahnhof,
21. Oktober, 12:35 Uhr

Das war also Berlin. Die Hauptstadt des Landes, das für so viele seiner Landsleute das Ziel ihrer Träume war. Das Land, in dem sie sich ein besseres Leben erhofften.

Was soll das für ein Leben sein? Ein Leben unter Ungläubigen? In einer Welt, in der Frauen dieselben Rechte wie Männer haben, in der sich Juden und andere Nichtmuslime frei bewegen und sogar die Frechheit besitzen dürfen, in öffentlichen Ämtern aktiv zu sein? Frauen als Politikerinnen, die Staatsgeschäfte lenken?

Der junge Mann mit den schwarzen Locken, die ihm tief in die Stirn und den Nacken fielen, spuckte bei diesen Gedanken verächtlich aus, während er mit einer der langen Rolltreppen von der oberen Etage des Hauptbahnhofes ins Erdgeschoss hinunterfuhr.

Alle Brüder, die hierhergekommen waren, würden sich früher oder später von ihrem Glauben, dem einzig wahren Glauben, dem Glauben an Allah, abwenden. Sie würden den Propheten und die Gebote des Korans verraten. Die Gesellschaft hier war wie eine Schlange. Aber er würde helfen, der Schlange den Kopf abzuschlagen …

Als er den Hauptbahnhof durch den südlichen Hauptausgang mit der riesigen Glasfassade verließ, fiel sein Blick auf die Regierungsgebäude am anderen Ufer der Spree. Ohne die Funktion der einzelnen Gebäude zu kennen oder welche

Behörden und Institutionen sie beherbergten, wusste er, dass dort das Zentrum der Macht saß. Eine Macht, die er sehr wahrscheinlich nicht vollständig brechen, aber in ihren Grundfesten erschüttern würde. Zusammen mit anderen Auserwählten, die gerade ausschwärmten, um den Plan durchzuführen. Die wie er die Macht des Kalifats und zugleich die Hilflosigkeit und Schwäche der Ungläubigen demonstrieren würden.

7

Berlin,
Treptowers, BKA-Einheit »Extremdelikte«,
Sektionssaal,
21. Oktober, 12:39 Uhr

Abel drückte auf den automatischen Türöffner auf Hüfthöhe neben sich, und die Schiebetür zum Sektionssaal glitt geräuschlos auf.

»Ich danke Ihnen, Herr Abel, dass Sie bereit sind, sich das hier anzusehen«, begrüßte Doktor Tomas Tomski ihn, als er an den Sektionstisch herantrat, wo der zweiunddreißigjährige Assistenzarzt mit Sektionsassistent Hermann Vogel die Obduktion einer Frau durchführte.

Tomski hatte Abel wenige Minuten zuvor in seinem Büro angerufen und ihn hergebeten, um seine Meinung zu einem besonderen Fall, wie er es genannt hatte, zu hören.

Abel sah sich die tote Frau an, die rücklings auf dem blanken Stahl des Sektionstisches lag. Die Brust- und Bauchhaut mitsamt des darunterliegenden Fettgewebes hingen infolge der Eröffnung der Körpervorderseite als große, schlaffe Hautlappen rechts und links des Oberkörpers neben dem Leichnam hinab. Der Brustkorb war nach Entfernung des Sternums geöffnet und der Großteil der Brustorgane bereits aus dem Körper entfernt worden. Die gräulichen Rippen, an denen noch Reste der rötlichen Zwischenrippenmuskulatur hingen, ragten beidseits wie das hölzerne Skelett eines Schiffswracks aus dem Körper der Toten hervor.

»Diese brasilianische Staatsangehörige wurde heute in

den frühen Morgenstunden vom Reinigungspersonal in den Räumlichkeiten der brasilianischen Botschaft, wo sie arbeitet, aufgefunden«, führte Tomski aus. »Aufgrund der Tatsache, dass sich in ihrer Brust- und Bauchhaut massenhaft frische Hämatome fanden, hat der hinzugerufene Notarzt den Verdacht auf einen gewaltsamen Tod geäußert. Deshalb ist sie bei uns gelandet. Gefahr diplomatischer Verwicklungen und so … Was mich jedenfalls sehr verwundert, ist, dass sich die Hämatome nicht im Unterhautfettgewebe nachweisen lassen, sondern streng auf die Oberhaut beschränkt sind.«

Mit diesen Worten nahm der Assistenzarzt den Hautlappen von Brust und Bauch der rechten Seite, zeigte Abel zunächst die Außenseite mit der Oberhaut und drehte dann das Innere des Hautlappens nach außen. Abel sah in der Brust- und Bauchhaut zahlreiche dunkelrote, teils wenige Millimeter große, teils miteinander konfluierende Blutungen, die unregelmäßig über die gesamte Körpervorderseite der Toten verteilt waren. Hingegen war das goldgelbe Fettgewebe darunter, in das Tomski offensichtlich schon zahlreiche Schnitte zur Darstellung auch der tieferen Schichten des Fettgewebes gesetzt hatte, völlig unauffällig und frei von Unterblutungen.

Blickdiagnose, ging es Abel durch den Kopf. *Wenn man das einmal auf dem Sektionstisch gesehen hat, vergisst man diese Erkrankung nie wieder.*

»Ich denke, die Luft ist raus aus dem Fall, Herr Tomski. Keine diplomatischen Verwicklungen im Anmarsch. Ein tragischer, vielleicht sogar vermeidbarer Todesfall, aber kein Gewaltverbrechen. Das sind keine Hämatome.«

Tomski, der seine blutverschmierten Plastikhandschuhe

jetzt von seinem Körper weg über den Sektionstisch hielt, damit kein Blut auf seine Schuhe oder den Boden des Sektionssaales tropfte, schaute ihn fragend an.

»Herr Vogel, bitte entfernen Sie beide Nebennieren aus der Toten«, wandte sich Abel jetzt an den Sektionsassistenten, der sich sofort an die Arbeit machte und keine zwei Minuten später beide Organe auf den Organtisch am Fußende des Sektionstisches legte.

»Bitte mal reinschneiden, Herr Kollege«, forderte Abel Tomski auf.

Der tat, wie ihm geheißen, und seine Längsschnitte durch die Nebennieren zeigten, dass die beiden etwas mehr als erdnussgroßen Hormondrüsen, die für die Adrenalinproduktion und zur hormonellen Steuerung des Wasser- und Elektrolythaushaltes zuständig waren, vollständig dunkelrot-schwarz, feucht glänzend eingeblutet waren.

»Was Sie hier sehen, ist die Maximalform des Waterhouse-Friderichsen-Syndroms, der gefährlichsten und fast immer tödlich verlaufenden Form einer bakteriellen Blutvergiftung«, erklärte Abel. »Durch eine ungehemmte Überschwemmung des Körpers mit den Erregern im Rahmen der Blutvergiftung kommt es zu einer Aktivierung des Blutgerinnungssystems, was dieses aber innerhalb kürzester Zeit völlig überfordert. Mit der Folge, dass die Blutgerinnung und damit die körpereigene Blutstillung nicht mehr funktioniert und der Betroffene massive Hautblutungen entwickelt. Und zwar explizit Hautblutungen und keine Hämatome, wie sie durch äußere Gewalteinwirkung entstehen. Deshalb ist das Unterhautfettgewebe im Gegensatz zu Hämatomen durch Schläge oder Tritte, die sich auch in die Tiefe des Fettgewebes fortsetzen, in diesem Fall hier auch nicht betroffen. Das außer Kontrolle geratene Gerinnungssystem führt auch zu diesen Blutungen in beiden Nebennieren« – Abel deutete auf den Organtisch –, »was letztlich auch die Todesursache ist. Ohne Nebennieren beziehungsweise ohne die Funktion, die diese kleinen Drüsen leisten, ist der Betreffende immer dem Tode geweiht.«

»Und das geht so schnell? Ich meine, die Frau hat gestern noch ganz normal gearbeitet. Steht jedenfalls in der Ermittlungsakte.«

»Innerhalb weniger Stunden ist der Verlauf des Waterhouse-Friderichsen-Syndroms tödlich«, antwortete Abel. »Ein Verlauf, der übrigens auch bei maximaler Intensivtherapie in über neunzig Prozent der Fälle nicht aufzuhalten ist.«

»Danke, Herr Abel«, sagte Tomski. »Das werde ich mir merken. Es gibt so viele Dinge, die man erst hier im Sektionssaal und nicht im Studium lernt.«

»Dafür sind die älteren Kollegen da«, erwiderte Abel.

»Ein schicksalhafter Verlauf also«, sagte Tomski leise, als Abel den Sektionssaal verließ.

So kann man es wohl nennen, dachte Abel, während er den automatischen Türöffner betätigte.

☠☠☠

Zurück in seinem Büro, kehrten seine Gedanken sofort wieder zu der Begebenheit zurück, wie der rachsüchtige und unberechenbar agierende Saad-Clan ihm vor drei Monaten um ein Haar fast das Liebste, seine schwangere Lisa, genommen hätte. Abel spürte eine unbändige Wut in sich aufsteigen.

Diese verdammten Saads …

Er versuchte, sich aus seinen dunklen Gedanken zu reißen. Dazu rief er sich – wie immer, wenn er wegen der Wut über die Verrohung der Gesellschaft an seine Grenzen geriet – einen der Leitsprüche seiner Großmutter ins Gedächtnis: »Freddy, Wut ist ein schlechter Ratgeber.« Ein Ratschlag, dem sie ihm gegeben hatte, wenn er wieder einmal mit Blessuren aus der Schule nach Hause zurückgekehrt war, als Folge der Prügel von einem zwei Jahre älteren und zwei Köpfe größeren Jungen, der ihn in seiner Grundschulzeit massiv drangsaliert hatte.

Abel atmete tief durch, fühlte, wie seine innere Anspannung langsam abklang, und konzentrierte sich wieder auf den Inhalt von Ludger Bartrücks Akten auf dem Monitor vor sich.

Bartrück hatte der mit dem Saad-Clan befassten Sonderkommission des LKA regelmäßig Bericht erstattet. Er hatte zwar nur mit wenig Insiderwissen zu den Verwicklungen des Saad-Clans in Drogenhandel, Diebstahl und Hehlerei aufwarten können, oder wie die Libanesen ihr schmutziges Geld unter anderem mit Immobiliendeals wuschen. Was jedoch Menschenhandel und Prostitution betraf, waren die Informationen nur so aus Bartrück herausgesprudelt. Und es waren für die Ermittler in der Tat relevante Informationen gewesen.

In zwei von den Saads betriebenen Bordellen in Neukölln und einem weiteren entsprechenden Etablissement in Reinickendorf hatten insgesamt neunzehn nigerianische Frauen als Zwangsprostituierte für die Saads anschaffen müssen. Zum Teil nicht einmal volljährige Frauen, die in Nigeria mit dem Versprechen, in Europa Arbeit in der Gastronomie zu bekommen, rekrutiert worden waren und dann von Schleusern in Bussen zur libyschen Küste gefahren, auf dem Seeweg nach Italien und von dort weiter nach Deutschland gebracht wurden.

Verschleppt wurden, trifft es wohl besser, dachte Abel.

Er las zwischen den Zeilen aber auch, dass Bartrück kein klassischer V-Mann gewesen war, eher ein Informant. Jemand, der den Sonderermittlern zwar nicht den Zugang zum inneren Zirkel der Saads verschaffen konnte, der aber näher an den Brüdern dran und besser in die Interna des Saad-Clans eingeweiht gewesen war, als es den Ermittlern je gelungen war.

Mithilfe von Bartrück konnten sie nicht nur ein regelrechtes Organigramm der Verwicklung der Saads in Schlepperei und Zwangsprostitution erstellen, er hatte auch den Kontakt zu zwei der nigerianischen Frauen vermittelt, die daraufhin von der Polizei aus einem der Bordelle und damit aus ihrer Zwangslage befreit wurden. Nachdem sie zu ihrer Stabilisierung in einem Frauenhaus mit enger Anbindung an eine Hilfseinrichtung für Zwangsprostituierte untergebracht worden waren und über viele Monate zunehmend Vertrauen zu den für sie zuständigen Ermittlerinnen aufgebaut hatten, waren sie bereit gewesen, umfassende Angaben zu ihrer Anwerbung, Verschleppung und Zwangsprostitution preiszugeben. Nach monatelangen Telefonüberwachungen der Saads und ihrer Handlanger waren die Ermittlungen abgeschlossen worden, und die Berliner Staatsanwaltschaft erhob Anklage gegen die Saads sowie weitere zweiundzwanzig Komplizen.

Abel staunte, dass weder die Anklageschrift noch der unmittelbar bevorstehende Prozess bisher ihren Weg in die

Berliner Medien und somit in die Öffentlichkeit gefunden hatten.

Ludger Bartrück war als Kronzeuge vorgesehen gewesen in dem Prozess vor einer großen Strafkammer des Berliner Landgerichts, der in der kommenden Woche beginnen sollte. Dort hätte er gegen die beiden in Untersuchungshaft einsitzenden Brüder Abdelkarim und Abadi Saad aussagen sollen. In dem Prozess, in dem es um Menschenhandel, gewerbsmäßige Schleusung von nicht aufenthaltsberechtigten Ausländern nach Deutschland und Ausbeutung von Prostituierten ging, sollte auch gegen Asad Saad in Abwesenheit verhandelt werden. Doch jetzt war der Kronzeuge, der Mann, auf dessen Aussage ein Großteil der Anklage basierte, tot.

Ohne Bartrück wird der Prozess höchstwahrscheinlich platzen, dachte Abel.

Er wusste, dass er es hier nicht nur mit sehr brisanten, sondern auch streng vertraulichen Informationen zu tun hatte, die nicht umsonst mit einer hohen Sicherheitsklassifizierung im behördlichen Datensystem hinterlegt worden waren. Doch da er selbst wiederum Lars absolut vertraute, griff er, nachdem er sicher war, dass er alle relevanten Informationen kannte, zum Hörer seines Bürotelefons.

Schon nach dem ersten Freizeichen nahm Lars seinen Anruf entgegen. Abel hörte das leise Knirschen des Reibrades eines Feuerzeugs, einen tiefen Atemzug und dann das typische Klacken des zuschnappenden Feuerzeugdeckels.

»Definitiv der falsche Zeitpunkt, um mit dem Rauchen aufzuhören«, murmelte Lars am anderen Ende der Leitung.

Abel berichtete ihm, ab und zu von kurzen Nachfragen unterbrochen, was er herausgefunden hatte. Als er seine Ausführungen beendet hatte, herrschte kurz Schweigen zwischen den beiden Männern.

Schließlich sagte Lars mit gepresster Stimme: »Diese verdammten Saads. Hört das denn nie auf?«

8

Berlin,
Invalidenstraße,
21.Oktober, 13:41 Uhr

Den Kragen seiner etwas zu großen schwarzen Stoffjacke hochgeschlagen und den dunkelgrauen Rucksack mit seinem gesamten Hab und Gut lässig über die rechte Schulter gehängt, ließ er mit federnden Schritten den Hauptbahnhof hinter sich. *Schon übermorgen werde ich wieder hier sein …*

Vor ihm kauerten zwei Männer und eine Frau unter einer Überführung auf dem Bürgersteig. Obdachlose, die sich dort niedergelassen hatten. Er warf beim Näherkommen einen abschätzigen Blick auf die drei, zwischen denen eine Flasche mit hochprozentigem Alkohol hin und her ging.

»Ekelhaftes, ungläubiges Pack«, stieß er verächtlich in seiner Landessprache Arabisch aus, als er auf ihrer Höhe war.

Der in eine zerschlissene Decke von undefinierbarer Farbe eingehüllte Mann mit dem ungepflegten und um den Mund herum nikotingelb verfärbten dunkelblonden Vollbart, der auf dem von festgeklebten Kaugummis übersäten Bürgersteig saß, war jetzt nur noch etwa einen halben Meter von ihm entfernt. Für einen kurzen Moment war er versucht, dem Mann in sein schmutziges und zahnloses Gesicht zu treten. Doch er beherrschte sich, widerstand diesmal dem unbändigen Impuls – was ihm nicht immer gelang.

Nicht auffallen. In der Masse untertauchen … Meine Be-

stimmung ist eine andere. Aber auch ihr werdet euer gottloses Leben noch bereuen und eurer Strafe nicht entgehen.

An der Invalidenstraße angekommen, bog er rechts nach Moabit ab. Er brauchte keine Stadtkarte und auch kein Handy mit Google Maps. Er hatte alles im Kopf. Jeden seiner Schritte in den nächsten Tagen. Sie hatten ihm in Köln alles gesagt, was er wissen musste, ihm alles beigebracht, was er für seine Mission an Informationen benötigte. Aariz hatte ihn auf alle Eventualitäten vorbereitet. Er war zwar nicht in Begleitung nach Berlin gekommen, allein war er aber trotzdem nicht. Er war einer von vielen Brüdern. Eine von vielen Speerspitzen.

☠ ☠ ☠

Mittlerweile war er in der Moabiter Turmstraße vor dem Spätkauf zwischen Murugans Imbiss und der polnischen Bäckerei angekommen. Es sah alles genauso aus, wie sie es ihm beschrieben und auf Google Maps gezeigt hatten. Beim Hineingehen in das kleine Ladengeschäft, das vierundzwanzig Stunden durchgängig geöffnet hatte, warf er einen kurzen Blick auf die Warenauslage im Schaufenster: billige Prepaidhandys, Handyhüllen und von der Sonneneinstrahlung bereits teilweise verblasste und mit neuen Beträgen überklebte Werbetafeln, darauf Tarife für Telefonkarten neben Zigaretten- und Süßigkeiten-Werbung.

Noch zwei Tage. Ich muss mich jetzt an den Plan halten. Übermorgen ist es so weit …

☠ ☠ ☠

9

Berlin-Kreuzberg,
Wohnung von Marie Lindweg,
21. Oktober, 17:35 Uhr

Marie Lindweg war für einen kurzen Moment völlig orientierungslos. Sie wusste weder, wo sie sich befand, ob es Morgen oder Abend war, und erst recht nicht, was es mit dem brummenden und schabenden Geräusch in der Nähe ihres Kopfes auf sich hatte. In den letzten Bildern ihres Traumes hatte sie mitten auf einer Landstraße gestanden, die von blühenden Rapsfeldern gesäumt war, und ein riesiger Lkw hatte sich ihr in atemberaubender Geschwindigkeit genähert. Das Fahrzeug war genau auf sie zugerast, und seine Umrisse waren größer und größer geworden, hatten sich immer näher und bedrohlicher vor ihr aufgebaut. Sie hatte zur Seite springen, weglaufen wollen, hatte aber ihre Füße nicht bewegen können, ihr Körper hatte ihr nicht gehorcht.

Das Brummen hatte sie in ihrem Traum dem heranrasenden Lkw zugeordnet, aber jetzt war sie wach und kam langsam zu sich. Sie schob die Schlafbrille aus schwarzem Stoff, die sie irgendwann mal auf einem Transatlantikflug eingesteckt hatte und die ihr half, die schmerzlichen Bilder ihrer sterbenden Tochter nicht mit in den Schlaf hinüberzunehmen, von ihren Augen. Sie stand auf keiner Landstraße mehr, sondern lag auf der Couch im Wohnzimmer ihrer kleinen Zweizimmerwohnung im Parterre eines Kreuzberger Altbaus, in der sie bis vor drei Jahren gemeinsam mit

Lilly gelebt hatte. Ihr Kopf dröhnte. Langsam kam die Erinnerung, kamen die Bilder zurück. Der tote Ludger. Sein blutüberströmter Kopf in einer riesigen Blutlache auf dem Eichenparkett im Wohnzimmer seines Hauses in Teupitz. Der Schütze, der mit ruhigen Schritten das Haus verließ. Sie spürte, wie ein Schauer über ihren Rücken lief.

Wie gelassen, völlig unbeeindruckt von seiner Tat, er die Kiesauffahrt hinunterschlenderte.

Die endlose Nacht im Polizeipräsidium in Potsdam. Der Anruf bei Lars am nächsten Morgen, der sofort bereit gewesen war, zu ihr zu kommen und sie in die Keithstraße zu fahren.

Obwohl ich mich eine Ewigkeit … nein, nie mehr bei ihm gemeldet habe seit Lillys Tod.

Dann die erneute, endlose Befragung durch Beamte der Mordkommission in deren Dienstgebäude, den ganzen Vormittag und über die Mittagszeit hinaus.

Das war heute gewesen. Oder war es gestern?

In ihrem Mund hatte sich ein bitterer Geschmack breitgemacht, und ihre Zunge fühlte sich pelzig an.

Die Schlaftablette …

Sie griff nach ihrem Handy neben sich auf der Couch, das unablässig weiter brummte und auf dem Display einen Anruf mit unterdrückter Rufnummer anzeigte. Marie stellte fest, dass sie nur zwei Stunden geschlafen hatte.

»Ja?«, nahm sie den Anruf mit belegter Stimme entgegen.

»Frau Lindweg? Marie Lindweg?«, meldete sich am anderen Ende der Leitung eine sonore, männliche Stimme.

»Ja? Wer spricht denn da?«

»Brian Müller, Mordkommission. Wir müssen noch einmal über Ihre gestrigen Beobachtungen betreffend den

Mord an Herrn Ludger Bartrück sprechen. Hier in der Keithstraße.«

Marie atmete hörbar stöhnend aus.

»Ist das wirklich nötig? Ich meine, ich habe doch gestern Abend der Polizei in Potsdam alles erzählt, und ich war heute Vormittag geschlagene vier Stunden bei Ihren Kollegen.«

Erneut drängten sich die Bilder des toten Ludger und des sich vom Tatort entfernenden Schützen in ihr Hirn.

»Ja. Das ist leider nötig«, war die knappe Antwort am anderen Ende der Leitung. »Es gibt noch ein paar Punkte, die wir klären möchten.«

»Und das geht nicht am Telefon?«, versuchte Marie es erneut. Ihr grauste vor der Vorstellung, zum dritten Mal innerhalb von nicht einmal vierundzwanzig Stunden den Ermittlern Rede und Antwort auf Fragen zu stehen, die sie nicht wirklich beantworten konnte.

Bitte nicht wieder in dieses muffige Büro.

Ein Büro, in dem, was Interieur und Mobiliar anbelangte, die Zeit seit den Sechzigerjahren stehen geblieben zu sein schien. Wie in fast allen Büros und anderen Räumlichkeiten der Berliner Polizei.

Noch einmal alles erzählen? Auf keinen Fall! Das halte ich nicht aus!

»Mehr weiß ich wirklich nicht …«, schob sie fast flehend hinterher, erhob sich von der Couch und ging mit unsicheren Schritten, immer noch leicht benommen, in die Küche.

»Frau Lindweg, das muss leider sein. Explizit geht es um Ihre Täterbeschreibung basierend auf Ihrem Handyfoto. Je eher, desto besser«, war die Antwort der sonoren Männerstimme.

Marie seufzte. »Nun gut, wenn es sich nicht verhindern lässt. Aber dann würde ich gern jemanden mitbringen, er arbeitet im … sagen wir mal, Sicherheitsbereich.«

Hoffentlich erreiche ich Lars, hoffentlich hat er sein Handy eingeschaltet, dachte Marie, während sie sich Leitungswasser aus dem Küchenwasserhahn in ein Glas einfüllte.

In der Leitung herrschte für ein paar Sekunden Stille. Fast schien es, als ob der Anruf beendet worden wäre oder der Teilnehmer am anderen Ende sein Mikrofon auf stumm geschaltet hatte.

Maries Blick fiel aus dem Küchenfenster ihrer Erdgeschosswohnung auf den davor gelegenen Bürgersteig. Während sie schon überlegte, den Anruf zu beenden, da nach wie vor Stille herrschte, sah sie ihre Nachbarin aus dem ersten Stock über ihr. Die übergewichtige Frau mit den grellrot gefärbten Haaren saß wie so oft auf der abgenutzten Bank vor dem Haus, ihren Rottweiler-Schäferhund-Mischling neben sich. Sie verschaffte ihm seine Frischlufteinheiten regelmäßig nicht beim Gassigehen, sondern angeleint an der Bank.

Da ertönte die Stimme des Polizeibeamten erneut.

»Es wird nicht nötig sein, dass Sie in Begleitung kommen. Es geht auch ganz schnell, versprochen. Sind Sie zu Hause? In der Dieffenbachstraße?«

»Ja, wieso fragen Sie?«, wollte Marie verwundert wissen.

»Wir schicken einen Wagen. Wir holen Sie ab!«

In diesem Moment bellte der Rottweiler-Schäferhund-Mischling vor dem Haus. Ein tiefer, kehliger Ton, fast ein Grollen, das Marie nur zu gut kannte, weil es sie schon oft frühmorgens aus dem Schlaf gerissen hatte.

Sie war wie paralysiert.

»Von wo rufen Sie mich denn an? Von Ihrer Dienststelle aus? Also … aus der Keithstraße?«

»Wie meinen Sie das? Warum ist das wichtig?«, war die ungehaltene Antwort. Nach einer kurzen Pause fuhr der Mann am anderen Ende der Leitung fort: »Ja, ich rufe von unserer Dienststelle in der Keithstraße aus an. Ach so, Sie fragen wahrscheinlich, weil die Rufnummer unterdrückt ist? Das ist bei uns so üblich. Ich werde jetzt einen Kollegen …«

Aber Marie hörte nicht mehr, was der Mann noch zu ihr sagte. Sie hatte das Gespräch bereits beendet. All ihre Benommenheit war schlagartig wie weggewischt und einer elektrisierenden Wachheit gewichen. Sie spürte, wie ein Frösteln sich von ihrem Nacken über ihren gesamten Rücken ausbreitete. Sie war durcheinander. Verwirrt. Entsetzt. Und sie hatte Angst.

Sie hatte das tiefe Bellen des Hundes nicht nur vor ihrem Haus klar und deutlich vernommen, sondern es auch am anderen Ende der Leitung, als Hintergrundgeräusch gehört. Sie war sich hundertprozentig sicher.

Der Anrufer, der angeblich Beamter der Berliner Mordkommission war, befand sich ganz in ihrer Nähe, vor ihrem Haus.

10

Berlin-Wedding,
21.Oktober, 17:43 Uhr

Moewig beschleunigte den alten Lada Niva und hätte fast eine ältere Dame angefahren, die in einem beigen Mantel mit ihrem Yorkshireterrier an der Leine die Straße überquerte. Moewig war für einen kurzen Moment abgelenkt gewesen, weil er auf seinem Handy in Google Maps die schnellste Route vom Wedding nach Kreuzberg aufgerufen hatte. Abrupt kam der Geländewagen mit quietschenden Bremsen kurz vor der älteren Dame zum Stehen, und Moewig hob entschuldigend die rechte Hand. Empört schüttelte die Frau den Kopf und ging im Zeitlupentempo gemeinsam mit ihrem Yorkie weiter.

Der Privatermittler stellte mit einem erneuten Blick auf das Handydisplay fluchend fest, dass er wegen mehrerer Straßensperrungen und des Feierabendverkehrs mindestens noch dreißig Minuten bis zu Maries Wohnung benötigen würde. Kurz überlegte er, ob er besser auf die U-Bahn umsteigen sollte, verwarf den Gedanken aber sofort wieder.

Ich muss Marie wegbringen. An einen sicheren Ort. Dafür brauche ich ein Fahrzeug …

Mit einem krachenden Geräusch legte Moewig den ersten Gang ein und beschleunigte. Um die größeren Verkehrsstörungen, die ihm angezeigt wurden, zu umgehen, passierte er auf kleinen Nebenstraßen den Weddinger Sprengelkiez und dann das Scheunenviertel in Berlin-Mitte. Es fiel ihm schwer, sich auf den Verkehr zu konzentrieren, denn seine

Gedanken schweiften immer wieder ab zu dem, was ihm Fred vor ein paar Stunden am Telefon über Ludger Bartrücks Informantentätigkeit für die deutschen Polizeibehörden berichtet hatte. Dass Bartrück gewaltig Dreck am Stecken hatte, war für Moewig keineswegs überraschend gewesen. Beunruhigend war allerdings die Tatsache, dass der Saad-Clan bei der Ermordung von Ludger Bartrück mutmaßlich seine Finger im Spiel hatte.

Diese gottverdammten Saads haben ein Motiv … Nein, das *Motiv, Bartrück zu töten. Und sie werden keine Zeugen dulden. Marie ist in größter Gefahr …*

Genauso wie Fred hatte Moewig in der jüngeren Vergangenheit mit den Saads zu tun gehabt. Es war gerade einmal drei Monate her, dass Abdelkarim Saad und seine Schergen versucht hatten, Moewig im Görlitzer Park – bei helllichtem Tag und in aller Öffentlichkeit – zu töten. Er hatte damals seine Nase zu tief in die Hintergründe der Ermordung von Hermann Lübben gesteckt, seinem alten Mentor und Förderer aus Jugendzeiten. Wenige Tage später war Moewig mit Clan-Chef Asad Saad höchstpersönlich aneinandergeraten, der ihn überrumpelt und ihm die Mündung einer Pistole vors Gesicht gehalten hatte – mit einer Warnung, nein, einer unmissverständlichen Drohung, an Abel. Die Saads hatten Fred vorgeworfen, mit seinem rechtsmedizinischen Gutachten den Mord an ihrem jüngeren Bruder durch Ärzte der Charité vertuscht zu haben.

Beide Male, die Moewig mit den Saads zusammengerasselt war, war er nur mit viel Glück dem Tod entronnen. Deshalb war ihm völlig klar, dass sich seine schlimmsten Befürchtungen in Bezug auf Maries Sicherheit bewahrheiten würden, wenn die Saads hinter dem tödlichen Anschlag auf

Bartrück steckten. Diese Männer würden auch diesmal nicht zögern, eine unliebsame Zeugin und ihren vermeintlichen Beschützer zu töten.

Moewig warf einen Blick auf seine Armbanduhr. Es war eine knappe Viertelstunde her, dass Marie ihn völlig verstört angerufen hatte. Er hatte seiner ehemaligen Lebensgefährtin eindringlich geraten, als Allererstes sofort aus ihrer Wohnung zu verschwinden, aber keinesfalls das Haus zu verlassen, sondern in einem der oberen Stockwerke bei einem Nachbarn zu klingeln, dort um Einlass zu bitten und umgehend die 110 anzurufen. Er hatte hinzugefügt, sie solle sich so lange in der Wohnung eines Nachbarn verstecken, bis entweder die Polizei oder er dort eingetroffen waren. Auf Maries Frage hin, ob sie ihr Handy ausschalten solle, hatte Moewig sie beruhigt, dass eine Ortung zwar über das Handy möglich wäre, aber keine Information darüber zu gewinnen war, in welchem Stockwerk ihres Wohnhauses sie sich gerade aufhielt. Sie solle das Handy an sich nehmen, denn er wollte unbedingt, dass Marie für ihn erreichbar blieb.

Während Moewig überlegte, wohin er Marie in Sicherheit bringen konnte, scherte auf der Fahrspur neben ihm plötzlich ein Kleintransporter aus und setzte sich direkt vor seinen Lada. »Fuck! Pass doch auf!«, brüllte Moewig und trat erneut kräftig auf die Bremse.

Nachdem er ebenfalls die Spur gewechselt und dem Fahrer des Kleintransporters im Vorbeifahren einen bitterbösen Blick zugeworfen hatte, schaute er erneut auf seine Armbanduhr.

Noch einundzwanzig Minuten bis Kreuzberg …

11

Berlin-Moabit,
Bandelstraße,
21. Oktober, 18:15 Uhr

Es war kalt in der muffig riechenden Wohnung im dritten Stock des heruntergekommenen Mehrfamilienhauses aus der Zeit des Jugendstils, das in einem der wenigen Straßenzüge Moabits lag, die nicht im alliierten Bombenhagel des Zweiten Weltkriegs dem Erdboden gleichgemacht worden waren.

Irgendjemand hatte sämtliche Thermostatköpfe von den Heizkörpern entfernt, trotzdem schwitzte er. Das war keine Nervosität, da war er sich sicher. Es war die Aufregung, vielmehr wohl die Erregung vor dem großen Moment. Vor seinem großen Auftritt.

In zwei Tagen.

Und, wenn Allah ihm gnädig war, würde es noch ein paar weitere solcher *Auftritte* geben.

Aber erst einmal die Premiere.

Er würde sich würdig erweisen. Er vertraute seinen Brüdern in Köln, die ihn ausgebildet hatten. Wer genau von ihnen dort das Sagen hatte, wusste er nicht. Vielleicht bestimmten sie die Vorgehensweise auch von den Zellen in Paris, London oder Barcelona aus. Das waren einige der Orte, an denen sie ebenfalls zuschlagen würden, soweit er es mitbekommen hatte.

Oder war es gar nicht Paris, sondern Marseille?

Egal, er hatte sich bis vor ein paar Tagen noch nie mit

europäischen Ländern und schon gar nicht mit deren Hauptstädten oder anderen großen Metropolen beschäftigt. Genauso wenig wie mit den verschiedenen Arten, einen Terroranschlag auszuführen. Okay, 9/11, da waren es Flugzeuge gewesen, der richtig große, bombastische Knall. In Nizza und hier in Berlin waren es jeweils Lkw, deren vernichtende Kraft in der französischen Küstenstadt über achtzig und in der deutschen Hauptstadt zwölf Menschen regelrecht zermalmt hatten. In Berlin nur so wenige Opfer, weil der Trottel, der damals den Sattelzug gefahren hatte, aus der Fußgängergasse inmitten der Weihnachtsmarktbuden herausgefahren und in die Hütten, geschmückt mit christlichem Tand und anderer Symbolik abendländischer Dekadenz, hineingefahren war. Was dazu geführt hatte, dass sich die Lichterketten und deren Stromkabel so lange um die Vorder- und Hinterachsen des Sattelzuges gewickelt hatten, dass dieser schließlich unbeabsichtigt zum Stehen gekommen war. Nur durch diese unglückliche Fügung waren nicht noch mehr Ungläubige getötet worden. Zumindest hatte Aariz ihm das vor zwei oder drei Tagen in Köln so erzählt, in einem der seltenen Momente, in denen sein Ausbilder über etwas anderes als ihre jetzige Mission gesprochen hatte.

Aber jetzt war *er* hier. *Er* war jetzt in Berlin. Und ihm würden keine Fehler unterlaufen. Er war, wie die vielen anderen Brüder – wie er ausgeschwärmt und wie er die Speerspitzen dieser Mission –, zwar nur so weit in den Plan eingeweiht und instruiert worden, wie es nötig war. Aber das störte ihn nicht. Denn eines war ihm klar: Ihre Mission würde einen ganzen Kontinent ins Chaos stürzen. Und ihn störte auch nicht, dass er hier, in der deutschen Hauptstadt, völlig auf sich allein gestellt war, denn Allah war bei ihm und überwachte jeden seiner Schritte.

Er besaß keine persönlichen Papiere und schon gar kein Handy.

Nicht einmal gefälschte Papiere, so wie der Attentäter vom Breitscheidplatz, der die auf den Namen Anis Amri lautenden Papiere im Beifahrerraum des Sattelzuges deponiert hatte. Unfassbar, dass diese Vollidioten von den deutschen Behörden geglaubt hatten, ein Attentäter ließe seinen Ausweis am Tatort zurück, hatte Aariz gesagt und dabei sein kehliges Lachen ausgestoßen.

Nein, er legte keine falschen Spuren. Er verwischte seine Spuren. Oder noch besser: Er hinterließ erst gar keine. So wie sie es ihm immer und immer wieder eingetrichtert hatten. Auf diese Weise bleibst du länger im Spiel, hatte Aariz gesagt. Das Bahnticket Köln–Berlin hatte er direkt nach seiner Ankunft auf dem Berliner Hauptbahnhof vernichtet. Er hatte sechshundert Euro in bar unmittelbar vor seiner Abreise in Köln ausgehändigt bekommen. Und den Plan, den hatte er im Kopf. Fast zwei Wochen lang hatte sein Ausbilder ihn wieder und wieder mit denselben Informationen gefüttert. Und ihn das auswendig Gelernte wiederholen lassen. Immer und immer wieder.

Kein direkter Kontakt mit irgendwelchen Personen, mit niemandem. Nicht auf direktem Weg zum jeweiligen Zielort. Danach sofort abtauchen. In der Masse, in der Panik verschwinden. Dann auf Umwegen wieder zurück zur Wohnung.

Den Schlüssel zu der Zweizimmerwohnung hatte er erst vor wenigen Minuten von einem pickelgesichtigen jungen Mann – definitiv kein Araber, wahrscheinlich ein Türke oder Kurde – in dem Moabiter Spätkauf erhalten. Der

Dummkopf hatte keine Ahnung, wer er war, geschweige denn, warum er sich in Berlin aufhielt.

In der Wohnung hatte er die beiden Metallkisten wie angekündigt vorgefunden. In der einen der beiden, um einiges größer als die zweite, hatte er Verpflegung für etwa zwei Wochen vorgefunden. Diese Zeit schienen seine Leute bis zu seiner Verhaftung oder bis zu seinem Tod einzuplanen. Konservendosen, Sesamstangen, Hommos, Hartkäse und vierundzwanzig Ein-Liter-Flaschen mit Wasser. Dass seine Mutter ihm einst beigebracht hatte, Essen sei die wichtigste Ausdrucksform für Gastfreundschaft, und das über alle Kulturen hinweg, hatte er längst aus seinem Gehirn gestrichen.

Er hob seine schwarze Jacke vom Boden auf, auf der er gebetet hatte, streckte sich auf der stockfleckigen, weder mit einem Bettlaken noch mit irgendetwas anderem bedeckten Matratze der Länge nach aus und starrte an die gräuliche Decke, an der eine nackte Glühbirne hing.

Almawt likuli alkafaari. Allah 'akbar, dachte er, und dabei überkam ihn ein Gefühl von Größe und Macht. Ein ungewohntes Gefühl, das ihm gefiel. Die zweite Kiste würde er morgen öffnen, wenn die Zeit dafür gekommen war.

Bei diesem Gedanken spürte er ein weiteres Gefühl in sich: Vorfreude.

12

Berlin-Grünau,
Wohnhaus von Fred Abel und Lisa Suttner
21.Oktober, 22:34 Uhr

Lisa hatte Abel vor einer Stunde bei seiner Rückkehr aus den Treptowers mit einer großen Portion seiner heiß geliebten Spaghetti Carbonara und selbst gemachtem Tiramisu empfangen. Die Flasche Barolo, die seine Lebensgefährtin auf dem großen Glastisch, der das Zentrum des Wohn-Esszimmers im Erdgeschoss ihres Hauses bildete, für ihn bereitgestellt hatte, blieb ungeöffnet. Er trank Mineralwasser, denn er erwartete die Ankunft von Lars und wollte dessen Bericht zu den neuesten Entwicklungen um Marie, die sein Freund am Telefon vor etwa einer Stunde nur kurz umrissen hatte, mit wachen Sinnen aufnehmen.

Lars hatte Marie an einen sicheren Ort gebracht und war jetzt auf dem Weg nach Grünau, wo ihn Abel minütlich erwartete.

Während er Lisa in der Küche mit Geschirr klappern hörte – sie hatte sein Angebot, ihr in der Küche zu helfen, ausdrücklich abgelehnt –, zog Abel die große Panoramascheibe des Wohnzimmers zur Seite auf und trat hinaus auf die Veranda. Dass die Scheibe bei dem Mordanschlag auf Lisa vor noch nicht einmal drei Monaten zu Bruch gegangen war, wirkte auf ihn mittlerweile genauso surreal wie die Tatsache, dass er noch am selben Tag erfahren hatte, dass Lisa schwanger war. Seine Lebensgefährtin war Gott sei Dank nicht schwer verletzt worden, und auch ihr ungeborenes Kind war bei dem Anschlag wie durch ein Wunder unverletzt geblieben. Damals hatte sich Abel geschworen, sein Leben zu ändern. Diesmal würde er seine Vaterrolle ausüben und sein Kind aufwachsen sehen.

Vor zwanzig Jahren war er schon einmal Vater geworden, nur dass er damals weder etwas von der Schwangerschaft der Mutter noch von der Geburt der Zwillinge gewusst hatte. Mit einer wunderschönen Frau namens Claire Borel hatte er eine so kurze wie heftige Affäre gehabt, die nur ein verlängertes Wochenende in einem Hotel in Paris dauerte. Sozusagen über Nacht hatten sie gemeinsame Zukunftspläne geschmiedet – ohne zu wissen, dass Claire zu diesem Zeitpunkt wahrscheinlich schon schwanger war. Am nächsten Tag war sie dann verschwunden. Ohne Abschied, ohne Vorwarnung und ohne eine Spur zu hinterlassen. Abel war damals wild entschlossen gewesen, sie aufzuspüren und umzustimmen. Verzweifelt hatte er sich gegen die Einsicht gewehrt, dass er keine Chance hatte, sie in Paris zu finden, wenn sie nicht gefunden werden wollte. Er hatte weder gewusst, wo sie wohnte, noch, von welcher Insel in der Karibik sie eigentlich kam.

Vor drei Jahren dann hatte er erfahren, dass er Vater mittlerweile erwachsener Kinder war. Seitdem hatte er mit den Zwillingen Manon und Noah, die mit ihrer Mutter auf der französischen Karibikinsel Guadeloupe lebten, einen herzlichen und engen Kontakt, der auch durch die regelmäßigen Besuche der beiden in Berlin immer wieder belebt wurde. Manon und Noah liebäugelten sogar mit der Idee, zu ihrem Vater nach Berlin zu ziehen, um hier zu studieren.

Abel hatte beschlossen, die Menschen um ihn herum, und ganz besonders Lisa, mit der er jetzt eine kleine Familie gründete, nicht mehr Gefahren von außen auszusetzen, weil er ständig zum falschen Zeitpunkt am falschen Ort war und den falschen Leuten auf die Füße trat.

Doch geändert hatte sich letztlich nichts, das hatte er sich schon vor einiger Zeit eingestehen müssen. *Er* hatte nichts an der Situation geändert. Das war ihm heute wieder einmal schmerzlich bewusst geworden. Aber Abel konnte einfach nicht anders, er konnte nicht aus seiner Haut. Zum Glück hatte Lisa gelernt, ihn so zu nehmen, wie er war. Akzeptierte seine nerdige, beharrliche und sture Art. Dass er sich in seine Obduktionsfälle regelrecht verbiss und Sachverhalten auf den Grund ging, alles und jeden hinterfragte, bis er Licht ins Dunkel gebracht und einen Fall rechtsmedizinisch nicht nur bis ins Letzte untersucht, sondern auch aufgeklärt hatte. Abel wusste um seine sozialen Defizite und nahm an, dass er – gäbe es nicht Lisa in seinem Leben – mittlerweile höchstwahrscheinlich sozial isoliert wäre, vielleicht abgesehen von dem Kontakt zu seinem einzigen Freund: Lars. Ohne Lisa hätte er nur für seine Arbeit gelebt. Lisa gab ihm Halt. Sie war der Ankerpunkt in seinem Leben, das von seinem Beruf – Berufung wäre wohl das passendere Wort – nach wie vor dominiert wurde. Ein Beruf, der ihm jeden Tag im Sektionssaal die Brutalität und Grausamkeit seiner Mitmenschen, das Chaos, das im menschlichen Miteinander herrschte, bildlich vor Augen führte. Auch wenn er es ihr nie sagte und sie es wahrscheinlich auch viel zu selten spüren ließ, war Lisa der wichtigste Mensch in seinem Leben.

Abel nahm in der kalten Abendluft einen tiefen Atemzug und kehrte dann ins Haus zurück. Als er die Panoramascheibe wieder geschlossen hatte, lag der Duft von frischem Kaffee in der Luft. Erst jetzt fiel ihm die riesige dunkelviolette Orchidee auf dem weiß lackierten Sideboard auf, das nicht einmal zwei Meter entfernt von dem Esstisch stand, an dem er soeben gesessen hatte. Auch wenn Abel ein aufmerksames und untrügliches Auge für noch so unscheinbare Details, für kleinste Befunde an oder in einem Leichnam hatte, die seine Kollegen leicht einmal übersahen, fehlte ihm diese Aufmerksamkeit in Bezug auf seine Lebensgefährtin und sein Zuhause leider völlig. Wie hätte er sonst Lisas Schwangerschaft bis zu jenem tragischen Tag Anfang August übersehen können?

Ich wäre so gern ein aufmerksamer und zugewandter Partner, aber irgendwie fehlt mir …

In diesem Moment wurde er von Lisas Stimme aus seinen Gedanken gerissen.

»Der Kaffee ist fast durchgelaufen. Lars kann sicherlich gleich eine Tasse gebrauchen, und vielleicht möchtest du auch eine? Für mich ist das nichts mehr um diese Zeit, sonst schlägt der Kleine die ganze Nacht Purzelbäume«, sagte sie und zeigte lächelnd auf die deutlich zu erkennende Wölbung ihres Bauches.

»Danke. Das ist nett von dir. Ich hole mir eine Tasse Kaffee, wenn Lars da ist«, antwortete Abel. Nach einer kurzen Pause schob er hastig hinterher: »Das ist wirklich eine wunderschöne Orchidee.«

»Ach, dem Herrn Rechtsmediziner mit der so scharfen Beobachtungsgabe ist die Orchidee auch schon aufgefallen? Na, herzlichen Glückwunsch. Aufgepasst und mitgemacht«, erwiderte Lisa in spöttischem Tonfall.

»Ja, vorhin, ich wollte es dir schon die ganze Zeit sagen«, log Abel unbeholfen und fühlte sich schlecht dabei.

»F-r-e-d-d-y!«, sagte Lisa, wobei sie die Buchstaben seines Namens künstlich in die Länge zog. »Sie steht seit Freitag letzter Woche auf dem Sideboard. Du sitzt seit mehreren Abenden neben dieser wunderschönen Schmetterlingsorchidee, die übrigens auch Malaienblume genannt wird, und ich frage mich langsam allen Ernstes, wo du mit deinen Gedanken bist, wenn du eigentlich hier bei mir sein solltest!«

In diesem Moment klingelte es an der Haustür, und Abel war froh, dass ihm eine Diskussion mit Lisa, bei der er definitiv den Kürzeren ziehen würde, durch Lars' Eintreffen erspart blieb.

Er ging zur Tür und ließ seinen Freund herein. Während Lars sich im Eingangsbereich seiner schweren Militärstiefel entledigte, ging Abel in die Küche, um den Kaffee zu holen.

Wenige Minuten später saßen Lisa, Lars und er am großen Glastisch, die beiden Männer jeweils mit einem Becher dampfenden schwarzen Kaffees vor sich.

»Wie geht es Marie?«, fragte Abel.

»Das Ganze hat sie unheimlich mitgenommen. Ich habe sie zu ihrer Mutter nach Bernau gebracht. Nicht nur, weil ich möchte, dass sie – im wahrsten Sinne des Wortes – aus der Schusslinie ist, sondern weil ich befürchte, dass sie irgendwelche Dummheiten machen könnte.«

»So schlimm?«, schaltete sich jetzt Lisa in das Gespräch ein.

»Ja … oder vielmehr, ich weiß es nicht. Ich habe Marie noch nie so erlebt. So aufgelöst. So …«

Abel merkte, wie sein Freund nach Worten suchte, und sagte: »Sie sollte zum Arzt gehen, sich ein Beruhigungsmittel verschreiben lassen. Oder ich besorge ihr mit meinem

Arztausweis etwas in der nächstgelegenen Apotheke, und du bringst es ihr vorbei. Nein, noch besser: Ich werde mal schauen, was wir noch hier im Haus …«

»Nicht nötig«, wurde er von Lars unterbrochen. »Ist schon geschehen. Mareike, ihre Mutter, hat einen ganzen Giftschrank bei sich zu Hause. Sie war früher Krankenschwester im Klinikum in Bernau. Sie hat Marie was gegeben. Ich habe erst vor zehn Minuten mit ihr telefoniert. Sie sagte, dass Marie jetzt schläft. Ich fahre morgen früh wieder hin. Aber bis dahin brauche ich einen guten Plan, wie es weitergeht. Fred, was hast du für mich? Du sagtest, du hättest eine Idee und wolltest ein paar Telefonate führen?«

»Ich habe mit Kriminalhauptkommissar Ehrenberg vom LKA telefoniert. Er sagt, dass er zwar keine dahin gehende Befugnis oder direkte Handhabe hat, aber er hat mir zugesagt, dass Marie Polizeischutz bekommt. Danach habe ich mit Herzfeld gesprochen. Er hat die besten Kontakte bei uns in der Abteilung. Er kümmert sich darum, dass Marie in einem Safe House untergebracht wird, bis klar ist, was hier eigentlich läuft.«

»Bis klar ist, was hier läuft?«, mischte sich Lisa jetzt wieder in das Gespräch ein. »Was genau meinst du denn damit, Freddy?«

»Ich meine«, sagte Abel, »dass an der Geschichte irgendetwas faul ist. Das stinkt doch zum Himmel. Jemand …«

»Der Kronzeuge in dem Prozess gegen die Saads ist tot«, unterbrach Lars ihn erneut. »Die Information, dass Bartrück nicht nur Informant fürs LKA war, sondern auch bereit, vor Gericht auszupacken, können die Saads von einem ihrer Anwälte, der Akteneinsicht hatte, erfahren haben. Aber dass Marie eine, wenn auch zugegebenermaßen nur rudimentäre Täterbeschreibung liefern konnte, ist absolutes Insiderwissen.«

»Ganz genau«, sagte Abel. »Diese Information ist gerade mal etwas mehr als vierundzwanzig Stunden alt und sollte bisher nur den direkt involvierten Ermittlern bei der Mordkommission bekannt sein. Trotzdem versucht ein falscher LKA-Beamter, Marie aus dem Haus zu locken, vor dem er ja anscheinend schon wartete, so wie du Maries Schilderung des Anrufes wiedergegeben hast.«

»Sie wollen Marie ebenfalls aus dem Weg räumen?«, wollte Lisa fassungslos wissen, doch es klang mehr nach einer Feststellung als nach einer Frage.

»Zumindest macht es den Anschein …«

»Wenn es ein Leck beim LKA gibt, solltest du dann nicht diesen Ehrenberg informieren?«, fragte Lars.

»Ich hatte es auch überlegt, aber ich denke, wir warten den morgigen Tag ab. Möglicherweise kommen die Ermittler weiter hinsichtlich der Identität von Bartrücks Mörder, dann wäre Marie fürs Erste aus der Schusslinie. Entschuldige, ich meine, sie wäre fürs Erste außer Gefahr«, korrigierte sich Abel hastig.

»Wie hat Marie das Ganze aufgenommen? Ich meine, du wirst ihr doch sicher von der Vergangenheit und Verwicklung ihres Freundes berichtet haben«, wollte Lisa wissen.

»Denkbar schlecht hat sie das aufgenommen. Ich habe ihr alles erzählt, was ich von dir bei unserem Telefonat heute Mittag erfahren habe, Fred. Ich dachte, dass vielleicht der Gedanke tröstlich wäre, dass Bartrück für die Polizei gearbeitet hat. Aber damit habe ich wohl falschgelegen«, sagte Lars und nahm einen Schluck von seinem Kaffee.

Anscheinend wollte er nicht weiter über Marie sprechen,

denn er fragte jetzt, an Lisa gewandt: »Was sind denn eigentlich eure neuesten Erkenntnisse in Bezug auf Asad Saad?«

Lisa arbeitete seit mittlerweile über elf Jahren als Staatsanwältin bei der Generalbundesanwaltschaft und war seit zwei Jahren Mitglied einer Gruppe von Bundesanwälten, die sich mit islamistischer Gefährdung in Deutschland beschäftigte. Da der Saad-Clan Kontakte zu Betreibern von Moscheen unterhielt, die teilweise als salafistische Hotspots galten und vom Verfassungsschutz beobachtet wurden, hatte Lisa bezüglich des libanesischen Verbrecherkartells immer die neuesten Informationen aus erster Hand, wie Lars wusste.

»Wir haben zwar über Shania Saad, der Frau von Abadi Saad, die ja mit ihrer Tochter ihren Mann verlassen und seiner Familie den Rücken zugekehrt hat, einiges über die Organisationsstruktur des Drogenimperiums der Saads erfahren können. Aber der Umstand, dass sie vor etwa sechs Wochen bei einem Verkehrsunfall getötet wurde, hat unsere wesentliche Quelle zum Versiegen gebracht. Sie war eine elementar wichtige Kronzeugin …«

»Moment«, fiel Lars ihr aufgeregt ins Wort. »Du sagst, die Frau von Abadi Saad ist tot? Sie und Bartrück, beide Kronzeugen gegen die Saads, mit deren Aussagen die Anklagepunkte gegen Asad Saad und Konsorten stehen und fallen – jedenfalls soweit ich das mitbekommen habe –, sind beide innerhalb kürzester Zeit ums Leben gekommen? Ein Verkehrsunfall? Da ist doch was faul, wenn du mich fragst, Lisa.«

Er warf Abel einen vielsagenden Blick zu, den dieser mit einem Schulterzucken erwiderte.

»Ich weiß, Lars, das hört sich erst mal verdächtig an, und man könnte einen Zusammenhang beider Todesfälle als Teil eines größeren Plans vermuten, aber das ist überprüft und ausgeschlossen worden«, erwiderte Lisa. »Shania Saad befand sich, als sie als Fußgängerin von einem Auto erfasst wurde, dessen Fahrer dann Fahrerflucht beging, im Zeugenschutzprogramm. Immer wechselnde, geheim gehaltene Orte im Ausland. Nur wenige Eingeweihte bei den deutschen Behörden – die dazu noch handverlesen waren – wussten, wo sie sich jeweils für einen Zeitraum von einer, maximal zwei Wochen aufhielt. So weit reicht nicht mal der Arm von Asad Saad.«

Moewig verzog kaum merklich den Mund, er schien nicht vollends von Lisas Erklärung überzeugt zu sein.

»Und was den Löwen betrifft«, fuhr Lisa fort, »Asad Saad ist nach wie vor wie vom Erdboden verschwunden. Nach der Festnahme seiner Brüder gibt es keine Spur mehr von ihm. Wir vermuten, dass er sich im Libanon aufhält und von dort aus die kriminellen Machenschaften seines Familienimperiums weiterhin steuert. Aber das ist eben nur eine Vermutung.«

☠ ☠ ☠

13

Berlin,
Treptowers, BKA-Einheit »Extremdelikte«,
Besprechungsraum,
22. Oktober, 07:33 Uhr

Der Beamer warf das Foto des Toten übergroß an die Leinwand in dem grau möblierten Besprechungsraum im Untergeschoss der Treptowers. Mit Ausnahme von Doktor Sabine Yao und Doktor Alfons Murau waren alle Mitarbeiter der rechtsmedizinischen Abteilung »Extremdelikte« des BKA an diesem Morgen zur Frühbesprechung anwesend.

In dieser täglich um 07:30 Uhr beginnenden Dienstbesprechung wurden die für den jeweiligen Tag geplanten Obduktionsfälle vom Leiter der Abteilung, Professor Paul Herzfeld, vorgestellt. Er referierte die Situation am Leichenfundort, meistens illustriert anhand von Fotos von der Auffindesituation der Toten, und den bisherigen Stand der Ermittlungen kurz und knapp aus der jeweils vor ihm liegenden Ermittlungsakte. Anschließend verteilte er dann die Fälle an die anwesenden Obduzenten.

Abels Blick schweifte kurz zu dem leeren Stuhl von Sabine Yao. Seine von ihm nicht nur für ihr rechtsmedizinisches Fachwissen und ihre Umsichtigkeit, sondern mittlerweile auch als enge Vertraute geschätzte Kollegin hatte vor drei Tagen kurzfristig Urlaub genommen, um in Kiel eine Familienangelegenheit zu regeln. Dass es dabei allerdings um viel mehr als nur eine banale Familienangelegenheit ging, hatte

Abel zwischenzeitlich von ihrem gemeinsamen Chef Herzfeld erfahren. Yaos Tante war zuvor dreizehn Tage lang vermisst worden, ehe ihre Leiche dann vor vier Tagen in einem Flusslauf unweit der schleswig-holsteinischen Landeshauptstadt aufgefunden worden war. Herzfeld hatte ihm nicht viel berichtet, nur dass die Frau mutmaßlich Opfer eines Tötungsdeliktes wurde, auch wenn weiterführende toxikologische Untersuchungen des Leichnams noch aus- und die polizeilichen Ermittlungen ganz am Anfang standen.

Sein Chef saß jetzt bestens gelaunt hinter einem Stapel Ermittlungsakten und zeigte auf das Foto des Toten auf der Leinwand. Die Fotografie war offenbar auf der Intensivstation eines Krankenhauses aufgenommen worden. Der Mann lag auf die Seite gedreht in einem Krankenhausbett, umgeben von Gerätetürmen modernster Medizintechnik, mit teilweise darin integrierten Monitoren. Das Krankenhausnachthemd war am Rücken des Toten weit geöffnet, offenbar von den Polizeibeamten, die das Foto aufgenommen hatten. Es zeigte eine sehr blasse Körperrückseite und die ebenso blassen Hautpartien seiner rechten Brustkorb- und Flankenseite. Seine Hautfarbe unterschied sich nur unwesentlich von der weißen Wand des Krankenhauszimmers im Hintergrund. Leichenflecke konnte Abel nirgendwo ausmachen.

»Dieser dreiundsiebzig Jahre alt gewordene Mann, früher Referent im Bundeswirtschaftsministerium, wurde vor vier Tagen in kritischem Zustand mit einem Volumenmangelschock in der Charité stationär aufgenommen. Trotz sofortiger Behandlung auf der Intensivstation verstarb er etwa dreißig Minuten später. Vorausgegangen war, dass sich seine Tochter aus erster Ehe Sorgen machte, aber weder ihn noch seine aktuelle Ehefrau erreichen konnte und daraufhin zu deren Einfamilienhaus in Lichterfelde fuhr. Dort verweigerte ihr die Stiefmutter zunächst den Zutritt, ließ sie dann aber unter der Drohung ins Haus, die Tochter werde die Polizei einschalten, wenn es sein müsse. Dort fand sie ihren nicht ansprechbaren Vater in kritischem Gesundheitszustand vor und rief einen Notarzt.«

»Ach, für ärztliche Behandlungsfehler sind wir hier bei den ›Extremdelikten‹ jetzt auch schon zuständig, das wird ja immer bunter«, murmelte der fast durchweg übel gelaunte Doktor Martin Scherz in missmutigem Tonfall, für alle gut hörbar.

»Für diesen schon, wenn man den Begriff Kunstfehler als Ausdruck dafür verwendet, dass keine Indikation für die Gabe von Blutverdünnern vorlag, Herr Kollege Scherz«, entgegnete Herzfeld. Wenn sich Abels Chef über Scherz' Bemerkung ärgerte, war ihm dies jedenfalls nicht anzumerken.

»Doch es geht hier nicht um einen ärztlichen Kunstfehler, sondern um etwas ganz anderes. Seine Frau, mit der er seit einem knappen halben Jahr in zweiter Ehe verheiratet ist, hat bis Anfang letzten Jahres eine Haftstrafe wegen versuchten Mordes verbüßt.«

»Und dann steht man für alle Zeiten unter Generalverdacht, wenn jemand aus dem näheren familiären Umfeld stirbt?«, hakte Scherz, der an diesem Morgen anscheinend besonders schlecht gelaunt zu sein schien, unter dem Kopfschütteln einiger seiner Kollegen nach.

»Das Delikate an diesem Fall ist, dass die Dame verurteilt wurde, weil das seinerzeit zuständige Landgericht Bremen es für erwiesen angesehen hatte, dass die gelernte Anästhesie-Schwester ihren ersten Ehemann mit Blutverdünnern umzubringen versucht hatte. Blutverdünner, die sie ihm heimlich ins Essen gemischt hatte. Die Tochter des Mannes hier« – er machte eine Kopfbewegung in Richtung des Fotos auf der Leinwand – »ist direkt nach dem Ableben ihres Vaters mit ihrem Verdacht bei der Staatsanwaltschaft vorstellig geworden. Sie vermutet, dass ihre Stiefmutter möglicherweise in alte Rollenmuster zurückgefallen ist und ihren Modus Operandi beibehalten hat. Und da Sie, Herr Scherz, ja ein gesteigertes Interesse an diesem Fall zu haben scheinen, ist es jetzt Ihrer.«

Mit diesen Worten schob Herzfeld Scherz lächelnd einen blassroten Pappschnellhefter über die hellgraue Tischplatte des Konferenztisches zu.

Scherz unternahm einen weiteren Versuch, die Zuständigkeit des BKA für diesen Todesfall infrage zu stellen, indem er mit belegter Stimme sagte: »Und das können die Kollegen vom Landesinstitut oder der universitären Rechtsmedizin dieser Stadt nicht leisten?«

Herzfeld schien diese Frage erwartet zu haben.

»Es ist nicht auszuschließen, dass es sich bei der Frau um eine Serienmörderin handelt, denn die Recherchen der Kollegen vom Berliner LKA ergaben, dass dies bereits ihre vierte Ehe war und auch ihre ersten beiden Ehemänner unter, wie es scheint, ungeklärten Umständen das Zeitliche segneten. Beide waren ältere, gut betuchte Herren. Eine Obduktion erfolgte in keinem der Fälle, und einen Zusammenhang zwischen den Todesfällen hat bisher auch niemand hergestellt, da sie in unterschiedlichen Bundesländern stattfanden. Momentan wird gerade geprüft, ob die Herren eingeäschert wurden oder ob eine Chance auf Exhumierung aus einem Erdgrab besteht. Lesen Sie die Akte, Kollege Scherz.

Ein bemerkenswerter Fall, der gut in die Aufgabenbeschreibung unserer Abteilung passt.«

Herzfeld klickte kurz mit der Fernbedienung für den PC, und das Foto des blassen Toten wich dem Bild einer nackten Frau, die auf dem Rücken in einer nicht mit Wasser gefüllten Badewanne lag. Ihre Beine waren weit auseinandergespreizt, und über ihrem Gesicht lag ein dreieckig gefaltetes Textilstück, sehr wahrscheinlich ein kleines Handtuch, sodass ihr Gesicht nicht zu sehen war.

»Weiter geht's«, sagte Herzfeld. »Fall Numero zwei heute. Wie es scheint, hat der ›Bademeister‹ wieder zugeschlagen.«

Abel wusste, auf wen sein Chef anspielte. »Bademeister« hatte die Berliner Boulevardpresse einen Serienmörder getauft, der im vergangenen Jahr über einen Zeitraum von acht Monaten insgesamt drei junge Frauen in den Berliner Bezirken Pankow und Reinickendorf ermordet hatte. Der Täter hatte sich, als Heizungsmonteur gekleidet und mit einem Werkzeugkoffer in der Hand, jeweils unter dem Vorwand, in einer Nachbarwohnung sei ein Heizungsrohr defekt und er müsse jetzt sämtliche Rohre im Haus überprüfen, Zutritt zu den Wohnungen der jungen Frauen verschafft. Anschließend hatte er sie vergewaltigt und mit einem Kabel erdrosselt.

Die nackten Leichen hatte er jeweils mit weit gespreizten Beinen in der leeren Badewanne positioniert, auf dem Rücken liegend und mit einem zu einem Dreieck gefalteten Handtuch über ihrem Gesicht. Allerdings saß der Tatverdächtige seit einigen Monaten in Untersuchungshaft, nachdem es einen Treffer in der DNA-Datenbank gegeben hatte, der zu einem bereits zweifach wegen Sexualdelikten verurteilten Fünfunddreißigjährigen geführt hatte, der jedoch beharrlich schwieg.

»Ein Nachahmungstäter?«, meldete sich Abels Kollegin Doktor Wiebke Rath zu Wort.

»Das ist praktisch ausgeschlossen«, erwiderte Herzfeld. »Einzelheiten zu der genauen Auffindesituation der Opfer des ›Bademeisters‹ sind nie an die Öffentlichkeit gelangt. Die Presse weiß nicht einmal, ob Wasser in der Wanne war oder nicht, geschweige denn, wie die Leichen drapiert und jeweils mit einem Handtuch inszeniert wurden. Das ist eindeutig Täterwissen. Die Kollegen von der Mordkommission haben das zu Recht bisher aus der Öffentlichkeit gehalten, solange der dringend Tatverdächtige nichts sagt.«

Wenn es kein Nachahmungstäter ist, kommt Marco Schorlau, der unter dringendem Tatverdacht steht, schon seit Monaten in U-Haft sitzt und auf seinen Prozess wartet, als Täter nicht in Betracht, ging es Abel durch den Kopf. *Es wäre eine empfindliche Schlappe für Ehrenberg und seine Leute von der Mordkommission, wenn er es gar nicht war und vielleicht bei der Kriminaltechnik irgendetwas mit der DNA-Untersuchung schiefgelaufen ist. Denn das würde bedeuten, dass der wahre Täter weiter auf freiem Fuß ist und weiter mordet. Es könnten schnell ein paar Köpfe bei den Polizeioberen rollen, wenn die Presse davon Wind bekommt.*

Aber Herzfeld hatte noch eine andere Theorie parat.

»Vielleicht ist es aber auch nicht nur ein Täter, sondern es sind zwei, die für die drei bisher dem ›Bademeister‹ zugeschriebenen Sexualmorde verantwortlich sind«, sagte der Chef der »Extremdelikte«. »Möglicherweise gibt es einen zweiten Täter, der seinem Druck knapp ein halbes Jahr nach der letzten Tat nachgeben muss …«

Herzfeld schob einen taubengrauen Schnellhefter über den Konferenztisch zu Doktor Alexandra Roth.

»Ihr Fall, Frau Kollegin.«

»Und nun zum nächsten Fall, liebe Leute«, fuhr Herzfeld fort und betätigte mit einem leisen Klicken erneut die Fernbedienung in seiner linken Hand.

Das überdimensionierte Foto eines abgetrennten Kopfes erschien jetzt auf der Leinwand. Er lag offensichtlich auf Waldboden oder auf einem mit Nadelbäumen bewachsenen Grünstreifen und zeigte bereits deutliche Leichenfäulnisveränderungen in Form eines dunkelgrünlich-schwärzlichen Hautkolorits sowie eines durch den Druck der Fäulnisgase froschmaulartig aussehenden Mundes.

Wieder einmal der ganz normale Wahnsinn dieser Stadt, der uns heute in den Sektionssaal gespült wird, ging es Abel durch den Kopf, während er Herzfelds Ausführungen zu dem Fall lauschte.

14

Berlin-Bernau,
Wohnhaus von Mareike Lindweg,
22. Oktober, 13:50 Uhr

Ich habe das Gefühl, jeden Tag verblasst die Erinnerung an Lilly ein kleines bisschen mehr. Bruchstücke unserer gemeinsamen Zeit, die zwölf Jahre, die ich mit ihr hatte. Bis nichts mehr da ist …« Marie schluchzte laut auf, schaffte es dann aber doch, mit tränenerstickter Stimme, fortzufahren. »Zwölf Jahre, die viel zu schnell vergingen. Ich habe Angst, Lars. Ich sträube mich dagegen, ich will das nicht zulassen, aber die Erinnerungen, sie verblassen trotzdem …«

Sie schluchzte erneut laut auf und wurde dann von einem Weinkrampf geschüttelt.

Moewig stand ratlos im Wohnzimmer von Maries Mutter. Marie lag mittlerweile mehr, als dass sie saß, zusammengekrümmt auf der dunkelbraunen Cordcouch. Die beiden Personenschützer des LKA, die vor etwa zehn Minuten eingetroffen waren, wirkten genauso überfordert mit der Situation wie er.

Moewig war vor knapp zwei Stunden im Haus von Mareike Lindweg angekommen und hatte seine Ex-Partnerin völlig verzweifelt vorgefunden. Zunächst hatte er gedacht, sie würde um Ludger Bartrück trauern oder Angst haben, von seinem Mörder oder dessen Komplizen erneut aufgespürt und dann getötet zu werden, aber das war nicht der Fall. Marie gab sich selbst nicht nur die Schuld an Lillys Tod, sondern jetzt auch an dem von Bartrück. Wenn ich nur eine halbe Stunde früher bei Ludger eingetroffen wäre, würde Ludger vielleicht noch leben, hatte sie verzweifelt geschrien. Offensichtlich hatte der Mord an Bartrück alte Wunden wieder aufgerissen, denn wie Moewig auch, hatte Marie den viel zu frühen Tod ihrer gemeinsamen Tochter nie wirklich verkraftet oder die Trauerarbeit abschließen können.

Moewig hatte in den vergangenen eineinhalb Stunden vergeblich mit Engelszungen auf sie eingeredet, hatte mit verschiedenen Argumenten versucht, Marie davon zu überzeugen, dass ihre Selbstvorwürfe unbegründet seien. Dann hatte es an der Tür geklingelt, und die beiden Personenschützer vom LKA waren aufgetaucht. Dass sie in offiziellem Auftrag handelten, hatte Moewig bereits im Vorfeld ausgelotet und von Abel die entsprechende Information bekommen, die Professor Paul Herzfeld geliefert hatte.

Der Ältere der beiden Personenschützer, ein drahtiger Mann mit leicht angegrautem Vollbart und Pferdeschwanz, den er auf Anfang bis Mitte vierzig schätzte, sagte jetzt zum wiederholten Male zu der wimmernden Marie: »Frau Lindweg, wir müssen los. Ich möchte Sie nochmals bitten, Ihr Handy und alle sonstigen elektronischen Geräte hierzulassen, die werden später von unseren Kollegen abgeholt. Wenn Sie eine Smartwatch haben – bitte auch hierlassen. Frau Lindweg, bitte …«

In diesem Moment kehrte Maries Mutter, die vor wenigen Minuten das Wohnzimmer verlassen hatte, mit einem weißen Tablettenblister und einem mit einer gold-bräunlich schimmernden Flüssigkeit gefüllten Trinkglas zurück.

»Hier!«, sagte sie und reichte ihrer Tochter das Glas. »Trink das. Es ist Cognac. Der wird dir guttun. Und nimm hiervon eine« – sie deutete auf den Tablettenblister in ihrer Hand –, »die haben dir gestern auch geholfen.«

Sie reichte das Cognacglas ihrer Tochter, die sich langsam aufsetzte, und drückte eine der Tabletten aus dem Blister. Marie steckte sie widerstandslos in den Mund und spülte sie mit einem großen Schluck Cognac herunter.

Moewig runzelte die Stirn, beherrschte sich aber und schwieg. Alles war besser als die bisherige Situation.

Mareike stopfte den Blister mit den Worten: »Am besten nimmst du den Rest gleich mit, aber nicht mehr als zwei am Tag, hörst du?«, in Maries geöffnete Reisetasche, die neben ihr auf der Couch stand.

Der LKA-Beamte mit dem Pferdeschwanz hatte dem Ganzen mit einem zweifelnden Gesichtsausdruck zugeschaut, doch auch er schwieg. Offenbar war ihm alles recht, wenn nur seine Schutzperson sie jetzt endlich zum Safe House begleiten würde.

15

Berlin,
Treptowers, BKA-Einheit »Extremdelikte«,
Büro Dr. Fred Abel,
22. Oktober, 20:11 Uhr

Abel sah auf die in der unteren rechten Ecke seines PC-Monitors angegebene Uhrzeit und fluchte laut los.

»Verdammt! So ein Mist! Wo ist heute nur die Zeit geblieben?«

Um kurz nach 15:00 Uhr hatte er einen Anruf von Lars erhalten, der ihm berichtete, dass sich Marie nun endlich mit den beiden LKA-Beamten auf dem Weg in das Safe House befand, sie aber psychisch labil sei und komplett neben sich stehen würde. Er befürchtete, dass Marie sich etwas antun könnte, da sie sich in einem ähnlichen psychischen Ausnahmezustand befände wie nach Lillys Tod, als sie aufgrund akuter Selbstgefährdung einige Tage in einer geschlossenen Abteilung einer psychiatrischen Klinik zur Beobachtung untergebracht worden war.

Doch weder Abel noch Lars hielten es für eine gute Idee, dass die beiden LKA-Beamten mit Marie im nächstgelegenen Krankenhaus oder in einer Arztpraxis in der Nähe des Safe House vorstellig wurden – da über das elektronische Krankenkassensystem möglicherweise ihr Aufenthaltsort bei denjenigen, die nach ihr suchten, aufpoppen würde. Deshalb hatten sie sich darauf geeinigt, dass Abel in seiner Eigenschaft als Mediziner Marie im Safe House aufsuchen und sich ein Bild von ihrer psychischen Verfassung und ihrem Gesundheitszustand machen sollte.

Abel hatte festgestellt, dass sich Lars in den dreißig Jahren, die sie sich nunmehr kannten, noch nie so besorgt und so ratlos angehört hatte. Er hatte seinem Freund versichert, dass er sich auf den Weg machen würde, sobald er das Gutachten, an dem er gerade saß, beendet hatte. Im Anschluss an das Telefonat hatte es ihn fast zwei Stunden und etwa ein Dutzend Telefonate gekostet, den momentanen Aufenthaltsort von Marie in Erfahrung zu bringen – und das Ganze wäre ohne die erneute Intervention Herzfelds sicherlich erfolglos verlaufen. Der entstandene Zeitaufwand und die Mühe hatten ihn nicht im Geringsten gestört, im Gegenteil, denn nur so war sichergestellt, dass die Adresse des Safe House nicht im Datennetz von LKA oder BKA frei flottierte und jeder Mitarbeiter irgendeiner deutschen Polizeibehörde oder sonst jemand an diese Information herankommen konnte.

Dann hatte er sich wieder seinem Sektionsanschlussgutachten gewidmet, auf das die zuständige Staatsanwältin dringend wartete, um weite Teile ihrer Anklageschrift auf dem Ergebnis seiner rechtsmedizinischen Untersuchung und minutiöser Rekonstruktion von zwei im Keller eines Mehrfamilienhauses tot aufgefundenen siebenjährigen Zwillingsschwestern aufzubauen. Und darüber hatte er die Zeit völlig vergessen. Mal wieder …

Abel ergriff Handy und Autoschlüssel, sprang von seinem Schreibtischstuhl auf und verließ eilig sein Büro. Im Flur hielt er inne, fluchte erneut und hastete zurück ins Büro. Er riss seine schwarze Glattlederjacke von der Lehne des Schreibtischstuhles, tastete kurz außen an der Jacke herum und stellte mit Erleichterung fest, dass er sein Portemonnaie am Morgen eingesteckt hatte. Seinen Arztausweis würde er brauchen, sollte Marie verschreibungspflichtige Medikamente benötigen.

Wenn ich mich beeile, kann ich in knapp einer Stunde bei Marie sein. Der Feierabendverkehr ist schon längst durch. Ich werde von unterwegs über mein Handy checken, wo die nächstgelegene Apotheke in der Gegend ist, die heute Nacht Notdienst hat …

Mit diesen Gedanken sprintete er aus dem Aufzug, der ihn gerade aus dem siebten Stock in die Eingangshalle der Treptowers gebracht hatte, vorbei an dem fragend dreinblickenden Pförtner.

☠☠☠

16

Oranienburg, Brandenburg,
Safe House,
22. Oktober, 20:52 Uhr

Nachdem Marie mit den beiden Polizeibeamten in einen VW-Passat gestiegen war, war sie unter dem entspannenden und müde machenden Einfluss des Beruhigungsmittels innerhalb weniger Minuten eingeschlafen, eingelullt von dem monotonen Motorengeräusch und dem leichten Schaukeln im Fond des Fahrzeugs, irgendwo auf einer Landstraße in Brandenburg. Als der Motor schließlich vor dem Safe House verstummt war und der Jüngere der beiden Beamten sie durch vorsichtiges Antippen an der Schulter behutsam geweckt hatte, war sie für einen kurzen Moment orientierungslos gewesen, hatte sich dann aber schnell berappelt.

Der Ältere der beiden Personenschützer hatte Marie in den ersten Stock des unscheinbaren Reihenhauses, erbaut irgendwann in den 1990er-Jahren, geführt und ihr eines der beiden dort gelegenen Zimmer zugewiesen.

Kurze Zeit später war Marie nach unten zurückgekehrt, wo sie die beiden Beamten im Wohnzimmer antraf. Die Männer hatten ihr kurz die Regeln erklärt, die für sie als Schutzperson in den nächsten Tagen gelten würden. Dazu gehörte unter anderem, niemals das Haus zu verlassen, sich nicht einmal an einem der Fenster zu zeigen, ihre Tasche immer gepackt zu lassen, falls ein kurzfristiger Ortswechsel notwendig werden würde, und alle Anweisungen ihrer beiden Beschützer sofort und ohne Nachfragen zu befolgen. Anschließend war Marie in die Küche des Hauses gegangen. Dort hatte sie erleichtert festgestellt, dass für Verpflegung inklusive Getränke und Kaffee ausreichend gesorgt war.

Sie hatte für die Männer und sich Kaffee gekocht und dann zwei Packungen Fertigpasta zubereitet, was die beiden dankbar angenommen hatten.

Jetzt lag Marie auf dem Bett ihres Zimmers, starrte an die mit hellgelber Raufasertapete verkleidete Zimmerdecke und versuchte, die schrecklichen Bilder zu verdrängen, die seit Ludgers Tod unentwegt in ihrem Kopf herumtobten. Warum wurden ihr immer *die* Menschen entrissen, die sie liebte? Bei diesem Gedanken traten ihr erneut Tränen in die Augen. Sie schüttelte unwillkürlich den Kopf, als könne sie so den schmerzhaften Erinnerungen entkommen.

Die beiden Polizeibeamten waren während ihres gemeinsamen Essens freundlich und angenehm zurückhaltend gewesen. Der durchtrainierte Ältere, der von seinem Kleidungsstil her irgendwann in den 1980ern stehengeblieben war, schien das Sagen zu haben, im Gegensatz zu seinem jüngeren, sommersprossigen, rothaarigen Kollegen, den Marie auf etwa Ende zwanzig schätzte.

Mit etwas Glück – wenn die Polizei ihre Arbeit schnell und präzise erledigte – war dieser ganze Albtraum in ein paar Tagen schon wieder vorbei. Das hatten die beiden vorhin beim Essen auf ihre Frage hin, wie lange sie hier in dem Haus bleiben müsse, zumindest angedeutet.

Safe House, dachte sie.

In Agentenfilmen oder Spionage-Thrillern waren diese Unterkünfte fast durchweg innenarchitektonisch ansprechende, technisch mit allerlei Schnickschnack ausgestattete

Häuser, seltener Wohnungen, meistens mit einem Ausblick in die Weite und die Natur. Die Realität sah dagegen ganz anders aus. Dieses Safe House hier war nichts als Tristesse pur – innen wie außen. Die links und rechts gelegenen fünf weiteren Reihenhäuser hatten genau wie ihre neue Unterkunft eine hellgelbe Klinkerfassade und wirkten inmitten der benachbarten Wohnblocks im Plattenbaustil eher deplatziert, wie ihr bei ihrer Ankunft aufgefallen war. Im Inneren war das zweigeschossige Haus rustikal, um nicht zu sagen, spärlich möbliert. Und beim vorsichtigen Blick aus dem Fenster ihres Zimmers im ersten Stock auf der Rückseite des Hauses, den Marie sich nicht hatte verkneifen können, hatte sich ihr auch kein Naturschauspiel, sondern ein riesiges, schwach von einer Straßenlaterne beleuchtetes Netto-Werbeplakat gezeigt, das an der Häuserfront des Mehrfamilienhauses gegenüber prangte.

Ihre Gedanken wanderten zurück zu dem Abend vor zwei Tagen, draußen auf Ludgers Landsitz in Teupitz. Es kam ihr immer noch völlig unwirklich vor, wie ein schlechter Albtraum, aus dem sie irgendwann aufwachen musste. Sie konnte einfach nicht glauben, dass Ludger tot war. Und noch viel weniger, dass er offensichtlich nicht der gewesen war, der er vorgegeben hatte zu sein.

Jemand, den ich zu kennen geglaubt hatte.

Nach den gestrigen Andeutungen von Lars am Telefon war Ludger anscheinend in kriminelle Machenschaften einer libanesischen Großfamilie – eine euphemistische Umschreibung des Begriffes Mafia-Clan, wie Marie fand – verwickelt gewesen.

Die beiden Personenschützer des LKA hatten ihr beim Essen vorhin keine Auskünfte dazu geben wollen. Oder nicht geben können. Auch hatten sie sich bedeckt gehalten, ob es schon erste Erkenntnisse darüber gab, wer der ominöse Anrufer gewesen war, der sie gestern aus ihrer Wohnung locken wollte. Aber vielleicht wussten das ihre beiden Aufpasser, wie sie die Männer insgeheim getauft hatte, schlichtweg nicht. Doch es war kein böser Traum, es gab kein Erwachen daraus.

Das alles ist so unwirklich …

Marie erhob sich von dem schmalen Holzbett, dessen Matratze noch gänzlich unbenutzt wirkte, wie sie zu ihrer Erleichterung festgestellt hatte, als sie vor wenigen Minuten ein bereitgelegtes Bettlaken aufgezogen hatte. Sie öffnete ihre Reisetasche mit den kurz vor ihrem überstürzten Aufbruch in ihrer Wohnung in Kreuzberg hastig zusammengepackten Sachen. *Eine Dusche und frische Klamotten werden mir jetzt guttun …*

Ihr Blick fiel auf dem Weg ins Bad zufällig aus dem Fenster und auf das etwa acht bis zehn Meter entfernte Netto-Werbeplakat auf der anderen Straßenseite. Vor dem Plakat, am Straßenrand, stand ein schwarzer SUV, der eben noch nicht dort gestanden hatte. Da war sich Marie sicher. Neugierig wagte sie, versteckt hinter der seitlich herunterhängenden Gardine, einen genaueren Blick und stellte fest, dass keine Personen im Inneren des Fahrzeugs zu erkennen waren.

Okay, dann sind wohl keine zusätzlichen Aufpasser vor der Tür, überlegte sie.

Sie warf einen erneuten Blick auf den schwarzen SUV.

Vielleicht ist es das Auto mit der Ablösung für meine Aufpasser?

Marie war schon immer jemand gewesen, dem kleine Details auffielen. Dinge, die andere beim flüchtigen Betrachten einer Szenerie übersahen, stachen ihr ins Auge – so wie die spaltbreit offene stehende Haustür von Ludgers Landsitz, kurz bevor der tödliche Schuss fiel.

Und jetzt die Autotür …

Die Fahrertür des Wagens stand etwa zwei Handbreit offen. Maries Augen verengten sich zu schmalen Schlitzen. In ihrem Kopf rumorte es.

Was hat mir Lars vor Jahren mal erzählt? An einem der seltenen Abende, als er mir von einem seiner Jobs in Libyen berichtete? Dass er und seine Kameraden bei ihren Einsätzen zwar mit einem Auto vorfahren, um ein Fluchtfahrzeug zu haben, falls etwas schiefläuft. Dass sie aber niemals die Autotüren schließen, und schon gar nicht zuschlagen, da andere das Geräusch hören könnten und dadurch gewarnt würden, dass ungebetener Besuch im Anmarsch ist. Das Motorengeräusch eines Autos erzeugt kein Aufsehen, wohl aber das Zuschlagen von Autotüren, was bedeutet, dass irgendjemand ausgestiegen ist, hatte Lars ihr erklärt. Deshalb machen wir die Türen nie zu, hatte er gesagt …

Während sie noch darüber nachdachte, ob sie Gespenster sah oder ob sie der offenen Autotür eine Bedeutung zumessen und ihre beiden Aufpasser informieren sollte, hörte sie im Erdgeschoss ein Poltern, gefolgt von einem dumpfen Knall. Nicht laut, aber irgendwie …

Eigenartig.

Es war ein Geräusch, das Marie Angst machte.

17

Autobahn 111 in nördlicher Richtung,
Pkw Dr. Fred Abel,
22. Oktober, 20:58 Uhr

Wie gesagt, Lisa, du musst nicht auf mich warten, es wird heute Abend sicherlich sehr spät werden«, sagte Abel.

»Mal wieder«, hörte er Lisas Stimme aus der Freisprechanlage. Es klang keineswegs nach einem Vorwurf, sondern nach einer nüchternen Feststellung.

»Fred, da unser Griechenlandurlaub dieses Jahr leider ausgefallen ist, dachte ich, ich buche uns etwas für Anfang oder Mitte November. Dubai zum Beispiel. Nicht weit weg und Sonnengarantie auch im November. Was meinst du?«

»Du meinst, nach Dubai, in die Vereinigten Arabischen Emirate, lassen Sie *dich* rein?«, frotzelte Abel. »Die haben dich als Spezialistin für islamistische Gefährdung in deiner Rolle als Retterin des Abendlandes schon auf dem Schirm«, neckte er seine Lebensgefährtin weiter.

Allerdings steckte mehr hinter seiner kleinen Stichelei, auch wenn er das niemals offen zugegeben hätte. In Wahrheit scheute er davor zurück, für längere Zeit nicht zum Dienst zu erscheinen – angesichts der Tatsache, dass sein Schreibtisch von noch offenen Sektionsfällen und unerledigten Gutachten überquoll, die sich links und rechts von seiner Computertastatur in diversen Aktenordnern und Schnellheftern stapelten.

Andererseits, kann das im Leben wirklich alles sein?, dachte er unvermittelt.

»Okay, dann Malediven. Nur Wüste ringsherum ist wohl sowieso nichts für dich«, fuhr Lisa fort.

»Du darfst dann doch gar nicht mehr fliegen. Die Schwangerschaft ist schon zu weit fortgeschritten«, startete Abel einen weiteren Versuch, Lisa ihre Urlaubspläne auszureden.

»Papperlapapp. Mit ärztlichem Attest kann ich ohne Probleme auch noch bis Ende des achten Monats fliegen. Mir geht es wunderbar. Und unserem Kind auch. Und was das ärztliche Attest anbelangt, sitze ich ja wohl bei dir an der Quelle.«

»Hör zu, Lisa. Wir reden morgen früh weiter. Ich muss mich jetzt auf das Navi konzentrieren. Schlaf gut!«

Mit diesen Worten beendete Abel das Gespräch, verlangsamte die Fahrt seines mittlerweile in die Jahre gekommenen schwarzen Audi A5 und nahm die Autobahnabfahrt auf die in Richtung Oranienburg führende Bundesstraße 96. Der Rechtsmediziner sah auf das Display seines Navis. Noch sechs Minuten bis zu seinem Ziel.

18

Oranienburg, Brandenburg,
Safe House,
22. Oktober, 21:01 Uhr

Vorsichtig, fast geräuschlos drückte Marie die Türklinke herunter und öffnete leise die Zimmertür. Aber aus dem unteren Stockwerk war nichts zu hören. Sekundenlang lauschte sie in die Stille, bis plötzlich Panik in ihr aufstieg. Ihr Herz schlug wie wild. Was war da unten passiert? Wo waren ihre beiden Aufpasser? Ängstlich beugte sie sich vor in Richtung Treppengeländer, in der Hoffnung, einen der beiden LKA-Männer dort unten zu sehen. Doch ehe sie etwas erkennen konnte, hörte sie eine leise, sonore Stimme und sprang jäh zurück.

»Wo ist sie? Oben? Wie viele weitere Personen sind noch im Haus? Besser, du sagst es mir …«

Der falsche Kommissar aus der Keithstraße.

Für einen kurzen Augenblick war Marie wie versteinert. *Er ist meinetwegen gekommen. Woher weiß er, dass ich hier bin? O mein Gott, er wird mich umbringen wie Ludger!*

Marie tastete sich zurück ins Zimmer und sah sich hektisch in dem kleinen Raum um. Sie musste sich verstecken.

Nein, unmöglich, hier gibt es nichts, wo ich mich verstecken kann. Denk nach! Was tust du jetzt?

In diesem Moment hörte sie ein erneutes Poltern und dann Schritte auf der Treppe zum ersten Stock.

19

Berlin-Moabit,
Bandelstraße,
22. Oktober, 21:02 Uhr

Wenn doch bloß schon Morgen wäre …

Zum wiederholten Mal warf er einen Blick auf die alte Seiko-Analoguhr mit dem zerkratzten Edelstahlarmband an seinem linken Handgelenk. Diese Uhr, die früher einmal seinem Vater gehört hatte, war der einzige Besitz, den er aus seiner elterlichen Wohnung gerettet hatte, nachdem die Schabiha-Milizen seine gesamte Familie getötet hatten. Nur durch Allahs Willen war er damals in Hula dem Massaker entgangen. Er war nicht wie alle anderen Mitglieder seiner Familie zur falschen Zeit am falschen Ort gewesen. Er war damals vierzehn, hatte gerade die Schule beendet und war zur Zeit des Massakers mit seinem Onkel Baschar im Hafen von Dschabla.

Zur Zeit der ethnischen Säuberungen. Dabei waren sie nicht einmal Sunniten. Aber das zählte nicht, das interessierte niemanden, als die Schüsse im Blutrausch von Assads Miliz fielen. Seine beiden jüngsten Schwestern, Noura und Falak, waren fünf und sieben, als die Schabiha kamen. Den Anblick der beiden kleinen Körper inmitten all des Blutes, inmitten all der Zerstörung um sie herum würde er niemals vergessen. Ihre blassen, vor Angst verzerrten, toten Gesichter. Gesichter, die wie aus Wachs gegossene Masken ausgesehen hatten. Nouras und Falaks offene Münder. Zu einem stummen Schrei geformte Münder kleiner Mädchen, die ihm aber nicht *Warum?* zuriefen, sondern *Rache!*

Während er in Gedanken, wie so oft, wieder in ihrer völlig verwüsteten Wohnung in Taldou war, bei all den Toten – seinen Eltern, seiner Großmutter und seinen ermordeten vier Geschwistern –, tastete er unbewusst nach seinem linken Handgelenk. Wie damals, als er starr vor Entsetzen einer spontanen Eingebung folgend, seinem toten Vater die Uhr vom Handgelenk gezogen hatte. Diese Uhr war nicht nur das einzige physische Andenken an die Zeit vor Beginn des Bürgerkrieges, sondern eine stete Erinnerung und Mahnung für ihn: dass er die, die das Unheil und Unglück zugelassen hatten, das über seine und tausend andere syrische Familien gekommen war, nicht verschonen, sondern für ihre Gleichgültigkeit am Schicksal seiner und vieler anderer Familien bestrafen würde.

☠ ☠ ☠

20

Oranienburg, Brandenburg,
Safe House,
22. Oktober, 21:03 Uhr

Marie musste sich im Bruchteil einer Sekunde entscheiden. Sollte sie unters Bett kriechen?

Idiotische Idee.

Aus dem Fenster springen?

Zu hoch.

Aus dem Fenster abseilen?

Aber womit?

In Filmen hatten die Protagonisten immer sofort die richtige Eingebung, was zu tun war. Aber die Wirklichkeit sah anders aus. Sie musste sich schnellstens in Sicherheit bringen …

Aber wo?

In diesem Moment schwang die Zimmertür auf. Es war der Jüngere der beiden Personenschützer. In seinem Gesicht war Blut, das von einer Verletzung im Bereich des Haaransatzes an der linken Stirnseite zu stammen schien. Von dort liefen mehrere blutige Rinnsale über seine linke Gesichtsseite.

In seiner linken Hand hielt der Mann eine mattschwarz glänzende Pistole. Schwer keuchend, mit weit aufgerissenen Augen, starrte er Marie an, als ob er sie zum allerersten Mal sehen würde.

»Kommen Sie, hier sind Sie nicht mehr sicher!«

Marie stand erneut wie angewurzelt da. Der Beamte

machte jetzt einen großen Satz auf sie zu, packte sie mit seiner rechten Hand grob an der Schulter und zog sie zu sich heran.

»Los jetzt!«, zischte er ihr ins Gesicht, sodass sie einen feinen Sprühregen seiner Speicheltropfen spürte. Dann lief der Mann los, mit Marie im Schlepptau, die er an ihrem blauen Wollpullover hinter sich herzerrte. Aus dem Zimmer und dann die dunkle Treppe in Richtung Erdgeschoss hinunter. Während Marie dabei fast ihr Gleichgewicht verlor, registrierte sie, dass im Erdgeschoss vor der Treppe ein Körper im Halbdunkel lag. Lediglich im angrenzenden Wohnzimmer brannte Licht, und der Fernseher schien zu laufen, denn immer wieder flackerten bläuliche Lichtstrahlen von unterschiedlicher Helligkeit in den schmalen Flur hinein und warfen gespenstische Lichtblitze auf den Körper am Boden, der sich bei Maries Näherkommen als ihr Aufpasser mit dem Pferdeschwanz entpuppte.

Er liegt merkwürdig verkrümmt da. Fast wie die überdimensionale Stretchman-Puppe, die Lars vor vielen Jahren einmal Lilly von einem seiner Auslandseinsätze mitgebracht hat, schoss es Marie durch den Kopf.

Unter dem Körper befand sich ein dunkler Fleck, der sich trotz der schlechten Beleuchtung deutlich von dem Sisal-Läufer, auf dem er lag, abhob.

Blut!

Marie tat es jetzt dem Beamten nach, der sie losgelassen hatte, als er die letzte Treppenstufe erreicht hatte und mit einem Satz über seinen leblosen Kollegen gesprungen war. Nachdem sie ebenfalls einen Satz über den Körper gemacht hatte, war die bizarre Szenerie auch schon wieder aus ihrem

Gesichtsfeld verschwunden. Der Aufpasser packte sie erneut und zog sie mit sich.

Vor der sperrangelweit aufstehenden Haustür angekommen, blieb Maries Beschützer stehen, ließ sie los und flüsterte ihr keuchend zu: »Der Angreifer ist vorhin raus. Wir wissen nicht, ob er allein agiert!«

Dann riss er die Pistole mit beiden Händen vor seinem Körper hoch.

»Ich hab keine Ahnung, wo der Typ steckt. Er könnte zwischenzeitlich auch wieder ins Haus gelaufen sein. Scheiße!«

Marie sah sich ängstlich zu allen Seiten um.

O Gott, ich werde gleich ohnmächtig. Was für ein Wahnsinn …

In diesem Moment erklang der Klingelton eines Handys im Wohnzimmer. Marie zuckte zusammen. Sie hatte das Gefühl, ihre Knie wären aus Wachs, das gerade anfing, sich unter einer Flamme zu verflüssigen.

»Fuck! Mein Handy liegt im Wohnzimmer, da hat er uns überrascht. Keine Ahnung, wie der Angreifer hier überhaupt reingekommen ist und woher er wusste, dass Sie hier sind«, stieß ihr Schutzengel hervor. Dann sah er Marie direkt in die Augen. »Hören Sie genau zu. Sie rennen jetzt da rüber zu den Mülltonnen. Sehen Sie die? Da gehen Sie in Deckung und warten auf mich. Verstanden?«

Marie lugte vorsichtig aus der Haustür und sah mehrere Mülltonnen, die sich schemenhaft in der Dunkelheit in etwa achtzig Metern Entfernung die Straße hinunter abzeichneten. Sie versuchte, ihre Atmung zu kontrollieren, ihre Angst herunterzuschlucken, und nickte stumm.

»Sie halten nicht an, egal, was passiert. Ich gebe Ihnen Deckung. Los!«

Marie rannte los, verlor auf dem schmalen Gehweg erneut kurz das Gleichgewicht und befürchtete zu stürzen, fing sich jedoch wieder und sprintete, so schnell sie konnte, in die Dunkelheit.

21

Oranienburg, Brandenburg,
Pkw Dr. Fred Abel,
22. Oktober, 21:04 Uhr

Was die Qualität der Straßenbeleuchtung in der Zielstraße fernab des Zentrums von Oranienburg anbelangte – mit etwa fünfundvierzigtausend Einwohnern sogar eine der größeren Städte Brandenburgs –, war noch reichlich Luft nach oben. Abel steuerte seinen Audi in Schrittgeschwindigkeit an einem großen Plattenbau vorbei und starrte konzentriert abwechselnd aus den Seitenfenstern von Fahrer- und Beifahrerseite, um in der Dunkelheit eine Hausnummer an den Gebäuden zu erkennen.

Hier irgendwo muss die Nummer sieben sein …

Auf der dem Plattenbau gegenüberliegenden Straßenseite standen einige Reihenhäuser. Aus einem davon, in dem im Erdgeschoss Licht brannte, löste sich eine Person aus dem Türrahmen, blieb kurz stehen und rannte wie auf ein Kommando in Richtung Straße. Die Person kam in dem kleinen Vorgarten kurz ins Straucheln, fing sich dann aber wieder und lief weiter auf ihn zu. Fast wäre sie Abel, der abrupt auf die Bremse trat, vors Auto gelaufen. Es war eine Frau, die jetzt die Straße hinunterhastete, von seinem Fahrzeug weg, wie Abel im Bruchteil der Sekunde erkannte, in dem sie sich genau vor seinem Fahrzeug im Kegel der Autoscheinwerfer befand. Und fast zeitgleich wurde Abel klar, dass es sich bei der blonden, dünnen Frau um Marie handeln musste. Er hatte sie zwar seit etwa drei Jahren nicht mehr gesehen –

nach Lillys Tod hatte sie den Kontakt zu ihm strikt abgelehnt, da sie ihn dafür verantwortlich machte, dass Lars in der schwärzesten Zeit ihres Lebens nicht an ihrer Seite und der ihrer sterbenden Tochter Lilly sein konnte –, aber er war sich jetzt hundertprozentig sicher, dass das vor ihm Marie war. Während Abel den Audi leicht beschleunigte, um sie nicht aus den Augen zu verlieren, warf er einen Blick auf das Reihenhaus zu seiner Linken, aus dem sie gekommen war.

In diesem Moment krachten drei Schüsse. Daran, dass es Schüsse waren, hatte Abel nicht den geringsten Zweifel, denn er hörte nicht nur das Knallen, sondern sah auch dreimal Mündungsfeuer, kurz hintereinander hinter einem der Fenster im Erdgeschoss. Und er sah noch etwas, als der Raum für einen Sekundenbruchteil wie durch ein Blitzlicht erhellt wurde. Nämlich den Schatten einer Gestalt hinter einem der Vorhänge, deren Kontur im Rahmen der Schussabgabe eine abrupte, atemberaubend schnelle Beschleunigung nach hinten erfuhr und genauso schnell wieder aus Abels Gesichtsfeld verschwunden war.

Er trat das Gaspedal seines Audis, der die Aktion mit quietschenden Reifen kommentierte, kurz durch und war direkt hinter Marie, als diese plötzlich einen Haken schlug und hinter mehreren Mülltonnen verschwand.

22

Oranienburg, Brandenburg,
22. Oktober, 21:05 Uhr

Marie ging leicht in die Knie und duckte sich hinter die Mülltonnen. Ihr Atem kam stoßweise. In ihrem Hals brannte es wie Feuer, und das Rasseln in ihrem Brustkorb hörte sich fremd, so gar nicht zu ihrem Körper gehörend an. Aber abgesehen davon hörte sie nur das gleichmäßige Motorengeräusch eines Autos, das auf ihrer Höhe, verdeckt von den Mülltonnen, anhielt. Marie glaubte, keine Luft zu bekommen. Der kurze Sprint vom Eingang des Safe House bis hierher hatte ihr tatsächlich alles abverlangt, und sie verfluchte sich innerlich, dass sie in den letzten Jahren jeglichen Sport gemieden und »sich hatte gehen lassen«, wie ihre Mutter es einmal formuliert hatte. Was Marie aber noch mehr Angst machte, war der Umstand, dass sie nicht nur überhaupt keine Kontrolle mehr über ihre Atmung zu haben schien, sondern dass sich der Rest ihres Körpers zunehmend ihrer rationalen Kontrolle entzog. Am liebsten hätte sie sich auf den Boden gelegt und in Embryonalstellung zusammengekauert darauf gewartet, dass dieser Albtraum endlich ein Ende nahm.

Doch sie riss sich zusammen. Vorsichtig lugte sie hinter den Mülltonnen hervor auf die Straße. Ein dunkler Audi stand nur wenige Meter von ihr entfernt. Der Beifahrersitz war leer, es saß aber eine Person auf dem Fahrersitz, die sich hektisch in Richtung des Safe House umsah. Es war niemand, den sie kannte.

Vielleicht nur ein Autofahrer, der die Schüsse gehört hat? O Gott, bitte, lass ihn die Polizei rufen! Es ist doch kein Zufall, dass der gerade jetzt hier hält …

Die drei Schüsse – vielleicht waren es auch nur zwei oder sogar vier oder mehr Schüsse gewesen, da war sich Marie nicht sicher – hallten immer noch in einer Endlosschleife in ihren Ohren.

Plötzlich hörte sie eine Stimme, die ihren Namen rief.

»Marie! Marie! Ich bin es, Fred. Fred Abel. Komm zu mir!«

Fred Abel? Fred Abel!

Wie in Trance erhob sie sich, ging ein paar zögerliche Schritte auf das Fahrzeug zu.

»Fred? Fred, bist du das wirklich?«, hörte sie ihre eigene, zitternde Stimme, die ihr wie der Rest ihres Körpers eigentümlich fremd vorkam.

»Ja, Marie, ich bin es. Steig ein! Schnell! Wir müssen hier weg!«

Fast roboterhaft, als ob sie das Gehen neu lernen müsste, stakste Marie auf den dunklen Audi zu, in dem tatsächlich Fred Abel saß. Fred, der wie durch ein Wunder plötzlich hier erschienen war, um sie zu retten.

23

Berlin-Moabit,
Bandelstraße,
23. Oktober, 06:13 Uhr

Er hatte gebetet und war danach lange nicht eingeschlafen. Erst in den frühen Morgenstunden, nachdem er ewig wach gelegen und sich auf der schmutzigen Matratze auf dem Boden hin und her gewälzt hatte, war der Schlaf dann doch gekommen, und er war im Traum wieder zu Hause in Taldou gewesen. Es war Abend, seine Mutter hatte für ihn und seine Geschwister Maqluba gekocht, und die Familie hatte auf die Rückkehr des Vaters von der Arbeit gewartet. Aber der Vater war nicht erschienen. Stattdessen hatte jemand die Wohnungstür eingetreten.

In diesem Moment schreckte er von seiner Schlafstatt hoch. Er war kurz orientierungslos, um dann festzustellen, dass das Geräusch, das in seinem Traum das Eintreten der Wohnungstür gewesen war, von einem Glascontainer herrührte, der in aller Herrgottsfrühe von einem Arbeiter mit einer an seinem Lkw angebrachten Kranvorrichtung angehoben und lautstark über die Bodenklappe in den Sammelbehälter des Lkws entleert worden war.

Er ließ sich wieder zurück auf die stockfleckige Matratze fallen und zog die grobe Wolldecke, die ihm für sein Nachtlager in der einen der beiden Kisten ebenfalls bereitgelegt worden war, bis zum Hals. Er fröstelte in der ungeheizten Wohnung. Regungslos blieb er liegen und schaute dem an der Zimmerdecke reflektierenden Lichtschein zu, der von den Scheinwerfern der auf der benachbarten Turmstraße vorbeifahrenden Autos stammte. Das Licht näherte sich, wurde langsam heller, um dann plötzlich wieder im Dunkel des Zimmers zu verschwinden.

Schließlich erhob er sich und knipste über den Wandschalter neben der Zimmertür die nackte Glühbirne an der Decke an.

Er musste sich nicht anziehen, er hatte am Abend zuvor lediglich seine Schuhe ausgezogen, bevor er sich schlafen gelegt hatte. Er nahm eine der Sesamstangen, die noch vom Abend vorher auf dem kleinen Hocker neben der Matratze lagen, biss mehrmals davon ab und nahm dann ein paar hastige Schlucke aus einer der Wasserflaschen.

Dann kniete er sich neben seiner Bettstatt auf den Boden und griff nach den beiden Verschlüssen der zweiten Metallkiste, die etwas kleiner war als die, in der er seinen Proviant und die Decke vorgefunden hatte. Mit einem metallischen Klacken öffneten sich die Verschlüsse, und er klappte den schweren Deckel auf.

In der Kiste befanden sich zuoberst zwei wattierte DIN-A3-Umschläge, die er, fast ehrfürchtig, herausnahm und hinter sich auf die Matratze legte. Darunter lagen ein in durchsichtige Plastikfolie eingeschweißtes Päckchen mit der Beschriftung »Regenponchos mit Kapuze, schwarz, 10 Stück« und eine Pappschachtel, etwas kleiner als ein Schuhkarton, mit der Aufschrift »Einweghandschuhe L, puderfrei, latexfrei, 100 Stück«. Zuunterst lagen mehrere Baumwolllappen und eine Rolle blaue Müllbeutel mit der Beschriftung »35 Liter, 25 Stück, reißfest und flüssigkeitsdicht«.

Er legte alle Gegenstände neben sich auf den Zimmerboden und nickte zufrieden.

Anschließend setzte er sich auf die Matratze, griff nach den beiden wattierten Umschlägen und öffnete sie. Vorsichtig ließ er den Inhalt neben sich gleiten. Zufrieden betrachtete er die beiden Messer.

Aariz hat wirklich an alles gedacht, nichts dem Zufall überlassen. Anstatt mir nur ein Messer zu geben, sind es zwei. Falls eines im Eifer des Gefechts verloren geht oder ich es wegen einer Polizeikontrolle wegwerfen muss.

Er wog das Gewicht der Stichwaffen abwechselnd in der Hand, hielt sie nacheinander vor sich, sodass sich das Licht der Glühbirne auf dem blanken Stahl der Klinge brach, und nickte erneut zufrieden.

Beide Messer waren identisch gefertigt und etwa fünfunddreißig Zentimeter lang, wobei den zwanzig Zentimeter langen, einschneidigen und spitz zulaufenden Klingen besondere Stabilität dadurch verliehen wurde, dass sie aus einem einzigen Stück Stahl gefertigt waren, das von der Klingenspitze bis zu dem Ende des aus Hartkunststoff gefertigten Messergriffs hinunterreichte.

24

Berlin,
Treptowers, BKA-Einheit »Extremdelikte«,
Besprechungsraum,
23. Oktober, 07:32 Uhr

Abel fühlte sich völlig gerädert. Er war übernächtigt und hatte Schwierigkeiten, sich auf die Fallvorstellungen in der Frühbesprechung zu konzentrieren.

Professor Paul Herzfeld brachte die anwesenden Rechtsmedizinerinnen und Rechtsmediziner unterdessen auf den aktuellen Ermittlungsstand betreffend eine Schießerei vor einer Shisha-Bar in Kreuzberg, die sich in der vergangenen Nacht ereignet hatte. Der Schusswechsel, dessen Ursache nach den ersten polizeilichen Erkenntnissen Rivalitäten in der Türsteherszene waren, hatte zwar keine Todesopfer, aber dafür zwei schwer verletzte junge Männer gefordert. Die beiden waren in den Kugelhagel aus einer von einem Tschetschenen abgefeuerten AK-47 geraten, besser bekannt als Kalaschnikow Sturmgewehr, und vor der Shisha-Bar zu Boden gegangen. Einer von ihnen hatte drei Bauchschüsse und der andere zwei Oberkörpertreffer erlitten. Nach jeweils mehrstündigen Notoperationen rangen beide jetzt auf einer der Intensivstationen der Charité mit dem Tod.

Dem Tschetschenen, dessen Sturmgewehr nach ersten kriminaltechnischen Erkenntnissen mitten in der Schussabgabe eine Ladehemmung gehabt hatte – ein glücklicher Umstand, dem zu verdanken war, dass es nicht noch mehr Schwerverletzte oder sogar Tote gegeben hatte –, war daraufhin von einem noch nicht näher identifizierten Begleiter der beiden Opfer mit einer ebenfalls noch unbekannten Schusswaffe in Gesäß und Unterschenkel geschossen worden. Der Tschetschene befand sich seit den frühen Morgenstunden, ebenfalls nach einer Notoperation, im Haftkrankenhaus. Allerdings war er außer Lebensgefahr, so Herzfeld, anders als seine beiden Opfer.

Der Chef der rechtsmedizinischen BKA-Einheit »Extremdelikte« instruierte gerade Doktor Wiebke Rath und Doktor Alexandra Roth in Bezug auf die anstehende rechtsmedizinische Untersuchung der beiden, auf welchem Campus der Charité und in welcher der dortigen Kliniken sie sich befanden, als der wie immer übel gelaunte Oberarzt Doktor Martin Scherz wie beiläufig – allerdings laut genug, sodass es jeder im Raum hören konnte – sagte: »Eigentlich können sich die Damen das doch sparen. Wie es ausschaut, werden wir die Herren doch heute, spätestens morgen, sowieso auf den Tisch bekommen. Wozu also der ganze Aufriss? Wir haben so schon genug zu tun. Früher haben sich die Kollegen vom Landesinstitut ja noch für die Untersuchungen von körperlich Geschädigten zuständig gefühlt …«

Herzfeld, der sich wie immer von Scherz' Polemik nicht aus der Ruhe oder dem Konzept bringen ließ, überging die Bemerkung geflissentlich und betätigte stattdessen mit einem leisen Klicken die Fernbedienung des Beamers.

25

Berlin-Mitte,
23. Oktober, 07:34 Uhr

Mit festen Schritten passierte er den Eingangsbereich des Intercity Hotels und sah sich unauffällig um, ohne anzuhalten, um sich einen raschen Überblick über die Gegebenheiten vor Ort zu verschaffen. Auch wenn er mit der Örtlichkeit dieses Hotels bestens vertraut war, obwohl er noch nie zuvor einen Fuß hinein gesetzt hatte. Auf Anordnung von Aariz hatte er den Grundriss nicht nur auswendig gelernt, sondern auch in der leeren Gewerbehalle in dem heruntergekommenen Außenbezirk von Köln jeden seiner künftigen Schritte an dem jeweiligen Zielort regelrecht durchexerziert – die Ankunft und der Rückzug waren die heikelsten Momente, das war ihm klar. Er konnte angehalten und gefragt werden, ob er hier Gast sei. Jemand konnte ihn aus Versehen anrempeln und später eine genaue Beschreibung seiner Person abgeben. Deshalb musste er auf der Hut sein.

Aber er hatte Glück. Er durchquerte die Lobby, als die drei Mitarbeiter an der Rezeption gerade mehrere Gäste bedienten und somit abgelenkt waren. Er spürte, wie das Rauschen in seinen Ohren zunahm, das in dem Moment begonnen hatte, als er am Berliner Hauptbahnhof vor dem Intercity Hotel angekommen war. Zunächst war es nur ein unterdrücktes, gleichmäßiges Rauschen gewesen, verbunden mit einem leisen Pochen in seinen Schläfen. Aber jetzt steigerte es sich in seinen Ohren noch einmal, und auch das

Pochen wurde immer schneller und lauter und wanderte von den Schläfen zu seinem Hals, wo er seinen pumpenden, rhythmischen Herzschlag spürte.

Während er sich zielstrebig den Aufzügen näherte, die Augen zu Boden gerichtet, um keine Aufmerksamkeit zu erregen und Blickkontakt zu vermeiden, steigerte sich das Rauschen in seinen Ohren abermals. Es war jetzt wie das Tosen der Bergbäche im Dschebel-al-Alawia-Massiv in seiner Heimat, untermalt von einem dumpfen Trommelschlag – dem stakkatoartigen Pochen in seinen Schläfen und im Hals. Aber die Kakofonie beunruhigte ihn nicht im Geringsten.

Das Adrenalin wird kommen, mein Junge, hatte Aariz gesagt. Entweder bist du der Brusttyp, dann wirst du merken, wie dein Herz bis zum Hals schlägt, oder du bist der Kopftyp, dann rauscht das Blut in deinen Ohren, und deine Schläfen werden pochen. Aber beides ist in Ordnung. Das ist das Adrenalin. Und Adrenalin ist gut. Du wirst wach sein, in Alarmbereitschaft. Du bist dann nicht nur ein Krieger Gottes, du bist auch eine Kampfmaschine. Das waren Aariz' Worte gewesen.

Ich bin wohl beides, Kopftyp und Brusttyp, ging es ihm durch den Kopf, als er vor den geschlossenen Türen der vier Fahrstühle ankam, die außerhalb des Sichtfeldes der Rezeption lagen.

Im Adrenalinrausch wartete er. Es erschien ihm wie eine Ewigkeit, wobei es wahrscheinlich nicht einmal eine halbe Minute gewesen war, bis das Licht auf der Anzeigeleiste ihm signalisierte, dass sich einer der Fahrstühle in einer der oberen Etagen in Bewegung gesetzt hatte und nach unten in die Hotellobby fuhr.

Es machte kurz Pling, als der Aufzug im Erdgeschoss anhielt. Er ging ein paar Schritte zur Seite und drehte sich weg. Er konnte jedoch aus dem Augenwinkel nicht nur beobachten, dass eine ältere Dame aus dem Fahrstuhl ausstieg, unter dem Arm eine Tasche, in der sich ein kleiner Hund befand, sondern auch, dass sich, aus der Lobby kommend, ein Mann und eine Frau in Richtung der Aufzüge bewegten. Als sie sich näherten, hörte er, dass sie sich auf Russisch, vielleicht aber auch auf Ukrainisch oder Polnisch unterhielten. In jedem Fall ähnelte die Art der Laute und ihre Artikulation derjenigen der russischen Soldaten, denen er und seine Geschwister immer wieder auf ihrem Schulweg in seiner Heimat begegnet waren.

Obwohl russische Streitkräfte offiziell niemals in den syrischen Bürgerkrieg eingegriffen haben.

An den Aufzügen angekommen, drückte der Mann den Fahrstuhlknopf, die Aufzugtür öffnete sich, und der Mann ließ der Frau den Vortritt in den Aufzug. Obwohl er ihnen dicht folgte und direkt hinter ihnen die Fahrstuhlkabine betrat, waren sie offensichtlich zu sehr in ihr Gespräch vertieft, um Notiz von ihm zu nehmen.

Oder sie wollen mich gar nicht sehen in ihrer osteuropäischen Arroganz, ging es ihm durch den Kopf. Dabei registrierte er, dass das Rauschen in seinen Ohren und das Pochen in seinen Schläfen und seinem Hals nachgelassen hatten.

Er war jetzt ganz ruhig.

26

Berlin,
Treptowers, BKA-Einheit »Extremdelikte«,
Besprechungsraum,
23. Oktober, 07:35 Uhr

Überlebensgroß erschien auf der Leinwand des Besprechungsraums das Foto einer nackten Frau, die bäuchlings auf einem Bett lag, wobei ihre Beine von der Bettkante herunterhingen und die Fußspitzen den Boden berührten, der mit einem dunkelroten Hochflorteppich ausgelegt war. Ihre Hände waren über dem Rücken mit Kabelbindern oder Handschellen gefesselt.

Abel sah weder richtig hin, noch achtete er darauf, was Herzfeld zu diesem Fall zu berichten hatte. Er war in Gedanken immer noch bei den Ereignissen der vergangenen Nacht. Er hatte bis zum Morgengrauen wach gelegen, nachdem er zuvor gegen 01:00 Uhr morgens, als er in sein Wohnhaus in Grünau zurückgekehrt war, die schlaftrunkene Lisa geweckt hatte und sich ihr Handy geben ließ, um Lars anzurufen. Sein eigenes Telefon hatte Abel zuvor kurzerhand ausgeschaltet und hinter der Stadtgrenze von Oranienburg aus dem Fenster seines fahrenden Audis in einen Straßengraben geworfen, nachdem die völlig verängstigte und aufgelöste Marie ihm, auf dem Beifahrersitz seines Wagens, berichtet hatte, was in dem Safe House vorgefallen war. Abel war sofort klar gewesen, dass diejenigen, die es geschafft hatten, Marie innerhalb so kurzer Zeit aufzuspüren, über Insiderinformationen verfügen mussten, die nur aus dem inneren Zirkel des LKA stammen konnten. Insofern war er selbst von dem Zeitpunkt an, als Marie in seinen Audi stieg, ein Teil des tödlichen Spiels geworden.

Abel war davon ausgegangen, dass die auf Marie angesetzten Killer entweder selbst über die technischen Möglichkeiten verfügten, festzustellen, dass sein Handy zur Zeit der Erstürmung des Safe House in der Funkzelle im entsprechenden Bereich eingeloggt gewesen war, oder zumindest deren Auftraggeber. Während er den Audi auf der Autobahn in halsbrecherischer Geschwindigkeit zurück in Richtung Berlin gesteuert hatte, hatte er immer wieder prüfende Blicke in den Rückspiegel geworfen, ob sie vielleicht verfolgt wurden. Dann hatte er Marie zu der einzigen Person gebracht, bei der sie momentan in Sicherheit war. Und das war nicht Lars.

27

Berlin-Mitte,
Berliner Hauptbahnhof, Intercity Hotel,
23. Oktober, 07:36 Uhr

Der Fahrstuhl bewegte sich nach oben.

Jetzt muss es schnell gehen …

Er drehte sich zur Tür, zog die Plastikhandschuhe aus einer der geräumigen Seitentaschen seiner schwarzen Stoffjacke, blies sie kurz mit dem Mund ein bisschen auf – so wie er es Dutzende Male unter Aariz' kritischen Blicken geübt hatte – und zog sie über. Keine drei Sekunden später hatte er den schwarzen Regenponcho aus dünner Plastikfolie mit einer einzigen ruckartigen Bewegung seines rechten Armes entfaltet – auch dies hatte er Dutzende Male geübt – und zog ihn sich blitzschnell über. Er bemerkte, wie hinter ihm das Gespräch der beiden abrupt abbrach. Während er sich mit seiner behandschuhten linken Hand die Kapuze des Ponchos überstreifte und mit der rechten in die extra für die Anschläge im Futter seiner Jacke eingenähte, etwa dreißig Zentimeter lange Innentasche aus festem Leder griff und das Messer hervorzog, drehte er sich langsam zu den beiden Fahrstuhlinsassen um.

28

Berlin,
Treptowers, BKA-Einheit »Extremdelikte«,
Besprechungsraum,
23. Oktober, 07:37 Uhr

Das Foto der gefesselten nackten Frau verschwand unter dem leisen Klicken der Fernbedienung in Herzfelds Hand, der zuvor einen hellroten Schnellhefter mit den Ermittlungsunterlagen zu diesem Fall über den großen Tisch zu Doktor Tomas Tomski hinübergeschoben hatte.

Für einen kurzen Moment trafen sich die Blicke von Herzfeld und Abel. Abel beantwortete den fragenden Blick seines Chefs mit einem fast unmerklichen Kopfschütteln, womit er diesem bedeutete, dass er am heutigen Tag nicht bereit war für eine Obduktion, für noch einen weiteren offenen Fall, dass er schon genug um die Ohren hatte. Während des Blickkontaktes mit seinem Freund und Mentor verspürte Abel den spontanen Impuls, nach der Frühbesprechung Herzfeld von den Geschehnissen der vergangenen Nacht zu berichten – aber er wusste, dass dieser ihm zum jetzigen Zeitpunkt nicht helfen konnte.

Wiederholt hatte Abel in der vergangenen Nacht mit dem Gedanken gespielt, über seine Kontakte im LKA herauszufinden, was genau sich in dem Safe House am Vorabend abgespielt hatte, ob es bereits Hinweise auf den oder die Angreifer oder möglicherweise sogar Festnahmen und Todesopfer gegeben hatte. Marie hatte ihm nämlich atemlos von dem Körper am Fuß der Treppe berichtet. Abel hatte den Gedanken jedoch immer wieder verworfen. Zu groß war die Gefahr, dass er damit Marie erneut in Gefahr brachte. Dass es einen Maulwurf im LKA gab, lag nach allem, was passiert war, auf der Hand. Abel konnte im Moment niemandem trauen.

29

Berlin-Mitte,
Berliner Hauptbahnhof, Intercity Hotel,
23. Oktober, 07:37 Uhr

Zuerst stach er dem Mann – einem beleibten Anzugträger von etwa Mitte vierzig mit beginnender Stirnglatze und einer Männerhandtasche aus blauem Glattleder, die dem Fettsack beim Anblick des Messers entglitten war – zweimal blitzschnell in den Hals. Genau dorthin, wo sich sein Adamsapfel befand.

Nicht zu weit seitlich, hatte Aariz ihn gelehrt. Seitlich verlaufen die großen Schlagadern. Und die willst du nicht verletzen, denn sonst stehst du in einer Fontäne von Blut, und trotz deines Ponchos werden verräterische Blutspuren an dir haften bleiben – in deinem Gesicht und auf deinen Schuhen. Deshalb: immer vorn in den Hals, dort, wo der Kehlkopf sitzt. Der Getroffene wird nicht mehr schreien können, er wird an seinem Blut ersticken, falls du keine anderen tödlichen Treffer in sein Herz oder in die großen Lungenschlagadern landest. Vermeide, wenn irgendwie möglich, Stiche von hinten auf den Körper. Die lebenswichtigen Organe liegen vorn, nah unter der Körperoberfläche. Wenn du zwischen zwei der oberen Halswirbelkörper stichst, ist das zwar auch tödlich – du durchtrennst sein Rückenmark –, aber dazu gehört Glück. Deshalb: Stich von vorn zu, auf die Vorderseite von Hals und Oberkörper.

Und das war es, was er jetzt tat. Er stach von vorn zu. Es war so einfach. Die zwanzig Zentimeter lange Klinge drang fast ohne Widerstand wieder und wieder in die beiden Körper ein. Wie in die laichbereiten Maifische, die er als Junge im Hafen von Dschabla unter den kritischen Blicken seines Onkels Baschar vom Kopf bis zum Schwanz der Länge nach zuerst aufgeschlitzt und dann ausgenommen hatte.

Nicht einmal die weiße, mit zahlreichen silberfarbenen Schnallen besetzte Lederjacke der Frau setzte seinen Stichen einen Widerstand entgegen. Gut, es war sicherlich kein hochwertiges Leder, wahrscheinlich nicht einmal echtes, sondern Kunstleder und nicht zu vergleichen mit den derben, hart gegerbten Ziegenfellen, die die Nomaden in der Region um Hasaka in seiner Heimat nach wie vor zur Herstellung ihrer Kleidung verwendeten. Er war trotzdem verwundert, wie leicht seine Klinge immer wieder hinein- und herausglitt und mit jedem Mal die weiße Jacke der Frau immer röter färbte. Blutrot.

30

Berlin,
Treptowers, BKA-Einheit »Extremdelikte«,
Besprechungsraum,
23. Oktober, 08:14 Uhr

Fortwährend ertappte sich Abel dabei, dass er bei der Frühbesprechung ihrer Abteilung zwar physisch anwesend, in Gedanken aber woanders war. Dass weder Herzfeld noch seine rechtsmedizinischen Kollegen etwas mit dem Anschlag auf das Safe House zu tun hatten, bezweifelte er nicht im Geringsten. Dennoch musste er den Kreis der Eingeweihten so klein wie möglich halten, um Marie zu schützen. Momentan kannten nur er, Lars und die Person, zu der er Marie in der vergangenen Nacht gebracht hatte, ihren derzeitigen Aufenthaltsort. Und das musste erst einmal so bleiben, bis sich der Nebel verzogen hatte und klar war, wer hier ein falsches Spiel spielte. Maries Sicherheit hatte jetzt höchste Priorität, und deshalb galt es, weiterhin Ruhe zu bewahren. Beobachten, abwarten. Wenn nötig, reagieren.

Ich könnte nachher unauffällig bei den Kollegen aus dem Brandenburger Landesinstitut anfragen, ob in der letzten Nacht in ihrem Einzugsbereich, zu dem Oranienburg ja gehört, irgendetwas vorgefallen ist, überlegte Abel.

Dann riss er sich erneut aus seinen Gedanken und versuchte, der Frühbesprechung zu folgen.

Auf der Leinwand erschienen, in kurzer Folge hintereinander, mehrere Fotos eines in herbstlichen Brauntönen gefärbten Laubwaldes. Doch auch einem unbedarften Betrachter wäre sicherlich schnell klar geworden, dass es hier nicht um landschaftliche Impressionen ging, sondern dass dies der Ort eines möglichen Verbrechens war – wie sich unschwer auf den nächsten Aufnahmen erkennen und aus Herzfelds Bericht ableiten ließ. Der Chef der »Extremdelikte« führte aus, dass die auf dem Waldboden erkennbaren Knochen vor drei Tagen im Grunewald von Pilzsammlern entdeckt und zunächst für Tierknochen gehalten worden waren. Einer der Sammler hatte einen der langen Röhrenknochen mit nach Hause genommen und seinem Onkel gezeigt. Der Onkel hatte sich früher eine Zeit lang als Angestellter bei einer Friedhofsverwaltung nebenbei als Totengräber verdingt und den Knochen sofort als ein menschliches Schienbein erkannt.

Daraufhin war die polizeiliche Ermittlungsmaschinerie angerollt und am gestrigen Nachmittag die Fundstelle der Knochen weitläufig abgesperrt und abgesucht worden.

Neben zahlreichen kleineren Knochenfragmenten, diversen menschlichen Rippen und Wirbelkörpern, einem Unterkiefer und Schlüsselbein waren noch zwei weitere Schienbeinknochen gefunden worden. Es musste sich um die sterblichen Überreste von mindestens zwei Individuen handeln. Ein natürlicher Tod der beiden Personen zum etwa gleichen Zeitpunkt und am selben Ort erschien eher unwahrscheinlich und ließ ein Verbrechen in den Bereich des sehr Wahrscheinlichen rücken.

»Dass nur so wenige Knochen gefunden wurden und die meisten auch noch über ein relativ großes Areal verteilt waren, spricht dafür, dass sich Wildtiere – Füchse oder Wildschweine – schon darangemacht haben. Was sie übrig gelassen haben, ist vermutlich verschleppt und unauffindbar.«

Abel hörte Herzfeld wie durch Watte gedämpft. »Aber das werden Sie, Herr Kollege Scherz, schon herausfinden. Gibt es Fraßspuren von Tieren? Gibt es vielleicht Sägespuren als Folge einer möglichen Leichenzerstückelung? Ungefähre Leichenliegezeit? Die Körpergröße der beiden sollte sich anhand der Schienbeinknochen problemlos bestimmen lassen. Vielleicht erhalten Sie auch erste Erkenntnisse zum mutmaßlichen Lebensalter. Für die Geschlechtsbestimmung bitte Kompakta-Stücke zu Doktor Fuchs ins Labor, er ist bereits informiert. Das ist doch mal echte Gerichtsmedizin, für die, die diesen Job von der Pike auf gelernt haben«, sagte Herzfeld mit einem verschmitzten Grinsen zu dem neben ihm sitzenden Oberarzt und drückte ihm den beigen Schnellhefter in die Hand, aus dem er den derzeitigen Ermittlungsstand referiert hatte.

Die Reaktion von Doktor Martin Scherz fiel aus wie erwartet. »Pilzsammler. Wenn ich so was schon höre! Wohl noch nichts von Umwelttoxikologie und Schwermetallbelastung mitbekommen, diese Idioten. Wer heute noch Pilze isst, hat ja wohl den Schuss nicht gehört«, murmelte er griesgrämig vor sich hin.

Währenddessen erschien schon der nächste Fall auf der Leinwand.

Abels Gedanken drifteten erneut ab.

Seit zwei Jahrzehnten erlebe ich in der Rechtsmedizin, dass der Tod immer und überall lauert. Keiner von uns weiß, was seine Lebensuhr geschlagen hat. Wenn es irgendwelche Opfer von Gewaltverbrechen sind, die ich vorher nicht kannte, ist es das eine. Wenn Gewalt und Bedrohung plötzlich so nah kommen, in das persönliche Umfeld Einzug halten, ist das etwas völlig anderes …

Er dachte wieder an den gestrigen Abend und an Maries Erlebnisse in den vergangenen Tagen und fragte sich, wie er sich an Lars' Stelle wohl fühlen würde – wenn Lisas Leben und das ihres ungeborenen Kindes in Gefahr wäre. Gut, die Situation war nicht unbedingt vergleichbar. Lars und Marie hatten sich bereits vor der Geburt ihrer gemeinsamen Tochter getrennt, aber Abel wusste, dass sein Freund in der ganzen Zeit mit der Tatsache gehadert hatte, dass ihr Entwurf einer gemeinsamen Zukunft gescheitert war. Auch wenn sein alter Freund nie mit ihm darüber gesprochen hatte, nahm Abel an, dass er immer noch Gefühle für Marie hatte. Dass auch Maries Leben in Gefahr sein könnte, hatte Lars von Anfang an vermutet. Und gestern Abend waren seine schlimmsten Befürchtungen Wirklichkeit geworden.

Die Welt wird immer brutaler, sogar in meinem persönlichen Umfeld gerät sie völlig aus den Fugen, ging es Abel durch den Kopf.

Und damit sollte er recht behalten, denn im selben Moment schwang die Tür zum Besprechungsraum weit auf, und die Sekretärin der Abteilung, Renate Hübner, stand kreidebleich im Türrahmen.

»Es gab einen Amoklauf … Hier in Berlin … Gerade eben … Es kommt auf allen Nachrichtensendern. Einige sprechen sogar von einem Terroranschlag.«

31

Berlin-Reinickendorf,
Weiße Stadt, Wohnung von Sara Wittstock,
23. Oktober, 08:30 Uhr

Die Großsiedlung in Berlin-Reinickendorf, die infolge des Wohnraummangels in der Endphase der Weimarer Republik erbaut worden war und ihren Namen »Weiße Stadt« den allesamt weiß getünchten Wohnblocks verdankte, war für Moewig seit seinem ersten Besuch hier vor knapp drei Monaten der Inbegriff städtischer Anonymität. Gegen die mehr als 1200 Wohneinheiten im Norden Berlins in den lang gezogenen, drei- bis fünfstöckigen Wohnblocks mutete sein Heimat-Kiez, der Wedding, fast schon dörflich an. Aber es gab einen guten Grund, warum die Person, vor deren Wohnung er stand, ausgerechnet hier wohnte.

Namenlos und damit unbeachtet und unentdeckt.

Moewig drückte auf den abgeschabten Klingelknopf neben der Wohnungstür, während er in die für den unbedarften Besucher so gut wie nicht sichtbare kleine Überwachungskamera in der oberen Ecke des Hausflures blickte. Es dauerte nur wenige Sekunden, bis eine elektronisch verzerrte Stimme aus einem unsichtbaren Minilautsprecher direkt in Moewigs Nähe ertönte.

»Lars! Schön, dass du es einrichten konntest.«

Einen Augenblick später klackten mehrere Schlösser von oben nach unten an der Innenseite der Wohnungstür, und schwere Riegel wurden geräuschvoll zur Seite geschoben.

Als ob sich die Tür zu einem Hochsicherheitstrakt öffnen würde, ging es Moewig durch den Kopf.

Aber hinter der von außen so unscheinbaren und heruntergekommen wirkenden Tür war niemand eingesperrt. Obwohl deren an der Innenseite mehrfach mit Stahlträgern verstärkter Rahmen sicherlich jeder Türramme einige Zeit standhalten würde und das Türblatt mit einer zentimeterdicken Stahlplatte verstärkt war, wie Moewig von seinem früheren Besuch hier wusste.

Im Gegenteil, das ist eher Fort Knox …

Denn diese fast schon konspirativ anmutende Wohnung war momentan eine Schutzzone. Ein Schutzraum für Marie.

Abel hatte Moewig gegen etwa 01:00 Uhr an diesem Morgen von Lisas Handy aus angerufen und ihm geschildert, allerdings ohne Namen, Orte oder Einzelheiten zu nennen, was geschehen war. Abel hatte das etwa dreiminütige Telefonat mit den Worten: »Marie ist bei der Kamerafrau. Dort wo wir schon einmal gemeinsam waren. Stichwort: weiß«, beendet, und Moewig hatte sofort verstanden. Er dankte Gott für Abels Eingebung, Marie zu Sara Wittstock zu bringen.

Sara Wittstock, IT-Expertin beim BKA und Computerforensik-Mastermind, hatte sich für Abel und Moewig bereits bei anderen Gelegenheiten als Glücksgriff erwiesen. Die Neununddreißigjährige war nicht nur ein echtes Genie in Bezug auf Recherchen in Datenbanken und das Aufspüren und Identifizieren von Personen, die für die meisten Bundes- und Länderbehörden überhaupt nicht existent waren, sondern sie war auch ein verschwiegener und unkonventioneller Mensch. Und: Sie gab wenig auf Vorschriften.

Fast geräuschlos schwang jetzt die Wohnungstür auf. Sara Wittstock taxierte Moewig kurz mit ihrem Silberblick, ehe sie einverstanden zu sein schien mit dem, was sie sah, und den Privatermittler mit einem Kopfnicken wortlos hineinbat.

Als Moewig ihr durch den in Halbdunkel gehüllten Flur ins Wohnzimmer folgte, konnte er sich auch diesmal nicht des Eindrucks erwehren, sich im Nervensystem eines gigantischen Computers zu befinden. Etwa ein Dutzend Servertürme, in denen kleine grüne und rote Leuchtdioden in unregelmäßigen Abständen blinkten, standen links und rechts an den Wänden des Flurs. Moewig wäre kurz vor der Tür zum Wohnzimmer fast über eines der auf dem Boden verlaufenden, armdicken Kabelbündel gestolpert. Die Wärme der Elektronik hatte die abgestandene Luft im Flur aufgeheizt. Auch das Wohnzimmer, das von den bis zum Boden reichenden lilafarbenen Vorhängen verdunkelt wurde, war von der Wärme der dort aufgestellten Computertürme und Monitore erfüllt. Moewig registrierte, dass der ramponierte Katzenbaum, der bei seinem letzten Besuch noch im Eingangsbereich zu dem geräumigen Wohnzimmer mit etwa dreißig Quadratmetern Grundfläche gestanden hatte, verschwunden war. Er wandte sich jetzt an Sara Wittstock und fragte knapp: »Marie?«

»In meinem sogenannten Gästezimmer – obwohl ich hier sonst nie Gäste geschweige denn Übernachtungsbesuch habe. Ich habe Marie nicht zu Gesicht bekommen, seit sie gegen 03:00 Uhr ins Bett gegangen ist«, war Saras Antwort.

Ihre lockigen braunen Haare fielen ihr dabei in die Stirn, und Moewig entdeckte erste graue Strähnen in ihrem Haar, die ihm bei ihrem letzten Zusammentreffen noch nicht aufgefallen waren.

»Lars, das hier solltest du dir mal ansehen«, fuhr die

Wohnungsinhaberin fort und deutete auf den gigantischen Schreibtisch in der Mitte des Raumes, der bei Moewig auch diesmal wieder die Assoziation eines Altars weckte. Auf der etwa zwei mal drei Meter messenden Schreibtischplatte war eine regelrechte Bildschirmmauer aus zwölf Monitoren errichtet – immer vier neben- und drei übereinander.

Auf der Hälfte der Monitore liefen verschiedene Fernsehsender, die anderen waren schwarz. Moewig erkannte unter anderem die Logos von *RTL, Euronews, Welt* und *ntv*. Mehrere der Sender hatten anscheinend ihr reguläres Programm für Sondersendungen unterbrochen, bei den übrigen liefen am unteren Bildrand Bauchbinden.

Moewigs Augen verengten sich zu schmalen Schlitzen.

»Diese verdammte Stadt kommt nie zur Ruhe!«, stieß der Privatermittler gepresst hervor, während er die Texte auf den Bauchbinden las: »Möglicher Terroranschlag im Intercity Hotel am Berliner Hauptbahnhof«, »Bundesinnenminister: Prüfen, ob Amoklauf oder terroristischer Hintergrund« oder »Täter nach Massaker in Berliner Hotel weiter flüchtig«.

»Nimmst du Milch und Zucker in deinen Kaffee?«, fragte Sara Wittstock.

32

Berlin-Moabit,
Bandelstraße,
23. Oktober, 08:48 Uhr

Während er völlig erschöpft und immer noch atemlos auf der Matratze lag, registrierte er, dass das Rauschen in seinen Ohren fort und das Pochen in seinem Kopf zwar vollständig verstummt, aber in einen unangenehmen Schläfenkopfschmerz übergegangen war. Sein Mund war wie ausgetrocknet. Er griff nach einer der Wasserflaschen und leerte sie hastig, fast in einem einzigen Zug.

Sein Blick fiel auf den blauen Müllbeutel, in den er im Fahrstuhl – gleich nachdem er überzeugt gewesen war, dass die beiden tot waren – seine Utensilien gestopft hatte. Den Poncho, die Handschuhe und den Baumwolllappen, mit dem er zunächst seine schwarzen Glattlederschuhe und dann den Messergriff und die Messerklinge sorgfältig abgewischt hatte, ehe er die Stichwaffe wieder in das lederne Futteral im Innenfutter seiner Jacke steckte.

Ja, ging es ihm durch den Kopf, *es war wie damals in Dschabla.* Die Augen der beiden Menschen, die er vor etwas mehr als einer Stunde getötet hatte, waren im Moment ihres Todes, als sie vor ihm zusammengesackt waren, der Mann röchelnd und schnaufend, die Frau fast lautlos, kälter gewesen als die Augen der toten Fische im Hafen von Dschabla.

33

Berlin-Reinickendorf,
Weiße Stadt, Wohnung von Sara Wittstock,
23. Oktober, 08:51 Uhr

Kommst du hier eigentlich auch irgendwann mal raus?«, wollte Moewig, an Sara Wittstock gewandt, wissen.

Sie sah ihn mit zu schmalen Schlitzen verengten Augen an, sodass Moewig schon erwartete, ob seiner provokanten Frage, die sie offensichtlich in den falschen Hals bekommen hatte, eine Standpauke zu hören zu bekommen, aber der Tonfall der IT-Spezialistin war dann doch versöhnlich.

»Ich habe hier mein eigenes Rechenzentrum. Das BKA lässt mich durchgehend Homeoffice machen. In Amtshilfe bin ich ab und an für den Staatsschutz tätig. Ich kann die überwiegende Zeit des Tages besser ohne als mit anderen Menschen verbringen. Insofern ist das hier optimal für mich. Seit ich regelmäßig einen Therapeuten sehe, kann ich das so deutlich sagen.«

Sara Wittstock wirkte verlegen, fast verletzlich.

Moewig merkte, dass er unbeabsichtigt einen wunden Punkt getroffen hatte, obwohl er eigentlich nur etwas Konversation hatte betreiben wollen, bis Marie wach war. Deshalb wechselte er rasch das Thema, indem er mit einer Kopfbewegung in Richtung der Monitorwand auf dem Schreibtisch sagte: »Weißt du Näheres, was da passiert ist? Ich nehme an, Fred und seine Leute bekommen gerade einiges zu tun.«

»Keine Ahnung. Ist momentan auch nicht mein Business. Ich bin ja eher die, die ins Spiel kommt, wenn es datentechnisch tricky wird. In diesem Fall bin ich schätzungsweise raus, aber möglicherweise …«

Ohne den Satz zu beenden, rückte sie sich auf dem niedrigen Sitzhocker zurecht, sah Moewig aus ihren jetzt weit geöffneten graublauen Augen bedeutungsschwanger an und war in Gedanken offensichtlich schon ganz woanders, als sie fortfuhr: »Lars, was ich dir jetzt zu sagen habe, ist wichtig. Ich habe mir letzte Nacht einige Gedanken gemacht. Marie ist Zeugin eines Mordes geworden, und offensichtlich ist jemand hinter ihr her, der sie deshalb zum Schweigen bringen will. Das allein ist schon nicht gut, aber viel entscheidender ist doch die Tatsache, dass derjenige, der hinter ihr her ist, bereit ist, ein immens hohes Risiko einzugehen, um an sie ranzukommen. Nach dem, was Marie mir erzählt hat, war das gestern Abend ja eine regelrechte Wildwestnummer in diesem Kaff in Brandenburg.«

»Worum genau geht es, Sara?«, fragte Moewig, der allerdings schon ahnte, worauf die IT-Spezialistin hinauswollte.

»Die entscheidende Frage ist doch, woher wusste derjenige, der hinter Marie her ist, dass sie sich in diesem Safe House befindet? Irgendjemand, der Zugriff auf solche sensiblen Daten wie Standorte von Safe Houses und Personen im Zeugenschutzprogramm hat, also Informationen, die generell mit der höchsten Sicherheitsklassifizierung versehen sind, hat an diejenigen, die hinter Marie her sind, durchgesteckt, wo sie sich aufhält«, erwiderte sie.

Moewig nickte zustimmend. Er hatte bereits, nachdem der falsche Beamte von der Mordkommission vor zwei Tagen versucht hatte, Marie aus ihrem Wohnhaus zu locken, mit Fred genau diesen Verdacht gehegt, dass sich ein Maulwurf in den Reihen des LKA oder der Sicherheitsbehörden befinden musste.

»Genauso sehen Fred und ich es auch, Sara«, erwiderte er. »Und das ist es auch, was mir gerade eine Höllenangst macht. Denn ein Maulwurf in den eigenen Reihen verleiht der Ermordung Bartrücks und Maries Rolle als Zeugin zusätzliche Dynamik und Brisanz. Marie wird vorerst nirgendwo mehr sicher sein. Insofern hat Fred das einzig Richtige getan, nämlich Marie hier bei dir zu verstecken.«

Sara Wittstock stimmte ihm zu. »Sehe ich genauso. Aber da ist noch etwas. Zwar ist der Umstand, dass Marie den Täter fotografiert hat, für diejenigen, die jetzt hinter ihr her sind, Grund genug, alles zu tun, um sie zum Schweigen zu bringen. Sie könnte bei einer Gegenüberstellung den Täter nicht nur anhand des Tattoos an seinem Unterarm, sondern auch von seiner Stimme, seinem Gang, seiner Statur her mit Sicherheit identifizieren. Doch wenn Marie das nicht mehr kann, weil sie tot ist, gibt es immer noch ihr Handyfoto von dem Tattoo, das unweigerlich zum Täter führt. Deshalb habe ich mich gefragt, warum das immense Risiko in Kauf nehmen und ein Safe House stürmen, um die Augenzeugin auszuschalten, wenn doch das Handyfoto von Marie im LKA auf deren Server liegt und Bestandteil der Ermittlungsakte ist. Und …«

»Kommst du an das Foto ran?«, unterbrach Moewig sie. »Ich könnte mich, wenn ich eine Kopie habe, mal bei einigen Tätowierern, die ich kenne, umhören. Es gibt in der Tattoo-Welt ja bestimmte Charakteristika von Tätowierungen, die uns vielleicht …«

»Du bist dicht dran, Lars«, unterbrach die IT-Spezialistin jetzt ihrerseits den Privatermittler. »Denn da sind wir am entscheidenden Punkt: Das Foto existiert nicht in der Datenbank des LKA! Es ist kein Bestandteil der Ermittlungsakte!«

»Wie bitte?« Moewig, der kaum glauben konnte, was er da hörte, stöhnte laut auf.

»Nachdem Marie mir alles geschildert hatte, was am Abend des 20. Oktober auf dem Grundstück von Bartrück in Teupitz und in den darauffolgenden Stunden im Polizeipräsidium in Potsdam und anschließend beim Berliner LKA geschehen ist, wurde mir klar, dass hier irgendetwas nicht stimmt. Denn es müsste ja das Handyfoto vom Täter in den Ermittlungsunterlagen vorliegen. Also bin ich sofort aktiv geworden. Aber: *Nichts*«, sagte sie und zuckte mit den Schultern.

»Wie *nichts?* Was meinst du mit *nichts?*«

»Ich habe mir den gesamten Vorgang zum Mord an Ludger Bartrück, das Einsatzprotokoll der Beamten vor Ort nach Maries Anruf, die Ergebnisse der Tatortuntersuchung durch die Spurensicherung, jede Information einschließlich der Vernehmungsprotokolle von Marie auf dem Präsidium in Potsdam und im Anschluss daran, als klar war, dass Berlin den Fall übernimmt, in der Keithstraße bei der Berliner Mordkommission in deren Datenbanken gefunden, mir das alles mal genau angesehen und Maries Schilderungen Punkt für Punkt bestätigt gefunden. Nur eines nicht: das Handyfoto. Es findet sich zwar in ihrer Zeugenvernehmung aus Potsdam der Vermerk, dass Marie den Täter fotografiert hat. Aber diese Information taucht dann nicht mehr in dem Protokoll ihrer Vernehmung in Berlin auf. Und auch das Handyfoto ist nicht Bestandteil der Ermittlungsunterlagen.«

34

Berlin-Reinickendorf,
Weiße Stadt, Wohnung von Sara Wittstock,
23. Oktober, 09:40 Uhr

Moewig war wie ein Raubtier in einem viel zu kleinen Gehege immer wieder rastlos durch Sara Wittstocks Wohnzimmer auf und ab gewandert. Währenddessen hatte er beiläufig die Meldungen zu dem Vorfall im Intercity Hotel am Hauptbahnhof auf Wittstocks Bildschirmwand verfolgt – bis eine knappe Stunde später Marie ihren Kopf zur Tür hereinstreckte.

Bei ihrem Anblick durchfuhr Moewig ein Schreck. Sie war kaum wiederzuerkennen.

Marie schien in den vergangenen zwei Tagen sichtbar gealtert zu sein. Das letzte Mal, dass er Marie in einem solchen Zustand gesehen hatte, war an Lillys Todestag gewesen. Ihre Gesichtshaut war aschfahl, und ihre sonst so strahlenden Augen waren tief in die Höhlen zurückgesunken und gerötet. Ihr ungekämmtes, schulterlanges blondes Kopfhaar klebte teils an ihrer Stirn und an den Ohren, teils stand es seitlich und am Hinterkopf ab.

Moewig hatte sogar für einen kurzen Augenblick das Gefühl, als würde ihr blondes Haar jetzt von einem leichten Grauschleier übertüncht werden.

Mit hängenden Schultern und langsam einen Schritt vor den anderen setzend, bewegte sich Marie auf Moewig zu. In der Mitte des Zimmers angekommen, ließ sie sich jedoch, augenscheinlich von den paar Schritten schon erschöpft, auf einen mit hellbraunem Leder bezogenen, orientalischen Kamelhocker sinken, der inmitten der geballten Ansammlung von Hightech-Equipment und der übrigen funktionalen Möbel in Wittstocks Wohnzimmer etwas deplatziert wirkte.

Mit erschöpftem Blick sah sie zunächst zu ihrem Ex, dann zu ihrer Gastgeberin.

»Erst mal einen Kaffee?«, wandte sich Sara Wittstock an Marie.

☠ ☠ ☠

Es hatte Moewig fast eine weitere Stunde – und sehr viel Geduld – gekostet, Marie die Informationen, die sie dringend benötigten, zu entlocken. Schließlich hatte Marie mit matter Stimme, zwischendurch immer wieder an ihrer Kaffeetasse nippend, die Sara Wittstock mehrfach mit schwarzem Kaffee nachgefüllt hatte, berichtet, dass sie natürlich auch während ihrer Vernehmung bei der Mordkommission das Handyfoto erwähnt hatte. Daraufhin hatte sie ihr Handy für eine, vielleicht auch zwei Stunden, so genau konnte sie es nicht sagen, einem der Beamten überlassen. Der Mann hatte gesagt, dass es für die weiteren Ermittlungen unabdingbar sei, ihr Handy bezüglich der dort abgespeicherten Kontakte auszuwerten, und dass er das Foto des mutmaßlichen Schützen mit der Unterarmtätowierung herunterladen und zu den Ermittlungsunterlagen nehmen wollte. Zu beiden Maßnahmen hatte Marie kraftlos ihre Einwilligung gegeben.

Jetzt starrte sie abwesend vor sich hin. Anscheinend hatte allein die Erinnerung an die Geschehnisse sie erneut viel Kraft gekostet.

An die Ermordung von Bartrück oder den Anruf des fal-

schen LKA-Beamten, der sie tags darauf in eine Falle locken wollte, ... oder an ihre Flucht, als sie um ihr Leben aus dem Safe House rannte ... oder an Lilly ... O Gott, diese Frau hat so viel durchmachen müssen, ging es Moewig durch den Kopf.

Dann riss er sich aus seinen düsteren Gedanken und wandte sich an Marie. »Noch eine Frage. Kannst du dich an den Beamten erinnern, der dein Handy an sich genommen hat? Kannst du ihn mir beschreiben?«

Marie reagierte nicht, und Moewig war sich nicht einmal sicher, ob sie ihn überhaupt gehört hatte. Er versuchte es erneut: »War er älter oder jünger? Groß oder klein? Vielleicht mit Brille? Erinnerst du dich an die Haarfarbe?«

Aber er drang nicht mehr zu ihr durch. Marie starrte nur wie in Trance stumm vor sich hin. Sie schien sich wie in einer Raumkapsel ohne jedwede Verbindung zur Außenwelt zu befinden.

»Sara«, wandte sich Moewig an Maries Gastgeberin. »Du kannst wahrscheinlich nichts machen, weil du offiziell weder mit den Ermittlungen betraut noch in irgendeiner anderen Art und Weise involviert bist, korrekt?«

»Nein, du irrst dich. Ich könnte einiges machen. Ich habe sogar schon eine glasklare Vorstellung, wie ich sehr wahrscheinlich etwas Licht ins Dunkel bringen könnte«, antwortete Sara Wittstock, und ihre lockigen braunen Haare fielen ihr dabei in die Stirn.

»Wenn ...«, fuhr sie langsam fort.

»Wenn was?«, wollte Moewig ungeduldig wissen.

»Wenn ich Maries Handy hätte ...«

35

Berlin,
Treptowers, BKA-Einheit »Extremdelikte«,
Sektionssaal,
23. Oktober, 13:55 Uhr

Nachdem der Vormittag mit insgesamt fünf Obduktionen sowie der Untersuchung des Knochenfundes aus dem Grunewald und der keinen Aufschub duldenden Untersuchung der beiden überlebenden Schussopfer aus dem Wedding in der Charité für die Rechtsmediziner der »Extremdelikte« bereits gut strukturiert gewesen war, wie Doktor Tomas Tomski es zwischendurch treffend auf den Punkt gebracht hatte, schien der Nachmittag keinesfalls ruhiger zu werden.

Herzfeld hatte es sich nicht nehmen lassen, direkt im Anschluss an die abrupt beendete Frühbesprechung durch Renate Hübner zum Tatort mit den beiden Toten im Intercity Hotel zu fahren und die rechtsmedizinische Tatortarbeit dort eigenhändig vorzunehmen.

Er war vor wenigen Minuten in die Treptowers zurückgekehrt und hatte seinen Stellvertreter Abel umgehend gebeten, alle Rechtsmedizinerinnen und Rechtsmediziner zu einem kurzen Update zu versammeln. Diesmal allerdings im Sektionssaal und nicht im Besprechungsraum, weil einige der Kollegen noch damit beschäftigt waren, die letzten Organe ihres jeweiligen Falles zu präparieren, Dokumente auszufüllen oder Asservate zur Übergabe an die Toxikologie zu beschriften.

»Also, Herrschaften«, begann Herzfeld – der für Abels Empfinden ungewöhnlich angespannt wirkte –, als sich alle um ihn versammelt hatten, »ich habe ja in fast drei Jahrzehnten in der Rechtsmedizin schon einige Tatorte gesehen, aber die Perfidie, mit der der Täter in diesem Fall vorgegangen ist, macht sogar mich sprachlos. Ermittlungsstand jetzt: Ein noch nicht näher bekannter Täter betritt etwa um halb acht heute Morgen die Lobby des Intercity Hotels am Hauptbahnhof. Nachdem er im Erdgeschoss gemeinsam mit einem Mann und einer Frau – zu Profession und Nationalität der beiden komme ich gleich noch – in einen der Aufzüge gestiegen ist, der nach oben fährt, tötet er die beiden mittels Einwirkung durch scharfe Gewalt. Das Ganze muss unfassbar schnell abgelaufen sein, denn als die Fahrstuhltür im vierten Stock aufgeht, sind die beiden bereits tot. Der Täter zerrt die Frau in die offene Fahrstuhltür, damit dieser nicht aus einer anderen Etage gerufen werden kann, und spaziert dann anscheinend seelenruhig wieder aus dem Hotel hinaus, ohne dass er irgendjemandem auffällt. Ob er durch das Treppenhaus gelaufen oder mit einem anderen Fahrstuhl wieder runtergefahren ist – *who knows?* Bisher – zumindest laut Stand vor etwa einer halben Stunde, als ich den Tatort verlassen habe – gibt es weder Zeugen noch Kameraaufzeichnungen zum Täter. Bei meiner Untersuchung der Toten vor Ort, die allerdings unter denkbar schlechten Bedingungen und notgedrungen unter immensem Zeitdruck ablaufen musste, zählte ich zwischen acht und dreizehn Stichverletzungen in Hals und Oberkörpervorderseite der Opfer. Bei der Tatwaffe handelt es sich mit hoher Wahrscheinlichkeit um *ein* Messer, nicht um mehrere, denn die Stichwunden zeigen allesamt ähnlich konfigurierte Wundwinkel. Wahrscheinlich ein einzelner Täter. Die Tatwaffe ist bis jetzt nicht gefunden worden. Sehr wahrscheinlich wurde sie von ihm nach der Tat mitgenommen. Zur Beschaffenheit des Messers wissen wir nach den Obduktionen sicherlich mehr. Der Mörder scheint genau gewusst zu haben, was er tut, wo er mit seinen Stichen an seinen Opfern den größtmöglichen Schaden anrichtet.«

»Möglicherweise ein Soldat oder ehemaliger Soldat, der eine ›Close Quarters Combat‹-Ausbildung durchlaufen hat, oder jemand, der in einem Terrorcamp ausgebildet wurde«, unterbrach Oberarzt Doktor Scherz die Ausführungen seines Chefs.

»Kollege Scherz, die Begriffe Terroranschlag, terroristischer Akt oder terroristischer Hintergrund sind genauso wie Ihr Terrorcamp derzeit im Zusammenhang mit dem Vorfall im Intercity Hotel strikt tabu, wie mir eindringlich vonseiten des Büros der Polizeipräsidentin und einem Referenten des Innensenators nahegelegt wurde«, lautete Herzfelds Erwiderung.

»Selten genug, dass die beiden mal ein und derselben Meinung sind«, brummte Scherz.

»Von Perfidie spreche ich in Bezug auf den Modus Operandi aber auch deshalb«, fuhr der Chef der »Extremdelikte« ungerührt fort, »weil die Opfer, die zu ihrem Mörder in den Aufzug stiegen, völlig ahnungslos waren und von der Attacke überrascht worden sein müssen, was ich aus dem völligen Fehlen von Abwehrverletzungen schließe. Zudem hatten die beiden in dem gerade mal 3,5 Quadratmeter großen Fahrstuhl überhaupt keine Chance, dem Gemetzel zu entkommen.«

Die um Herzfeld in einem Halbkreis versammelten Rechtsmediziner schwiegen nachdenklich.

»Du wolltest uns noch etwas zu den Opfern sagen, Paul«, unterbrach Abel als Erster die Stille.

»Richtig. Bei den Toten handelt es sich um einen achtundfünfzig Jahre alten moldawischen Geschäftsmann, der sich offiziell wegen der Messe in Berlin aufhielt.«

»Offiziell?«, wollte Abel wissen.

»Allem Anschein nach war er weder auf Geschäftsreise in Berlin noch zum Sightseeing, denn nach den bisherigen Ermittlungen handelte es sich bei der getöteten Frau um eine aus Litauen stammende Hostess beziehungsweise Escort-Dame, die vorgestern kurz nach ihm im Hotel eingecheckt hat. Sie ist Ende zwanzig. Er hat sie wohl für ihr Techtelmechtel extra aus Vilnius einfliegen lassen, zumindest wurde ihr Hin- und Rückflug über seine Kreditkarte bezahlt.«

»Vielleicht ein eifersüchtiger Kunde der Dame, dem es nicht gepasst hat, dass jemand anderes sein Betthäschen gebucht hat? Oder ein von der gehörnten moldawischen Ehefrau gedungener Auftragsmörder. Klingt doch alles erst mal nach einer Beziehungstat«, polterte Scherz unvermittelt los.

»Alles möglich, Herr Kollege. Inwiefern eine persönliche Beziehung zwischen Opfern und Täter bestand, ist wie so vieles andere zum jetzigen Zeitpunkt aber noch völlig unklar und Gegenstand der Ermittlungen«, erwiderte Herzfeld.

»Wie gehen wir jetzt vor, Chef?«, wollte Assistenzarzt Doktor Tomski wissen, der während seiner Frage betont auffällig auf die schwarze Smartwatch an seinem Handgelenk schaute. Alle Mitglieder der »Extremdelikte« wussten nur zu gut, was Frage und Geste Tomskis zu bedeuten hatten. Er war als alleinerziehender Vater, der sich seit dem Tod seiner Frau vor drei Jahren allein um seine Zwillinge kümmerte, als Einziger von der Rufbereitschaft der Mitglieder der rechtsmedizinischen Spezialeinheit ausgenommen. Wie kein anderer in der Abteilung war er zudem auf ein verlässliches Zeitmanagement und einen geregelten Feierabend angewiesen.

»Die Leichen sind bereits auf dem Weg hierher«, erwiderte Herzfeld. »Wir legen mit den Sektionen los, sobald sie eingetroffen sind. Die Identifizierung vonseiten des LKA ist erledigt, wir machen das aber pro forma rechtsmedizinisch gleich noch mal mit. Herr Tomski, Frau Roth, bitte fahren Sie als Erstes die CTs der Toten. Wir führen danach die beiden Obduktionen parallel mit dem gesamten Team durch. Wir werden hier bald viel Druck von Staatsschutz, Bundesinnenministerium und aus Karlsruhe zu spüren bekommen. Von den Berliner Behörden ganz zu schweigen. Auch wenn bisher niemand offiziell das Wort Terroranschlag in den Mund nimmt – und ich diesbezüglich auch noch mal alle bitte, den Ball flach zu halten, auch was die Herausgabe irgendwelcher Informationen zu diesem Fall an Dritte anbelangt –, gehe ich momentan stark davon aus, dass der Generalbundesanwalt sehr bald übernehmen wird. Noch Fragen?«

»Was ist mit Überwachungskameras in oder außerhalb des Hotels? Da muss es doch welche geben und somit auch Bildmaterial von möglichen Tatverdächtigen. Und zum Motiv? Die Herren und Damen vom LKA werden doch wohl irgendeine Arbeitshypothese haben, oder etwa nicht?«, mischte sich Oberarzt Doktor Martin Scherz erneut ein.

»Bisher tappen die Kollegen völlig im Dunkeln, und die Tat wird als Resultat eines Amoklaufes betrachtet. Es handelt sich bis zum sicheren Beweis des Gegenteils zunächst einmal um willkürlich ausgewählte Zufallsopfer. Ein persönliches Motiv wird natürlich trotzdem überprüft. Noch ist alles völlig offen. Zu einem möglichen Motiv und was das Vorhandensein von Überwachungskameras angeht, werden wir hoffentlich mehr wissen, wenn Kriminalhauptkommissar Ehrenberg und seine Leute von der Mordkommission eintreffen. Ich habe mit Ehrenberg vereinbart, dass wir spätestens gegen 15:00 Uhr mit den Sektionen starten. Bis dahin müssen die CTs gelaufen sein. Jetzt bitte ...« – Herzfeld sah in die Runde seiner Mitarbeiter – »... hier mit den Routinefällen fertig werden, Herrschaften, und alle auf Standby, bis die beiden Toten eintreffen. Das wird heute ein langer und anstrengender Tag werden.«

36

Berlin,
Treptowers, BKA-Einheit »Extremdelikte«,
Sektionssaal,
23. Oktober, 15:17 Uhr

Das Gewusel und Durcheinander im Sektionssaal der rechtsmedizinischen Spezialeinheit des BKA weckte sicherlich in diesem Augenblick nicht nur in Abel, sondern auch in den anderen Mitgliedern des Teams Erinnerungen an die Untersuchung der zwölf Opfer des Attentates auf dem Berliner Breitscheidplatz. An ihre damalige Identifizierungsmission der Opfer israelischer, italienischer, ukrainischer, tschechischer und deutscher Nationalität, die von dem islamistischen Attentäter Anis Amri am Abend des 19. Dezember 2016 mit einem mit etwa 25 Tonnen Stahl beladenen Sattelzug direkt vor der Gedächtniskirche überrollt, überfahren und regelrecht zerquetscht worden waren.

Der gesamte Sektionssaal war auch jetzt wieder bevölkert mit in weiße Ganzkörperschutzanzüge der Spurensicherung gekleidete Personen: die zuständige Staatsanwältin, Kriminalhauptkommissar Ehrenberg und drei Beamte der von ihm geleiteten Mordkommission, fünf Kriminaltechniker und zwei Polizeifotografen. Aluminiumkisten, gefüllt mit dem notwendigen Untersuchungsinstrumentarium der Spurensicherung, mit Papiertüten und Behältnissen zur Asservierung der Kleidung der beiden Toten für die weitere Untersuchung in der Kriminaltechnik, standen vor und auch auf den hüfthohen, metallenen Sideboards an den Seitenwänden des Sektionssaales.

Sektionsassistent Hermann Vogel hatte die Toten aus dem Intercity Hotel mittlerweile auf den beiden jeweils äußeren Tischen platziert, nachdem die Leichen computertomografisch gescannt worden waren.

Doktor Wiebke Rath und Doktor Tomas Tomski saßen noch an der CT-Workstation, wo die Bilder aus dem Nachbarraum, in dem sich der Computertomograf befand, sofort nach dem CT-Scan aufliefen, gespeichert und anschließend bearbeitet wurden. Die CT-Workstation befand sich im Sektionssaal, damit bei Bedarf noch während der Obduktion auf den drei überdimensionierten Computerbildschirmen im Sektionssaal CT-Bilder aufgerufen werden konnten.

Kurze Zeit später erhoben sich die beiden Kollegen, offensichtlich zufrieden mit dem Resultat, und informierten Herzfeld, dass die 3-D-Rekonstruktion der Toten abgeschlossen sei, was dieser zum Anlass nahm, noch einmal alle anwesenden Mitarbeiter sowie die Polizeibeamten und den Leiter der Ermittlungen, Kriminalhauptkommissar Ehrenberg, um sich zu versammeln.

Abel hatte gerade mit der äußeren Leichenschau der aus Litauen stammenden Frau beginnen wollen, begab sich aber ebenfalls zu Herzfeld, neben dem Kriminalhauptkommissar Ehrenberg stand, leicht an einen der Sektionstische gelehnt.

Thomas Ehrenberg war ein echtes Urgestein der Berliner Mordkommission. Über fünfzehn seiner bisher knapp vierzig Dienstjahre hatte er bisher bei der Mordkommission verbracht und einen Ruf wie Donnerhall als brillanter Analytiker, hartnäckiger Fahnder und als *der* Routinier mit der meisten Erfahrung bei der Fahndung,

Verfolgung, Inhaftierung und Vernehmung von Gewaltverbrechern. Allerdings kursierten seit einigen Monaten hartnäckig Gerüchte in der Berliner Polizeibehörde und bei der Staatsanwaltschaft – die natürlich auch bis zum BKA vorgedrungen waren –, dass sich der Achtundfünfzigjährige bei der Mordkommission unfreiwillig auf dem Abstellgleis befand und demnächst eine der zwei Leiterpositionen in einer neu einzurichtenden *Cold Cases Unit* der Berliner Polizei übernehmen sollte.

Die werden den Ehrenberg schon bald wegloben aus der Mordkommission, der hat den Bogen überspannt – so oder so ähnlich hatte es jemand formuliert, meinte sich Abel zu erinnern.

Wie es hieß, hatte sich der Kriminalhauptkommissar schon mehrfach mit seinem Behördenleiter überworfen, und auch über seinem Privatleben lag wohl seit einiger Zeit ein dunkler Schatten. Abel hatte jedoch keine Ahnung, welche Verfehlungen es konkret gegeben hatte, da sich Abel weder an Klatsch und Tratsch im BKA beteiligte noch ihn private Angelegenheiten der Personen, mit denen er in seinem beruflichen Umfeld zu tun hatte, auch nur im Ansatz interessierten. Von wenigen Ausnahmen abgesehen, die er locker an einer Hand abzählen konnte.

Aber den Eindruck, dass sich Ehrenberg auf dem Abstellgleis befand oder auf dem Absprung in eine andere Abteilung war, machte er an diesem Tag im Sektionssaal nicht. Mit hinter dem Rücken verschränkten Armen schaute der knapp zwei Meter große Mann, der sogar den hochgewachsenen Herzfeld noch um ein paar Zentimeter überragte, aus wachen, hellblauen Augen in die Runde der Rechtsmediziner und seiner eigenen Mitarbeiter. Wer seine Persönlichkeit und seine Konstitution nicht kannte, konnte auf den ersten Eindruck meinen, dass seine stelzenartigen O-Beine zu einer fragilen Person gehörten. Aber dieser Eindruck täuschte definitiv, wie nicht nur Abel, sondern auch alle anderen Anwesenden wussten.

Herzfeld sprach ein paar einleitende Worte, mehr zu den anwesenden Polizeibeamten als zu seinen Leuten, gefolgt von einem Beitrag der ebenfalls im Sektionssaal anwesenden Staatsanwältin Heide Mölders. Sie versah erst seit wenigen Wochen ihren Dienst in der Abteilung für Kapitaldelikte bei der Berliner Staatsanwaltschaft und war nun eher zufällig – da sie in dieser Woche den Bereitschaftsdienst wahrnahm – mit den beiden Hotelmorden befasst.

Zuletzt verkündete Ehrenberg mit dröhnender Bassstimme: »Was irgendwelche Aufnahmen von unserem Täter anbelangt: Fehlanzeige!«

Abel spitzte die Ohren.

»Oder unseren Tätern«, schob Ehrenberg hinterher, »denn so ganz gehe ich noch nicht konform mit Professor Herzfelds Meinung, dass es sich nur um einen Einzeltäter handelt.« Er warf Herzfeld einen Seitenblick zu, den dieser aber genauso wie den Kommentar des Kriminalhauptkommissars mit stoischer Gelassenheit hinnahm.

»Es gibt im gesamten Intercity Hotel und auch im umliegenden Bereich des Hauptbahnhofs seit knapp einem Jahr keine einzige Kamera mehr, nachdem eine Gewerkschaft von Gebäudereinigern erfolgreich dagegen geklagt hat. Mit der Begründung, eine solche Überwachung wäre ein Eingriff in ihre Persönlichkeitsrechte und zudem nicht im Einklang mit den aktuellen Datenschutzbestimmungen«, fuhr Ehrenberg mit bitterer Miene dröhnend fort.

So etwas ist auch wirklich nur in Berlin möglich, ging es Abel durch den Kopf, und er merkte am ungläubigen Kopfschütteln seiner Kollegen, dass diese anscheinend ebenso erstaunt und ungehalten darüber waren, wie der Datenschutz immer mehr zu Täterschutz mutierte. Persönlichkeitsrechte inklusive des Rechts auf das eigene Bild hatten in vielen Bundesländern mittlerweile einen so hohen Stellenwert, dass nicht nur eine Öffentlichkeitsfahndung mit Fotos verdächtiger Personen in der Regel von fast jedem Richter selbst bei schwersten Straftaten abgelehnt wurde, sondern solche Bilder gar nicht erst aufgenommen wurden, da keine Überwachungskameras mehr existierten.

Ganz anders in Großbritannien, wo polizeiliche Überwachungskameras nicht nur auf viel befahrenen Straßen und Tunneln, sondern auch in Einkaufszonen, vor Bars und Gastronomiebetrieben seit vielen Jahren zum akzeptierten Straßenbild zählten – und sich bei der Verbrechensbekämpfung auszahlten.

»Die beiden Toten sind identifiziert. Einen Raubmord können wir aufgrund der Gesamtumstände definitiv ausschließen. Auch was ein persönliches Motiv des Täters anbelangt, haben wir bisher null Anhaltspunkte«, dröhnte Ehrenbergs Bassstimme weiter. »Was ich mir von den Obduktionen und damit vom heutigen Nachmittag verspreche, sind Erkenntnisse zu der oder den Tatwaffen.«

Mit diesen Worten sah er erneut zu Herzfeld neben sich, was der abermals ignorierte.

Nachdem Ehrenberg noch einige allgemeine Anweisungen an die Kriminaltechniker und die beiden Polizeifotografen – ein Mann und eine Frau, die Abel beide bisher noch nie im Sektionssaal des BKA gesehen hatte – erteilt hatte, erläuterte Doktor Alexandra Roth die wesentlichen Ergebnisse der computertomografischen Untersuchung.

»Wir haben, was die inneren Befunde beziehungsweise Verletzungsfolgen anbelangt, bei beiden Toten fast identische Ergebnisse unserer CT-Rekonstruktion. In den Brusthöhlen findet sich reichlich freie Flüssigkeit, unzweifelhaft Blut als Folge der Verletzung größerer Gefäße. Und wir sehen bei beiden Zeichen einer Luftembolie mit entsprechendem röntgenologischem Befund in der rechten Herzkammer.«

Die Polizeifotografin hob fragend eine Augenbraue.

Herzfeld, dem das offenbar genauso wie Abel nicht entgangen war, sprang Roth zur Seite.

»In den venösen Gefäßen, die das Blut zum Herzen führen, besteht aus Gründen der Physiologie ein Unterdruck, zumindest so lange, wie das Gefäßsystem des Körpers nicht mit der Außenwelt in Berührung kommt. Anders bei Stichen oder tiefen Schnittverletzungen im Halsbereich, gerade wenn dabei die am Hals verlaufenden Drosselvenen oder größere venöse Gefäße zur Versorgung der Schilddrüse eröffnet werden. Diese Gefäße haben ein ziemliches Kaliber, sie sind etwa so dick wie der kleine Finger einer zarten Person oder eines Kindes.« Herzfeld hielt den abgespreizten kleinen Finger seiner rechten Hand in Richtung der Polizeifotografin und fuhr fort: »Wenn diese Venen verletzt werden, saugen sie Luft von außerhalb des Körpers an, insbesondere, wenn sich die betroffene Person in einer aufrechten Körperposition befindet. Und diese beiden Voraussetzungen …« – er nahm seine Hand wieder herunter und nickte der Fotografin freundlich zu – »sind in unserem Fall hier bei beiden Toten erfüllt.«

Kurze Zeit später hatten alle Protagonisten ihren Platz im Sektionssaal eingenommen, und Abel setzte die äußere Leichenschau der aus Litauen stammenden jungen Frau fort. Assistiert wurde ihm von Doktor Wiebke Rath und Sektionsassistent Hermann Vogel. Sie brachten den Leichnam der schlanken Frau jeweils so auf dem Sektionstisch in Position, dass sich Abel ein entsprechendes Bild von der Körperregion, die er gerade begutachtete, machen konnte. Während die beiden den Leichnam mit eingespielten Bewegungen manchmal zur Seite drehten und immer wieder Blut mit zwei großen, hellgelben Schwämmen, die sie zwischendurch in dem mit Wasser randvoll gefüllten Becken am Fußende des Sektionstisches wuschen und ausdrückten, von der Körperoberfläche der Toten abwischten, diktierte Abel das Protokoll der äußeren Besichtigung, an die im Anschluss die innere Besichtigung mit Eröffnung aller drei Körperhöhlen folgen würde.

»**A. Äußere Besichtigung.**

1. Als Zeichen eines massiven Blutverlustes zu Lebzeiten an der Körperrückseite nur spärlich ausgebildete, hellviolette Totenflecke, auf kräftigen Fingerdruck noch vollständig zur Abblassung zu bringen.
2. Leichenstarre in den großen und kleinen Gelenken kräftig ausgeprägt.
3. Schädelknochen bei Betasten stabil. Fest sitzendes, eigenes, platinblondes (offensichtlich gefärbtes), volles Kopfhaar.
4. Die Lid- und Bindehäute blass, keine punktförmigen Einblutungen.

5. Regenbogenhäute grau-blau, die Sehlöcher beidseits mittelweit und seitengleich.
6. Die Nasenöffnungen frei.
7. Der Leichnam mit flächigen Blutantragungen an der Körpervorderseite.
8. Blutabrinnspuren am Hals, teils schräg, teils vertikal ausgerichtet.«

Immer wieder zeigte Abel dabei auf die jeweiligen Befunde und signalisierte so der Polizeifotografin, die von Kriminalhauptkommissar Ehrenberg an Abels Tisch abgestellt worden war, dass sie diese fotografieren sollte.

9. »Noch näher zu beschreibende Oberhautverletzungen an der Oberkörpervorderseite im oberen Brust- und Schlüsselbeinbereich beidseits und am unteren Hals in Nähe der Drosselgrube.
10. Am rechten Oberarm Blutabrinnspuren überwiegend von schulterwärts nach ellenbogenwärts gerichtet.
11. Großflächige Blutantragungen an der Streckseite und Innenseite der linken Hand, überwiegend verkrustet.
12. An den Extremitäten keinerlei Oberhautdefekte feststellbar.
13. Die Fingernagelränder beider Hände mit blutigen, ebenfalls verkrusteten Antragungen. Die Fingernägel beider Hände werden geschnitten, die Fingernagelränder jeweils einzeln asserviert und der anwesenden Kriminaltechnik des LKA übergeben.
14. Im Bereich der linken Halsseite eine Gasbildung mit deutlicher Krepitation tastbar.
15. Die Hautdurchtrennungen werden im Folgenden nach

Entfernung der Blutantragungen von der Oberhaut des Leichnams detailliert beschrieben: zwei Zentimeter unterhalb des mittleren Drittels des linken Schlüsselbeines, einhundertsiebenundvierzig Zentimeter oberhalb Fußsohlenniveau finden sich zwei direkt zueinander benachbarte, in einem Abstand von eineinhalb Zentimetern zueinander angeordnete, quer gestellte, zweieinhalb Zentimeter lange und jeweils knapp einen Zentimeter weit klaffende Hautdurchtrennungen. Beide Hautverletzungen glattrandig. Die Wundränder leicht tangential nach oben innen verlaufend. Im Bereich des nach fußwärts gerichteten Wundwinkels findet sich bei beiden Verletzungen eine diskrete Schürfung in Form eines zwischen einem und zwei Millimetern breiten dunkelroten Schürfsaums. Der fußwärtige Wundwinkel bei beiden Stichwunden leicht rundlich imponierend, der nach kopfwärts gerichtete Wundwinkel dagegen bei beiden Hautdefekten spitz zulaufend.«

Abel bedeutete der Fotografin, auch diese Befunde aufzunehmen, und hielt einen kleinen, rechtwinkligen Maßstab neben die beiden Hautwunden. Die Fotografin zögerte allerdings und machte erneut ein fragendes Gesicht, sofern Abel das unter ihrem Mundschutz und der Kapuze ihres weißen Overalls beurteilen konnte.

Er unterbrach sein Diktat und sagte, an die Polizeifotografin gewandt: »Der Untersuchung und Dokumentation der Wundwinkel, der jeweiligen Enden der Stichverletzung in der Haut, kommt in der Rechtsmedizin eine besondere Bedeutung zu, da das Aussehen der Wundwinkel bezüglich des Rückschlusses auf das verwendete Stichwerkzeug von großer Relevanz ist. So lassen zwei jeweils spitz zulaufende Wundwinkel an beiden Enden der Stichwunde den Rückschluss zu, dass es sich um ein zweischneidiges Messer handelte. Wenn einer der Wundwinkel dagegen stumpf konfiguriert ist, also nicht spitz zulaufend, sondern rundlich oder relativ gerade begrenzt ist – manchmal, aber nicht immer, sieht man da auch so einen kleinen Schürfsaum wie hier –, spricht das für ein einschneidiges Messer.«

Die Fotografin nickte, offensichtlich mit der Erklärung zufrieden, und betätigte den Auslöser mehrfach hintereinander.

Abel setzte sein Diktat fort.

16. »Einhunderteinundfünfzig Zentimeter oberhalb Fußsohlenniveau, direkt in der Drosselgrube gelegen, zwei jeweils schräg gestellte, von oben außen nach innen mittig verlaufende, zweieinhalb und zwei Zentimeter messende Hautdefekte, die den Blick auf die darunterliegenden Halsweichteile freigeben. Auch hier ein identisches Bild der Anordnung der Wundwinkel, die zudem mit den Wundwinkeln der zuvor beschriebenen Verletzungen identisch sind und somit von derselben Tatwaffe herrühren. Der jeweils fußwärts gestellte Wundwinkel leicht abgerundet, der nach kopfwärts zeigende Wundwinkel jeweils spitz zulaufend …«

Knapp drei Stunden später war nicht nur die äußere, sondern auch die innere Leichenschau des moldawischen Geschäftsmanns abgeschlossen. Der Mann hatte sich allerdings nicht auf Geschäftsreise in Berlin aufgehalten, sondern zu seinem sexuellen Vergnügen, im Gegensatz zu der Litauerin, die ihrerseits aber wiederum tatsächlich in geschäftlichen Dingen in Berlin gewesen war – wie es Scherz zwischendurch boshaft formuliert und einen abschätzigen Blick der Staatsanwältin dafür kassiert hatte.

Der überwiegende Teil der Mitglieder der »Extremdelikte« hatte sich mittlerweile aus dem Sektionssaal verabschiedet. Die Leichen waren bereits sorgfältig dahin gehend versorgt worden, dass die Organe wieder in die Körper zurückgelegt und diese mit sauber gesetzten, eng beieinanderliegenden Stichen an ihrer Körpervorderseite mit Garn verschlossen und nochmals gereinigt worden waren, diesmal mit dem Wasserstrahl aus einem Duschkopf am Fußende des Sektionstisches.

Gerade schickten sich Sektionsassistent Hermann Vogel und Assistenzärztin Wiebke Rath an, die beiden Körper in neue Leichensäcke zu packen, sodass sie nach der schriftlichen Freigabe durch die Staatsanwaltschaft und weiterer Formalitäten zu ihren Angehörigen in ihre Heimatländer überführt werden konnten.

Herzfeld bat Abel mit einer Handbewegung zu sich. Der hatte gerade noch die Liste der für die toxikologischen Untersuchungen zurückbehaltenen Asservate fertig diktiert und beendete das Diktat seines Sektionsprotokolls nun mit den Worten: »Danke. Damit Ende, Ende.«

Er hatte zuvor mit halbem Ohr zugehört, wie Paul Herzfeld für die Staatsanwältin Heide Mölders und Kriminalhauptkommissar Ehrenberg die wesentlichen Ergebnisse der Obduktion des im Fahrstuhl erstochenen Mannes noch einmal zusammengefasst hatte. Denn der Chef der BKA-

Rechtsmediziner hatte es sich nicht nehmen lassen, die Obduktion des Moldawiers persönlich unter Assistenz von Doktor Alexandra Roth und Oberarzt Doktor Martin Scherz durchzuführen.

Als Abel sich nun zu Herzfeld, der Staatsanwältin und dem leitenden Ermittler dazugesellte, fragte Herzfeld: »Sollen wir kurz in mein Büro gehen und einen Kaffee trinken? Würde uns sicherlich allen guttun.«

Abel verspürte sofort ein großes Verlangen nach einer Dosis Koffein, hörte aber, wie Ehrenfeld zu seiner Enttäuschung ablehnte.

»Nein danke. Ist leider zeitlich nicht drin. Ich muss zurück in die Keithstraße und mich von meinen Leuten auf den neuesten Stand bringen lassen.«

Die Staatsanwältin warf einen Blick auf ihre Armbanduhr, sagte aber nichts.

»Okay, Fred«, wandte sich Herzfeld an Abel. »Bitte eine Kurzzusammenfassung zur Rekonstruktion der Tatumstände und Todesursache und natürlich deine Meinung zur Tatwaffe.«

»Insgesamt achtfache scharfe Gewalteinwirkung auf den Oberkörper mit einer Stichwaffe. Davon sechs Stiche in den oberen Brustkorb, zwei in die Drosselgrube. Stichausführung von vorn. Die Stiche wurden offensichtlich in sehr kurzem zeitlichem Abstand ausgeführt, dafür sprechen die Anordnung der Stiche zueinander und die Kontinuität der Ausrichtung der Wundwinkel. Annähernde Parallelität der Stichverletzungen, kurzer Abstand zueinander. Das Messer, auf dessen mutmaßliche Beschaffenheit ich gleich noch zu sprechen komme, wurde vom Täter offensichtlich nicht in der Hand gedreht oder zwischen der Ausführung der Stiche anders gefasst, da alle nach kopfwärts zeigenden Wundwinkel spitz zulaufen. Keinerlei Abwehrverletzungen.«

»Was für Heimtücke spricht«, sagte die Staatsanwältin, allerdings so leise, dass diese Feststellung eher für sie selbst zu sein schien.

Abel wusste, worauf die Beamtin der Anklagebehörde hinauswollte. Heimtücke war eines der juristischen Kriterien zur Unterscheidung von Mord und Totschlag. Charakteristika einer heimtückisch ausgeführten Tat, die dann in der Regel in der Anklageschrift als Mord gewertet wurde, waren unter anderem Arglosigkeit und Wehrlosigkeit eines Opfers, die durch das Fehlen jeglicher Abwehrverletzungen belegt wurden. Abwehrverletzungen, die zum Beispiel an den Armen oder Händen entstanden, wenn das Opfer seine Hände schützend vor den Körper hielt oder versuchte, dem Angreifer das Messer zu entwenden, und dabei in die Klinge griff. All das gab es bei den vorliegenden Fällen nicht – die Opfer waren sich des drohenden Angriffes nicht bewusst gewesen, sie waren arglos.

»Todesursache ist ein Verbluten nach außen und in beide Brusthöhlen in Kombination mit einer Luftembolie. Zudem ist der rechte Lungenflügel kollabiert, und es kam zu einem Pneumothorax«, fuhr Abel fort.

Quasi der rechtsmedizinische Klassiker bei Tötungsdelikten durch scharfe Gewalteinwirkung.

»Was die Tatwaffe anbelangt: Es handelt sich um ein einschneidiges, sehr scharfes und sehr wahrscheinlich zur Spitze hin schmaler zulaufendes Messer. Relativ dünne Messerklinge, der Messerrücken etwas breiter, das verleiht dem Messer Stabilität. In der Regel ist die Hautwunde bei einer Stichverletzung deutlich länger als die größte Breite der

Klinge – wegen einer zusätzlichen schneidenden Komponente. Aber nur, wenn es sich um ein sehr dynamisches Geschehen mit horizontaler Bewegung zwischen Angreifer und Opfer handelt. Wenn die Messerklinge eine Seitwärtsbewegung erfährt, während sich das Messer nach dem Stich noch im Körper des Opfers befindet. Allerdings sind reine Stichverletzungen, mit denen wir es hier zu tun haben, bei einem fast statischen Geschehen auf engstem Raum – Täter und Opfer fast in direktem Körperkontakt und schnell hintereinander ausgeführte Stiche – eigentlich immer etwas kürzer, als die Klinge breit ist. Gerade bei klaffenden Stichwunden. Und auch mit denen haben wir es hier zu tun.«

»Und das bedeutet?«, fragte die Staatsanwältin sichtlich irritiert.

»Das bedeutet, Frau Staatsanwältin, dass ich mich der Meinung meines Chefs anschließe, dass es sich bei dem Tatwerkzeug nur um ein einziges Messer und nicht etwa um mehrere Tatwaffen handelt. Das Messer, das Sie suchen« – Abel sah Kriminalhauptkommissar Ehrenberg direkt an –, »hat eine Klingenbreite von etwa 2,5 Zentimetern und eine Länge zwischen 15 und 25 Zentimetern.«

»Geht das nicht etwas genauer mit der Klingenlänge? Oder soll ich mir die etwa aussuchen?«, polterte Kriminalhauptkommissar Ehrenberg und warf Abel einen herausfordernden Blick zu. Der ließ sich von Ehrenbergs Ausbruch allerdings nicht beeindrucken.

Kettenraucher Ehrenberg leidet nach vier Stunden im Sektionssaal ohne Zigarette offensichtlich unter einem gravierenden Nikotinentzug, ging es ihm durch den Kopf.

»Die Tiefe des Stichkanals lässt allenfalls nur grobe Rückschlüsse auf die Klingenlänge des verwendeten Messers zu,

Herr Ehrenberg«, sprang Herzfeld jetzt Abel zur Seite. »Denn einerseits muss die Klinge ja nicht vollständig in den Körper eingedrungen sein. Andererseits kann der Stich wiederum mit derart großer Wucht ausgeführt worden sein, dass das Weichgewebe und die Muskulatur unter der Körperoberfläche so stark komprimiert wurden, dass die Messerklinge wesentlich tiefer in den Körper eindrang, als es der eigentlichen Klingenlänge entspricht. Daraus ergeben sich beträchtliche Unwägbarkeiten, wenn es um Aussagen zur Klingenlänge eines Messers geht, die nur auf der Länge der bei der Obduktion festgestellten Stichkanäle fußen.«

Mit dieser Erklärung schien Ehrenberg nicht wirklich zufrieden, denn er zog demonstrativ seine Schultern hoch. Dann murmelte er eine kurze Verabschiedung, machte auf dem Absatz kehrt und ging schnellen Schrittes Richtung Ausgang.

Abel registrierte, dass er dabei eine Zigarettenschachtel aus einer der Seitentaschen seines Jacketts fischte und sich noch im Sektionssaal eine Zigarette in den Mund steckte, diese aber nicht anzündete.

37

Berlin,
Treptowers, BKA-Einheit »Extremdelikte«,
Büro Prof. Paul Herzfeld,
23. Oktober, 19:45 Uhr

Herein!«

Abel hörte die gedämpfte Stimme Herzfelds durch dessen geschlossene Bürotür als Antwort auf sein Klopfen. Er war kurz zuvor von Renate Hübner, die wie alle in ihrer Abteilung – mit Ausnahme von Doktor Tomas Tomski – auch heute wieder Überstunden machte, darüber informiert worden, dass sein Chef ihn vor dem Feierabend dringend persönlich sprechen wollte. Abel betrat Herzfelds Büro im zehnten Stock der Treptowers, in dem ein leichtes Aroma aus Desinfektionsmittel, Männerschweiß und Kaffeegeruch in der Luft hing.

Sein Chef saß hinter seinem wuchtigen Schreibtisch und sah erschöpft und abgekämpft aus, vor sich eine halb geleerte Kaffeetasse. Er trug immer noch die blaue Arbeitskleidung aus dem Sektionssaal. Lediglich das von seinem PC-Monitor abstrahlende Licht und der fahle Schein des grünen Lampenschirms der antiken Bibliothekslampe auf der Schreibtischplatte beleuchteten den Raum. In dem Halbdunkel wirkten Herzfelds zahlreiche Stirnfalten noch tiefer als sonst.

Mit einer kurzen Handbewegung und den leisen Worten: »Setz dich bitte, Fred. Danke, dass du vorbeigekommen bist«, wies Herzfeld auf einen der Besucherstühle vor seinem Schreibtisch.

Abel betrachtete ihn. Herzfeld zog sich eine hellgraue Wollstrickjacke an, die vom Farbton fast identisch mit seiner Haarfarbe war. Auch wenn Herzfeld, genau wie Abel, für sein Alter noch sehr viel und volles Haar hatte, waren seine dunkelbraunen Haare in den letzten Jahren zunächst in Aluminiumgrau und dann in Aschegrau übergegangen, wie Lisa es erst vor Kurzem treffend formuliert hatte.

Wir alle lassen Federn bei diesem Knochenjob, ging es Abel beim Anblick des erschöpften Mannes durch den Kopf. *Solche Tage wie heute sind es, die uns immer wieder an unsere Grenzen bringen. Kaum einer hält das bis zur Rente durch. Vielleicht ist es wirklich für mich an der Zeit, die Toten loszulassen und mich nur noch mit Lebenden zu umgeben …*

»Fred, es gibt etwas, wovon du wissen solltest«, begann Herzfeld das Gespräch und riss Abel aus seiner Grübelei. »Es gab heute Morgen fast zeitgleich zu dem Doppelmord hier im Intercity Hotel woanders noch eine ähnliche Tat.«

Abel zog fragend die Augenbrauen hoch. »Wo?«

»In Nanterre, einem Vorort von Paris. Allerdings hat sich der dortige Mord an zwei Mitarbeitern einer Internetfirma – die mit Outdoor-Bedarf oder Survival-Ausrüstung handelt – nicht in einem Hotel ereignet, sondern in einem Bürohochhaus. Einzeltäter, Tatwaffe Messer. Es ist bisher noch nichts an die Medien durchgesickert. Nach dem Anschlag im Bataclan in Paris und dem nachfolgenden Desaster mit den Medien damals versuchen die Franzosen, alles so lange wie möglich unter Verschluss und Ausschluss der Öffentlichkeit zu halten. Nicht so wie hier. Da springt nicht gleich jeder Innenminister vor das nächste Mikrofon, das ihm unter die Nase gehalten wird.«

»Und woher weißt du das?«, wollte Abel wissen.

»Ich weiß es von Bertrand Jeunet von Interpol. Du erinnerst dich, der bei der Identifizierungsmission der Air-France-Maschine 2009 in Rio mit dabei war.«

»Ja«, erwiderte Abel, auch wenn er sich partout an keinen Bertrand Jeunet erinnern konnte, der im Rahmen der internationalen Identifizierungsmission bei der Untersuchung der 228 Insassen, die bei dem Absturz des Air-France-Fluges 447 vor der Küste Brasiliens in den Atlantik ums Leben gekommen waren, dabei gewesen sein sollte. Aber das hatte Herzfeld und ihn schon immer unterschieden. Herzfeld besaß nicht nur ein sehr gutes Personengedächtnis, sodass er auch noch viele Jahre nach einem kurzen Zusammentreffen sein damaliges Gegenüber mit Namen und Ort zuordnen konnte, er war im Gegensatz zu Abel auch ein Meister des Netzwerkens. Der Chef der »Extremdelikte« war eine Persönlichkeit, die mit fast jedem, mit dem er beruflich irgendwann einmal zu tun gehabt hatte, auch weiterhin Kontakt hielt. Zumeist regelmäßig, mindestens aber sporadisch.

»Entschuldige, Paul, aber wie viele Menschen werden jeden Tag in europäischen Städten erstochen beziehungsweise mit einem Messer getötet? Hundert? Zweihundert? Vielleicht sogar mehr? Woran machst du den Zusammenhang mit Berlin fest?«, fragte Abel.

Herzfeld beugte sich auf seinem wuchtigen Sessel vor und stützte die Ellbogen auf der Schreibtischplatte auf.

»Einerseits derselbe Modus Operandi: Einzeltäter, Messer, Fahrstuhl«, erwiderte er mit gedämpfter Stimme.

»Auch in einem Fahrstuhl? Der Täter in Frankreich hat seinen Opfern auch in einem Fahrstuhl aufgelauert und sie in der Kabine erstochen?«, hakte Abel erstaunt nach.

»Korrekt. Aber es wird noch viel konkreter. Ich mache

den sehr wahrscheinlichen Zusammenhang daran fest, dass die Franzosen – im Gegensatz zu unseren deutschen Kollegen – den Attentäter schon gefasst haben. Und im Gegensatz zu unseren Behörden haben die Franzosen auch ein anderes Verständnis davon, was bei Vernehmungen erlaubt ist und wie weit sie gehen dürfen, um dringend Tatverdächtige zum Reden zu bringen. Und daher weiß ich von Bertrand, dass der aus Syrien stammende Mann, den sie noch in dem Bürogebäude dieser Internetfirma geschnappt haben, weil sich zufällig ein Streifenwagen direkt vor dem Gebäude befand, gesungen hat wie ein Vögelchen, nachdem sie ihn entsprechend bearbeitet hatten. Der Täter berichtete von anderen ähnlichen Attentaten, die für die nächsten Tage in Mitteleuropa geplant sind. So wie es sich für mich anhört: eine terroristische Anschlagsserie, die erst anläuft. Berlin war eines der Ziele, die der Kerl nannte.«

»Pfff …« Abel pfiff leise durch die Zähne. Ein Gefühl von Hilflosigkeit, aber auch von Wut machte sich in ihm breit. Er dachte an Lisa, an ihren ungeborenen Sohn. Ein Kind, das in eine Welt geboren werden würde, die immer mehr aus den Fugen geriet – ein Gedanke, den er am heutigen Morgen schon einmal gehabt hatte.

Aber auch Herzfeld schien in Gedanken versunken zu sein. Schließlich sagte er: »Fred, ich habe gesehen, dass du für morgen und übermorgen im Kalender als abwesend eingetragen bist, weil du auf Dienstreise in Italien bist …«

»Korrekt. Der Vortrag in Bari für die SIMLA, die Società Italiana di Medicina Legale e delle Assicurazioni, die Jahrestagung der Italienischen Gesellschaft für Rechtsmedizin in Bari«, antwortete Abel, und ihm wurde siedend heiß bewusst, dass er seinen Vortrag noch einmal überarbeiten und einige der Bilder und Grafiken in seiner PowerPoint-Präsentation durch andere ersetzen wollte.

»Ich möchte dich bitten, die Reise abzusagen. Auch wenn die Kollegen ›not amused‹ über die Kurzfristigkeit der Absage sein werden. Ich brauche dich hier, Fred. Es steht zu befürchten, dass das heute erst der Anfang war.«

38

Bundesstraße 96a in Richtung Grünau,
Pkw Dr. Fred Abel,
23. Oktober, 21:05 Uhr

Abel beschleunigte seinen alten Audi auf der schmalen Bundesstraße bis auf knapp über die zulässige Höchstgeschwindigkeit. Er hatte ein schlechtes Gewissen, weil Lisa bereits seit über zwei Stunden mit dem Abendessen auf ihn wartete. Über das Display der Freisprechanlage gab er den Namen seines italienischen Kollegen und guten Freundes Dottore Biagio Solarino ein. Er wusste, dass der Sonderling mit dem klangvollen Namen und dem rabenschwarzen Humor, der zu Recht unter den italienischen Rechtsmedizinern als Koryphäe galt, definitiv *not amused* sein würde über seine kurzfristige Absage.

Abel rief zuerst in Solarinos Institut in der Altstadt von Bari an, aber dort ging erwartungsgemäß um diese Uhrzeit niemand mehr ans Telefon. Daraufhin versuchte er es auf Solarinos Handy, und diesmal meldete sich zumindest die Mailbox.

»Dies ist der Anschluss von Dottore Solarino. Wenn Sie meine Dienste benötigen, sind Sie mit hoher Wahrscheinlichkeit entweder tot oder in Trauer, oder Sie haben einen Auftrag für mich. Was kann ich also für Sie tun?«, tönte der Kollege mit blecherner Stimme zunächst auf Italienisch und anschließend auf Englisch aus dem Lautsprecher der Freisprechanlage.

Abel überlegte kurz, ob er seinem italienischen Kollegen

eine Nachricht hinterlassen sollte, entschied sich aber dagegen. Er wollte ihm seine Gründe für die Absage, die sein italienischer Freund und jahrelanger Wegbegleiter definitiv würde nachvollziehen und verstehen können, persönlich sagen.

Aber keine zwei Minuten später kündigte der Klingelton der Freisprechanlage einen eingehenden Anruf an. Abel sah auf das Display.

Biagio. Na, das ging ja schnell …

»*Mio caro amico, a cosa devo l'onore della tua chiamata?* Ich stehe hier gerade mit den Carabinieri und jeder Menge Feuerwehrleuten vor einem Apartmenthaus, in dem zwei arme Seelen von uns gegangen sind, und werde der Polizia hoffentlich gleich sagen können, ob es schon wieder eine Kohlenmonoxidvergiftung war. Diese verdammten maroden Gasleitungen hier in der Altstadt! Oder vielleicht doch ein Gewaltverbrechen? Wir werden sehen … Aber, *amico mio,* du willst sicherlich nicht wissen, ob ich genug zu tun habe, oder? Du willst mir sagen, dass dein Flug morgen verschoben ist. Das habe ich schon gesehen und alles arrangiert. Lucia wird dich abholen, keine Sorge«, sprudelte es aus dem Lautsprecher der Freisprechanlage, nachdem Abel den Anruf entgegengenommen hatte.

»Biagio«, antwortete Abel verdrossen, »ich muss leider meinen morgigen Vortrag absagen. Hör zu, hier …«

»Ist mit Lisa … Ist mit dem Kind alles okay?«, wurde Abel von seinem stets gut informierten Freund unterbrochen.

Dann hörte er im Hintergrund kurz aufbrandendes Stimmengewirr auf Italienisch, das aber sofort durch ein barsches Kommando von Biagio, das Abel nicht verstand, wieder unterbunden wurde.

»Ja, Biagio, Lisa und dem Kind geht es gut. Es ist nur Folgendes: Wir hatten hier heute ein Tötungsdelikt, ich nenne es mal Attentat, und es steht zu befürchten, dass es der Beginn einer terroristischen Anschlagsserie in Berlin ist. Ich kann hier jetzt nicht weg. Du kennst ja unsere ständige Unterbesetzung und Personalknappheit in der Abteilung …«

»Du meinst islamistisch motiviert?«, drang es schnarrend aus dem Lautsprecher der Freisprechanlage.

»Sehr gut möglich«, antwortete Abel.

»*Capisco.* Dann bist du nicht abkömmlich. Wir werden irgendwie improvisieren. Mach dir keinen Kopf, alter Freund. *Allora la prossima volta.*«

»Ich danke dir für dein Verständnis, Biagio. Übrigens, in Frankreich, in der Nähe von Paris, hat es wohl fast zeitgleich eine ähnliche Tat gegeben. Bei euch ist alles ruhig? In dieser Hinsicht nichts zurzeit?«, wollte Abel wissen.

»*Amico mio,* bei uns gibt es keinen islamistischen Terrorismus. Oder hast du schon mal von einem Terroranschlag mit islamistischem Hintergrund in Italien gehört?«

»Nein, das habe ich nicht, ich …«

»Und ich kann dir auch sagen, warum es so etwas hier in *bella Italia* nicht gibt«, wurde Abel erneut von seinem italienischen Kollegen unterbrochen, der sich jetzt anscheinend in einem Treppenhaus befand, denn Abel hörte stampfende Schritte im Hintergrund, und Biagios Stimme am anderen Ende hallte eindeutig.

»So etwas gibt es hier nicht, da ist die Mafia vor.«

»Was?«, fragte Abel erstaunt, der sich auf diese Äußerung keinen Reim machen konnte.

»Ob *Cosa Nostra,* die sizilianische Mafia, oder die neapolitanische *Camorra,* die kalabrische *'Ndrangheta* oder hier bei uns in Apulien die *Sacra Corona Unita,* keines dieser italienischen Verbrechersyndikate lässt in seinem Mutterland Terror zu. Ganz egal, ob islamistisch motiviert oder von wem auch immer.«

»Wie bitte?«, fragte Abel, während er vor einer Baustelle die Geschwindigkeit reduzieren musste. Er trat die Bremse des Audi etwas zu abrupt durch, sodass die alten Bremsscheiben laut quietschten, aber das Geräusch schien den Italiener am anderen Ende der Leitung nicht zu irritieren, denn er sprach unbeirrt weiter.

»Es hat einen guten Grund, dass die Mafia in Italien keinen Terrorismus duldet. Groß angelegte polizeiliche Ermittlungen im Zuge eines Terroranschlags führen in der Regel auch immer dazu, dass Machenschaften aufgedeckt werden, die zwar nichts direkt mit dem Anschlag zu tun haben, aber weitere Ermittlungen nach sich ziehen. Und das kann die Mafia gar nicht gebrauchen.«

»Im Ernst?«, fragte Abel ungläubig.

»*Si,* zudem kontrolliert die italienische Mafia hier in Apulien und auch in Sizilien ihr Territorium besser als jede Grenzschutz- oder Zollbehörde. Auch die Flüchtlingsrouten über das Mittelmeer fallen in ihren Beritt. Und da die Mafia am Schlepperhandel und der Schleusung von Flüchtlingen ordentlich mitverdient, hat sie auch ein Wörtchen dabei mitzureden, wer ins Land kommt und wer nicht. Das ist auch der Grund, warum es hier keine Radikalisierung wie bei euch gibt, wo, wie ich hörte, viele Moscheen salafistische Hotspots sind und junge Männer sich dort radikalisieren. Diese Kandidaten müssen bei uns draußen bleiben. Kein Reinkommen nach *bella Italia, capisci?* Aber jetzt, *amico mio,* muss ich Schluss machen, die Arbeit ruft!«

Nachdem Abel das Gespräch mit einem kurzen »*Ciao e grazie!*« beendet hatte, kratzte er sich erstaunt mit der freien Hand an seinem stoppeligen Kinn. Biagios Worte hallten noch in seinem Kopf nach.

Das ergibt Sinn. Es hatte, im Gegensatz zu Frankreich, Deutschland oder Großbritannien seit der großen Flüchtlingswelle nach Europa 2015 bisher nicht einen einzigen Terroranschlag in Italien gegeben …

So hatte Abel das Ganze noch nie betrachtet.

39

Berlin-Grünau,
Wohnhaus von Fred Abel und Lisa Suttner,
23. Oktober, 21:17 Uhr

Lisa war anfänglich etwas wortkarg und distanziert, weil das gemeinsame Essen notgedrungen in die späten Abendstunden verlegt werden musste. Kommentarlos hatte sie den Gemüseauflauf aufgewärmt.

Nach dem Essen taute sie aber zunehmend auf und war für einen kurzen Moment geradezu fröhlich gestimmt, als Abel ihr berichtete, dass er für die kommenden zwei Tage nicht nach Bari zur Jahrestagung der Italienischen Gesellschaft für Rechtsmedizin fliegen, sondern in Berlin bleiben würde. Sie hatte es sich auf der Couch bequem gemacht und sich in eine Decke eingewickelt. Ihre Fröhlichkeit verflog jedoch schlagartig wieder, und ihre Miene verfinsterte sich, als sie erfuhr, dass er die beiden Urlaubstage nicht nehmen und somit die frei gewordene Zeit auch nicht mit ihr zu Hause verbringen würde.

Jetzt wieder deutlich kühler und einsilbiger, berichtete sie von ihrem Besuch beim Frauenarzt am Vormittag, den Abel vor dem Hintergrund der Ereignisse dieses Tages völlig vergessen hatte. Glücklicherweise hatten die gynäkologische Untersuchung und das Ultraschall-Livebild ergeben, dass ihr Sohn einen fidelen und sehr aktiven Eindruck machte.

Abel berichtete nun von den Sektionen an dem Doppelmord im Fahrstuhl des Intercity Hotels, der fehlenden Tatwaffe, dem flüchtigen Täter, und dass es bisher noch nicht einmal die kleinste Spur zu irgendeinem Tatverdächtigen gab. Er sprach von der exzessiven Gewaltanwendung gegen die mit acht Stichen regelrecht abgeschlachtete junge Frau aus Litauen und den aus Moldawien stammenden Mann, dem es mit dreizehn Brust- und Halsstichen nicht besser ergangen war.

»Overkill?«, fragte Lisa, die es nach elf Jahren Beziehung mit ihrem Lebensgefährten gewohnt war, bei den gemeinsamen Gesprächen immer mal wieder ziemlich unvermittelt zwischen Alltäglichem und Abartigem, sehr Privatem und sehr Brutalem hin und her zu wechseln.

Abel wusste, worauf Lisa als erfahrene Staatsanwältin mit ihrer Frage anspielte. Das in der deutschen Kriminalistik als »Übertöten« bezeichnete Phänomen des »Overkill« bezog sich auf diejenigen Tötungsdelikte durch massive äußere Gewalteinwirkung – zumeist Stichverletzungen, seltener Schlagverletzungen –, bei denen einem Opfer vom Täter weitaus mehr Verletzungen zugefügt wurden, als nötig gewesen wären, um es zu töten. So wie es offensichtlich bei der Escort-Dame aus Litauen und ihrem Sugar Daddy aus Moldawien der Fall gewesen war. Der Begriff Overkill wurde in der US-amerikanischen Fallanalyse oft bemüht, um eine persönliche Beziehung zwischen Täter und Opfer zu belegen.

»Du weißt, dass wir Rechtsmediziner nicht viel von solchen pauschalen Klassifizierungen halten, die Fallanalytiker gern anwenden«, antwortete Abel. »Overkill, Undoing, Staging … In meinen Augen eine überflüssige Verklausulierung von Tatort- oder Sektionsbefunden, die echter naturwissenschaftlicher Grundlagen entbehren. Natürlich können die beiden im Fahrstuhl Getöteten bei dieser Gewalttat vom

Täter bewusst ausgewählt und folglich mit seiner Tat auch direkt gemeint gewesen sein. Aber jeder Mensch kann genauso gut auch völlig aus dem Nichts, und ohne es kommen zu sehen, zur Projektionsfläche ungehemmter, exzessiver Gewalt werden. Gerade wenn der Täter durch Drogen völlig außer Kontrolle ist, völlig durchdreht oder ein Raub aus dem Ruder läuft und dann zum Raubmord wird. Letzteres scheidet allerdings nach Aussage Ehrenbergs aus. Nein, wenn du mich fragst, Lisa, ist das kein Overkill gemäß fallanalytischer Definition. Aber … da gibt es noch etwas anderes …«

»Ja?«, fragte Lisa und schaute ihn besorgt an.

Daraufhin berichtete Abel ihr in knappen Sätzen von den Informationen, die Herzfeld von Bertrand Jeunet von Interpol zu dem Vorfall in der Nähe von Paris und insbesondere zu den Ergebnissen der Vernehmung des tatverdächtigen Mannes erhalten hatte.

»Eine islamistisch gesteuerte Terrorschwadron, die in Europa gerade ausschwärmt und Menschen in Fahrstühlen tötet«, stellte Lisa fassungslos fest.

»Herzfeld hält das jedenfalls für sehr gut möglich und erwartet weitere ähnliche Vorfälle, auch in Berlin«, erwiderte Abel.

»In unserer Behörde ist zu einem terroristischen Hintergrund des Doppelmordes im Intercity Hotel nichts bekannt«, sagte Lisa. »Nichts in den sozialen Netzwerken, weder eine Ankündigung weiterer Anschläge noch ein Bekennerschreiben oder sonst etwas zu dem Vorfall hier in Berlin. Wenn es der Amoklauf eines einzelnen durchgeknallten Irren gewesen wäre, wären doch irgendwo im Netz Hinweise darauf zu finden …«

Lisa wirkte ratlos, schob die Decke fort, ging zum Esstisch und schenkte sich ein Glas Wasser ein.

»Unsere IT-Spezialisten der Bundesanwaltschaft haben nichts gefunden, und auch unsere Analysten sind ratlos. Keine Hinweise auf eine konkrete Bedrohung durch islamistischen Terror in letzter Zeit. Die Amerikaner sehen das übrigens genauso.«

Die Franzosen aber nicht, dachte Abel, behielt das aber für sich.

»Vielleicht will unser Mann hier in Berlin unerkannt bleiben, um keinen Verdacht zu erregen, will um keinen Preis auffallen. Bisher scheint ihm das ja auch zu gelingen«, warf Abel stattdessen ein.

»Und warum sollte er so agieren? Das ist doch völlig untypisch. Der *IS, Abu Sajaf, al-Qaida, Ansar al-Islam* … Die alle brüsten sich doch regelmäßig öffentlich mit ihren Taten. Und die Liste der medien- und öffentlichkeitsgeilen Terrorfraktionen könnte ich noch ellenlang fortführen. Das passt nicht ins Profil. Überhaupt nicht«, gab Lisa ihrerseits wiederum zu bedenken.

»Weil vielleicht ein größerer Plan dahintersteckt«, erwiderte Abel nachdenklich.

40

Berlin-Mitte,
Pkw Lars Moewig,
24. Oktober, 07:27 Uhr

Moewigs Finger krampften sich derart heftig um das Lenkrad seines Lada Niva, dass die straff gespannte Haut an den Knöcheln seiner Hand auffällig hell wurde. Er war angespannt. Aber das war schließlich kein Wunder. Marie war vor wenigen Tagen plötzlich wieder in seinem Leben aufgetaucht, und die persönliche Begegnung mit seiner ehemaligen Lebensgefährtin hatte viele alte Wunden in ihm aufgerissen. Und dann die verhassten Saads, die sehr wahrscheinlich in den Mord an Maries Lebensgefährten verwickelt waren … Der Saad-Clan, der ihm nicht nur früher schon das Leben schwer gemacht, sondern auch nach demselben getrachtet hatte, und der jetzt plötzlich wieder so präsent war.

Mit einem Krachen meldete sich das Getriebe des alten Geländewagens, als Moewig den ersten Gang in dem Moment einlegte, in dem die Ampel vor ihm von Gelb auf Grün sprang.

Vor knapp zwanzig Minuten hatte er seine Wohnung im Wedding verlassen und sich einen doppelten Espresso im Pappbecher – ohne Milchschaum oder Zucker – bei Bagdads Backwaren nebenan geholt, den er noch auf halbem Weg zu seinem eine Querstraße weiter geparkten Lada Niva ausgetrunken hatte.

Obwohl es die Zeit des Berufsverkehrs war, kam er gut

vom Wedding über Mitte voran. Sein Ziel waren die Treptowers, dort war er mit Fred um 08:00 Uhr zu einer Videokonferenz mit Sara Wittstock und Marie verabredet.

Am Vortag, direkt nach dem Gespräch mit Sara Wittstock, hatte Moewig Maries Handy von deren Mutter abgeholt und nach Reinickendorf in den anonymen Wohnblock zu der IT-Spezialistin gebracht.

Bei dieser Gelegenheit hatte er Marie erneut gesehen. Sie hatte erbärmlicher als noch ein paar Stunden zuvor ausgesehen. Sie war kurz angebunden und abweisend gewesen, und er hatte nicht mehr als ein paar Worte mit ihr wechseln können. Sie war wieder damit beschäftigt gewesen, sich die Schuld an dem Tod ihrer Tochter Lilly zu geben. Allerdings hatte Moewig diesmal keine Kraft gehabt, mit ihr in eine weitere Diskussion zu diesem Thema einzusteigen.

Aber es ist ja auch kein Wunder, nach allem, was passiert ist, reflektierte er die gestrige Begegnung mit Marie, während er den klapprigen Geländewagen auf etwas mehr als fünfzig Stundenkilometer beschleunigte.

Sie hätte den Anschlag auf das Safe House sehr wahrscheinlich nicht überlebt, wenn Fred nicht wie durch eine glückliche Fügung zur rechten Zeit am rechten Ort gewesen wäre. Nicht auszudenken, was passiert wäre, wenn Fred nur ein paar Minuten später dort eingetroffen wäre …

Moewig rief sich noch einmal in Erinnerung, was Sara Wittstock ihm gestern bei ihrem zweiten Abschied in ihrer nüchternen, pragmatischen Art gesagt hatte. Nämlich, dass er sich zukünftig von ihrer Wohnung in Reinickendorf fernhalten solle, da nicht auszuschließen war, dass er selbst früher oder später auch in den Fokus derjenigen geraten könnte, die hinter Marie her waren. Sicherlich würden sie bereits jeden Stein in Maries Leben umdrehen, um herauszufinden, wer ihre möglichen Kontaktpersonen waren, an wen sie sich in ihrer Not wenden würde. Und dann würde er, Lars, sie direkt zu ihr führen …

Deshalb waren sie jetzt zu einer Videokonferenz über eine sichere Leitung in einem der abhörsicheren Räume des BKA in den Treptowers verabredet, da Sara Wittstock – die offensichtlich niemals zu schlafen oder zu essen schien, wie Moewig schon mehrfach festgestellt hatte – für diesen Morgen erste Erkenntnisse zur Auswertung von Maries Handy versprochen hatte.

41

Berlin-Mitte,
Ebertstraße,
24. Oktober, 07:28 Uhr

Es war verdammt kalt an diesem Morgen. Er schlug den schmalen Kragen der schwarzen Stoffjacke mit den geräumigen Außentaschen hoch, um wenigstens etwas gefeit zu sein gegen die unvermittelt einsetzenden eisigen Windstöße, denen er beim Passieren der großen Rasenfreifläche vor dem Reichstagsgebäude schutzlos ausgeliefert war. Die niedrigen Temperaturen, die die meiste Zeit des Jahres in diesen Breitengeraden vorherrschten, und der ständig wehende Wind machten ihn nach nur drei Tagen in der deutschen Hauptstadt mürbe, ja regelrecht aggressiv.

Und dann dieser dauerhaft trübe Himmel …

Teilweise war es den ganzen Tag über so grau, dass sich nicht ein einziges Mal die Sonne zeigte und eine Einschätzung zuließ, wo Osten, und damit Mekka, lag.

Die Liste dessen, was ihn an dieser Stadt, diesem ganzen Land, störte, wütend machte, hätte er noch um etliche Punkte erweitern können. Kein Wunder, dass die Wiege der Zivilisation und der Errungenschaften der modernen Welt nicht in Europa, sondern in Bethnahrin, dem Zweistromland, dem heutigen Syrien und Irak lag. Wie gern hatte er, auf ihrem Schoß sitzend, als kleiner Junge den Erzählungen und Schilderungen seiner geliebten Teta, einer sehr gebildeten und charismatischen Frau, gelauscht, die ihrem Enkel von der Kultur Bethnahrins, von den Anfängen der Zivilisation, von den Errungenschaften seiner Ahnen, erzählt hatte.

Hier, in diesem dunklen Teil der Welt, waren die Menschen noch in Felle gekleidet in Höhlen herumgestolpert, als in seiner Heimat schon die ersten Städte der Menschheitsgeschichte erbaut und die Schrift und das Rad erfunden worden waren.

Wie kann man nur freiwillig hier leben ...

Er war jedes Mal aufs Neue verwundert, dass Menschen aus seiner Heimat es als erstrebenswert ansahen, hierherzuziehen, in dieser Dunkelheit und Kälte zu leben und auch noch die gottlose und ruchlose Kultur der hiesigen Menschen für sich und ihre Kinder anzunehmen.

Allein diese Sprache ... Ein einziges hartes Durcheinander von Konsonanten, sodass sich jedes Gespräch wie eine verbale Auseinandersetzung, wie ein Streit anhört.

Er schüttelte den Kopf und spuckte verächtlich vor sich auf den Boden, als ihn ein weiterer heftiger Windstoß erfasste und sich seine Nackenhaare einmal mehr fröstelnd aufrichteten.

Er beschleunigte seine Schritte. Gleich würde er das Holocaust-Mahnmal zu seiner Linken passieren. Er wusste nicht, was er für absurder halten sollte – dass die Deutschen in ihrer Hauptstadt dem Todfeind aller Gläubigen ein Denkmal gesetzt hatten, und zwar nur einen Steinwurf von ihrem Regierungssitz entfernt, oder dass das »Denkmal für die ermordeten Juden«, wie er beim Vorbeigehen auf einem Hinweisschild las, noch nicht dem Erdboden gleichgemacht worden war.

Das wäre ein Zeichen für alle meine Brüder, überall auf der Welt ...

Aber seine Mission war eine andere. Er blickte kurz auf und sah in etwa dreihundert Metern Entfernung vor sich ein riesiges Leuchtplakat mit der Werbung eines amerikanischen Sportartikelherstellers, auf dem ein dunkelhäutiger Mann, offensichtlich ein in den USA oder Europa bekannter Sportler mit afroamerikanischen Wurzeln, neben einem Paar Sneakers abgebildet war.

Scheiß-Afrikaner, ging es ihm durch den Kopf. Genauso wie vielen seiner Landsleute war ihm von Kindheit an eine tiefe Abneigung gegen Menschen mit dunklerer Hautfarbe als der eigenen gemein.

Er sah sich um. Rechts von ihm die dichte Vegetation der Ausläufer des Großen Tiergartens. Von hier aus war es nicht mehr weit bis zur Leipziger Straße, die direkt vom Potsdamer Platz abging. Er brauchte kein Handy mit Google Maps oder einen Stadtplan. Er hatte alles im Kopf. Aariz hatte es ihm eingetrichtert. Immer und immer wieder, bis er so weit war, dass Aariz ihn um 03:00 Uhr morgens aus dem Tiefschlaf wecken und er die genaue Wegbeschreibung zu den verschiedenen Zielobjekten schlaftrunken auswendig herunterbeten konnte. Alle Landmarken und der genaue Weg dorthin inklusive eventueller Ausweichrouten sowie die kürzesten Fluchtrouten und dazu mehrere alternative Fluchtwege. »Das ist sehr wichtig, *Akhi,* bei möglichen Straßensperrungen oder plötzlichen Polizeikontrollen«, hatte Aariz gesagt.

Als er den Zebrastreifen auf der Ebertstraße überquerte, kam direkt vor ihm ein alter Lada Niva zum Stehen. Das Fahrzeug zog seine Aufmerksamkeit auf sich, denn er hatte diesen mittlerweile völlig veralteten russischen Geländewagen in seiner Kindheit oft in den Straßen von Hula gesehen.

Mittlerweile waren die alten Ladas in Hula, Homs, Al-Hamah und auch sonst überall in Syrien durch massige Toyota und Nissan Pick-ups, zugleich die Lieblingsfahrzeuge der Schabiha-Miliz und des IS, ersetzt worden und in seiner Heimat völlig aus dem Straßenbild verschwunden. Im Vorbeigehen registrierte er, dass ein bulliger, dunkelhäutiger und kahlköpfiger Mann am Steuer des Niva saß.

Auch hier, diese verdammten Kaffer, ging es ihm durch den Kopf. *Sie sind überall.*

Für den Bruchteil einer Sekunde trafen sich ihre Blicke. »Halte dich in Deutschland an die Regeln, so fällst du weniger auf. Geh nicht bei Rot über die Straße, sei dir immer bewusst, deutsche Polizisten haben ein Auge auf Männer wie dich geworfen. Falle nicht auf!«, hatte Aariz ihm immer wieder eingebläut.

Wenn nicht ein erneuter Windstoß ihm gerade heftig ins Gesicht gefegt wäre, hätte er sicherlich demonstrativ vor dem Kaffer am Steuer ausgespuckt. Auch wenn er damit Aariz' Regel gebrochen und Aufmerksamkeit auf sich gezogen hätte. Aber da fuhr der dunkelhäutige Mann am Steuer auch schon wieder an und beschleunigte sein Gefährt in Richtung Potsdamer Platz.

Es blieb ihm nichts anderes übrig, als dem Wagen und seinem Insassen einen abschätzigen Blick hinterherzuwerfen.

Ist besser so. Besser nicht auffallen.

42

Berlin-Mitte,
Ebertstraße,
24. Oktober, 07:30 Uhr

Moewig spürte, wie ihn der schlanke Mann in der schwarzen Stoffjacke mit den ausgebeulten Außentaschen und den tief in die Stirn fallenden dunklen Locken, der vor ihm den Zebrastreifen passierte, finster taxierte. Sofort musste er wieder an seine Begegnungen mit den Saads denken und an Marie. Das Buch ihres Lebens war weiß Gott nicht arm an Schicksalsschlägen, und plötzlich, aus heiterem Himmel, war mit brachialer Wucht eines der dunkelsten Kapitel aufgeschlagen worden.

Er hoffte inständig, dass Sara Wittstock bei der Auswertung von Maries Handy brauchbare Informationen aufgespürt hatte, die helfen würden, den Teufelskreis, in dem sich Marie befand, zu durchbrechen.

Ich habe zwar keine Ahnung, was genau sich Sara von Maries Handy verspricht, aber ich vertraue darauf, dass ihr technischer Schnickschnack hält, was er verspricht. Schließlich hat sie uns mit ihrem ganzen Computerzeugs schon mehr als einmal aus prekären Situationen befreit. Marie wird erst wieder sicher sein, wenn der Maulwurf im LKA, oder in welcher Behörde auch immer er sich befindet, enttarnt ist …

43

Berlin-Mitte,
Alina Apartment Hotel, Leipziger Straße,
24. Oktober, 07:39 Uhr

Kurze Zeit später hatte er sein neues Ziel erreicht, das Alina Apartment Hotel. Das funktionale, schnörkellose Gebäude lag direkt an der Leipziger Straße, deren Bürgersteige zu beiden Seiten um diese Zeit mit Passanten regelrecht überfüllt waren. Es waren hauptsächlich Menschen, die eiligen Schrittes auf dem Weg zur Arbeit oder zu Bussen und Bahnen unterwegs waren, aber auch Schülerinnen und Schüler auf dem Weg zur Schule und auch schon die ersten Touristen. Der ideale Ort, um in wenigen Minuten gleich wieder unterzutauchen.

Die Führungsebene über Aariz – dass Aariz nur Handlanger und Ausführender der Befehle anderer war, war ihm schon am ersten Tag seiner Ausbildung in Köln klar geworden – hatte ganze Arbeit bei der strategischen Ausrichtung und Planung der Orte seiner Attentate geleistet, das musste er einmal mehr anerkennend feststellen. Nirgendwo Verkehrskameras oder andere Überwachungskameras in den Berliner Straßen, mit Ausnahme von ein paar Tunneln auf der Stadtautobahn. Ganz anders als bei den Briten, wo Khalid Masood auf der Londoner Westminster-Brücke zunächst mit seinem Wagen zwei Menschen totgefahren und dann drei weitere mit einem Messer erstochen hatte, ehe er von Polizisten erschossen worden war. Die Beamten hatten ihn innerhalb kürzester Zeit über das in England flächendeckend in allen öffentlichen Bereichen und Straßen etablierte Videokameraüberwachungssystem aufgespürt.

Und wie auch bei seinem ersten Ziel am Tag zuvor, dem Intercity Hotel am Hauptbahnhof, konnte er auch hier direkt wieder in der Anonymität der Masse verschwinden. Zudem lag sein Hauptquartier, wie er die heruntergekommene Wohnung in Moabit nannte, auch von hier aus wieder in fußläufiger Entfernung. Sein heutiger Fluchtweg führte ihn direkt durch den nur wenige Hundert Meter entfernten Tiergarten, jene große, dicht bewaldete und an vielen Stellen nicht einsehbare Parkanlage, die sich mit 210 Hektar Fläche wie eine riesige grüne Lunge zwischen Berlin-Mitte und Moabit erstreckte. *Am Friedrich-Wilhelm-Denkmal vorbei und dann auf dem Weg parallel zum Tiergartengewässer, die Straße des 17. Juni überqueren, dann am linker Hand gelegenen Schloss Bellevue vorbei, und schon bist du wieder in Moabit in der Bandelstraße. Dauer: maximal zehn Minuten,* rief er sich die von Aariz skizzierte Fluchtroute ins Gedächtnis.

Aber zunächst hatte er seinen Auftrag zu erledigen.

Ein riesiger schwarzer Reisebus mit dunkel getönten Scheiben parkte direkt vor dem Eingang des Alina Apartment Hotels. Der Bus blockierte die gesamte rechte Fahrspur der in diesem Bereich in jeder Richtung zweispurigen Leipziger Straße.

In dem sich hinter dem Reisebus stauenden Berufsverkehr hupten immer wieder Autofahrer. Eine Geräuschkulisse, die sich, vermischt mit dem gellenden Martinshorn eines sich in Gegenrichtung vorbeikämpfenden Krankenwagens, zu einer ohrenbetäubenden Kakofonie verstärkte.

Dutzende der gerade mit dem Bus angekommenen Touristen wuselten im Bereich der weit geöffneten Gepäckräume herum, um ihr Reisegepäck in Empfang zu nehmen, das ein stämmiger Mann mittleren Alters, sehr wahrscheinlich der Busfahrer, unter heftigem Schnaufen hervorzog.

Es war zwar keine chaotische Szenerie, spielte ihm aber durchaus in die Karten. Hier war jeder zu sehr mit sich selbst und seinem Gepäck beschäftigt, um ihn zu bemerken.

Mit einer Traube der neu angekommenen Hotelgäste, die jetzt zur Rezeption in die Lobby strömten, betrat er das sechsstöckige Gebäude des Alina Apartment Hotels. Kurz vor der Rezeption ließ er sich etwas zurückfallen, um dann nach links abzubiegen zu den Fahrstühlen, wo er sich nach etwa zwanzig Metern außerhalb des Blickfeldes des Hotelpersonals an der Rezeption befinden würde. Hoteleigene Kameras gab es weder außen am Eingangsbereich noch in der Lobby oder vor den Fahrstühlen.

»Datenschutz! Wahrung der Persönlichkeitsrechte! Das Recht aufs eigene Bild! Das sind die Deutschen, du kannst hier eigentlich machen, was du willst. Die stolpern über ihre eigenen Füße!«, hatte Aariz mit seinem kehligen Lachen ausgestoßen, als er ihn danach gefragt hatte, und dann einen regelrechten Hustenanfall bekommen. In keinem der von uns ausgesuchten Zielobjekte gibt es irgendwelche Überwachungskameras, weder außen an den Gebäuden noch innen drin, hatte Aariz gesagt.

Mit gesenktem Blick, nicht zu eilig, aber trotzdem entschlossenen Schrittes – um auf Außenstehende so zu wirken, als ob er sich auf vertrautem Terrain bewegte, als Gast oder jemand, der hier arbeitete – entfernte er sich immer weiter vom Zentrum der Lobby und erreichte schließlich den nur wenige Meter langen, blind endenden Flur mit den vier Fahrstühlen, jeweils zwei davon einander gegenüberliegend.

Geschafft!

Er sah sich um.

Jetzt heißt es cool bleiben. Nerven behalten. Den richtigen Moment … nein, vielmehr die richtige Gelegenheit abpassen. So dicht gedrängt und laut es eben noch in der Lobby zugegangen war, so ruhig war es vor den Fahrstühlen.

Aber wie lange noch?

In wenigen Minuten würden die ersten Touristen mit ihren Zimmerkarten von der Rezeption kommen, die Koffer im Schlepptau. Sie würden die Fahrstühle in Beschlag nehmen, um in die oberen Etagen zu fahren und ihre Zimmer zu beziehen, ehe sie sich dann in diesem Sündenpfuhl von Stadt fragwürdigen Vergnügen hingaben und sich amüsierten.

Leider war er auch diesmal auf irgendjemanden, egal ob Hotelangestellter oder Hotelgast, angewiesen, der über eine der elektronischen Zimmerkarten verfügte und so den Fahrstuhl in Gang setzen konnte. Das war die einzige Schwachstelle bei seinen Missionen. Er musste vor den Fahrstuhltüren auf seine Opfer warten. Und dann die Gelegenheit beim Schopfe packen.

Aber da war noch etwas …

»Nimm dir niemals Personen als Ziel, die mit einem Koffer in den Aufzug steigen«, hatte Aariz gesagt. »Sie könnten den Koffer als Schutzschild verwenden, was ihnen Zeit verschafft. Und Zeit ist für dich der kritische Faktor, du musst schnell sein. Du musst blitzschnell sein im Fahrstuhl. Eine kleinere Reisetasche oder eine Handtasche, okay. Die kannst du wegdrücken, ihnen entreißen oder wegtreten. Aber ein Koffer ist wie ein Schutzschild. Vergiss das nie!«

Während er noch überlegte, ob er sich zunächst besser zurückziehen und abwarten sollte, bis sich die Situation in der Lobby beruhigt hatte und der Strom der Neuankömmlinge, der hier jeden Moment vor den Fahrstühlen einsetzen musste, abgeebbt war, tauchten wenige Meter von ihm entfernt eine Frau mit einem Kind an der Hand und ein Mann auf. Sie schienen offensichtlich nicht zu der Gruppe der neu angereisten Hotelgäste zu gehören, denn sie hatten keinerlei Gepäck bei sich.

Sehr gut!

Die Frau trug lediglich eine Handtasche, der Mann hatte um seine Brust eine Designer-Bauchtasche drapiert, wie sie in diesem Land offensichtlich bei vielen jüngeren Männern in Mode war. Das war ihm schon nach seiner Ankunft am Hauptbahnhof vor drei Tagen aufgefallen und auch auf der belebten Leipziger Straße.

Beim Näherkommen der drei Personen registrierte er, dass es sich bei dem Kind um ein Mädchen handelte, er schätzte es auf acht oder neun Jahre. Offensichtlich eine Familie. Allerdings schien die Stimmung zwischen den Eltern nicht die beste zu sein, denn er hörte, dass die Frau schnell und laut auf den Mann einredete, dabei immer wieder den Kopf schüttelte und auf das Mädchen zeigte, das sich verschüchtert an ihre linke Hand klammerte.

»Ich sagte doch, ihr Vater kommt! Er verspätet sich nur etwas«, hörte er jetzt den Mann mit dem schwarzen Vollbart auf Arabisch sagen, der eine Designer-Baseballkappe auf dem Kopf trug und definitiv zwanzig Kilo zu viel auf den Rippen hatte.

»Es ist jedes Mal dasselbe. Tarek hält sich nicht an die Absprachen«, entgegnete die Frau in gebrochenem Arabisch mit sehr starkem Akzent.

»Nicht du bestimmst hier, Hässliche!«, stieß der Mann abfällig hervor, und das kleine Mädchen presste sich bei diesen Worten noch enger an die Frau, die ihm aber keinerlei Beachtung schenkte, sondern dem Mann einen bitterbösen Blick zuwarf.

»Ich habe Zimmer für euch. Da wartet ihr, bis Tarek kommt. Und dann sprecht ihr. *Yallah, yallah!*«

Sie ist vielleicht Polin oder Bulgarin. Er ist möglicherweise Libanese, aber genau kann man das hier in diesem Land nie sagen, sie sind so durchmischt, so ohne Nationalität, ohne Stolz für ihr Land und ihre Herkunft, ging es ihm durch den Kopf.

Er ließ sich langsam auf ein Knie nieder und tat so, als würde er seinen Schnürsenkel binden. Erst jetzt schienen die drei ihn bemerkt zu haben, denn die Frau, die gerade begonnen hatte, in ihrer Muttersprache Schimpftiraden auszustoßen, verstummte augenblicklich, als sie ihn erblickte.

Immer noch gebückt, registrierte er aus dem Augenwinkel, wie der Mann etwas aus seiner Bauchtasche fischte.

Eine elektronische Zimmerkarte! Es geht los!

44

Berlin-Reinickendorf,
Weiße Stadt, Wohnung von Sara Wittstock,
24. Oktober, 07:50 Uhr

Der nervige Klingelton ihres Handys meldete sich just in dem Moment, als Sara Wittstock den Laptop, den sie vor sich auf den Schreibtisch mit der Monitorwand gestellt und aufgeklappt hatte, durch Eingabe von vier Passwörtern in einer festen Reihenfolge hintereinander zum Leben erweckte. Schnell ergriff sie das Mobiltelefon von der Schreibtischplatte und nahm den Anruf an.

»Guten Morgen, Sara, wie war eure Nacht? Kann ich vor unserer Videokonferenz in wenigen Minuten ganz kurz mit Marie sprechen?«, meldete sich Lars ohne Umschweife.

»Ich bereite gerade alles vor, die Daten von Maries Handy …«

»Sara, ich will erst wissen, wie es Marie geht, bevor du uns auf den aktuellen Stand deiner Handyauswertung bringst. Bitte!«, unterbrach Lars sie.

»Okay, ich habe sie aber heute Morgen noch nicht gesehen. Ich schaue, ob sie schon wach ist.« Mit diesen Worten legte sie kopfschüttelnd auf und warf einen kontrollierenden Blick auf ihre jeweiligen Bildschirme.

O verdammt, es ist wirklich allerhöchste Zeit für Marie, aufzustehen. Ich werde sie jetzt wecken.

Aus der Küche hörte sie das Gurgeln und Ächzen der Kaffeemaschine, es signalisierte ihr, dass das Wasser durchgelaufen und der Kaffee fertig war.

Müde war sie zwar nicht, obwohl sie auch in dieser Nacht nur etwa zweieinhalb, höchstens drei Stunden geschlafen hatte und stattdessen, nachdem sie die Daten von Maries Handy ausgelesen und ausgewertet hatte, noch an dem digitalen Sicherheitskonzept ihrer eigenen Rechnereinheiten und Server gefeilt hatte.

Sie streckte sich und betrat den Flur, der von dem leichten, elektronischen Surren der Lüftungen der Servereinheiten erfüllt war und von dem das Zimmer, das sie ihrem Gast überlassen hatte, abging.

☠☠☠

45

Berlin-Mitte,
Alina Apartment Hotel, Leipziger Straße,
24. Oktober, 07:53 Uhr

Während er vorgab, weiterhin mit seinem Schnürsenkel beschäftigt zu sein, hörte er das leise »Pling!« des ankommenden Fahrstuhls. Langsam erhob er sich wieder. Dabei taxierte er kurz das Mädchen mit den schulterlangen braunen Haaren, das seinen Blick mit seinen großen Augen erwiderte, ehe es sofort wieder verschämt zu Boden sah.

Schokoplätzchenaugen … Wie die Augen meiner Schwestern. Noura und Falak, die die Schabiha-Miliz niedergemetzelt hatte.

Sie waren damals noch jünger als diese Kleine hier …

Aber sofort schüttelte er den Gedanken ab und konzentrierte sich auf die vor ihm liegende Tat.

Er stellte sich in etwa einem Meter Abstand hinter die drei, als sich die Fahrstuhltür öffnete. Routiniert zog er sich, nachdem er diesmal die Luft fast geräuschlos hineingeblasen hatte, die Plastikhandschuhe über und folgte der kleinen Gruppe in die Fahrstuhlkabine.

Der Mann hielt die elektronische Keycard kurz vor den Sensor unterhalb des Etagen-Tableaus und drückte dann eine der Tasten.

Als sich die Fahrstuhltür hinter ihm schloss, hatte er den Regenponcho schon entfaltet. Anscheinend erregte das knisternde Geräusch beim Überstreifen die Aufmerksamkeit des Mannes, der ihn um etwa einen Kopf überragte und die Sicht der Frau und des Mädchens auf ihn versperrte. Der Mann drehte sich zu ihm um und warf aus kleinen, dunklen Augen, die von schweren Schlupflidern fast zur Hälfte verdeckt wurden, einen fragenden Blick auf den Poncho und dann auf die blauen Einweghandschuhe an seinen Händen.

Ja, möglicherweise ist er Libanese. Aber kein Glaubensbruder, schoss es ihm durch den Kopf.

Für einen gläubigen Moslem war der Bart des Mannes zu kurz, zu akkurat gestutzt. Und hinter seinem Ohr hatte er ein kleines Tattoo mit fernöstlichen, möglicherweise chinesischen oder thailändischen Schriftzeichen.

Nein, der ist definitiv keiner von uns.

»Was guckst du?«, blaffte ihn der bullige Mann mit der Baseballkappe jetzt von oben herab an, ohne wirklich eine Antwort zu erwarten, denn er drehte sich zu der Frau und dem Kind um und sagte in abfälligem Tonfall: »Er ist wohl der Putzmann. Er kann froh sein, dass Tarek nicht hier ist.«

Abermals drehte sich der Mann zu ihm um und musterte ihn mit einem abfälligen Blick.

Verdammter Libanese, deine Arroganz stirbt jetzt mit dir, schoss es ihm durch den Kopf, während er dem Mann unvermittelt und mit voller Wucht die zwanzig Zentimeter lange Klinge, die das helle Neonlicht von der Decke der Fahrstuhlkabine in einem wild zuckenden Lichtstrahl reflektierte, frontal in den Hals rammte.

☠ ☠ ☠

46

Berlin-Reinickendorf,
Weiße Stadt, Wohnung von Sara Wittstock,
24. Oktober, 07:53 Uhr

Sara Wittstock klopfte erneut an der Tür ihres Gästezimmers, wie schon ein paar Minuten zuvor, diesmal allerdings mit einem Becher köstlich duftenden Kaffees in der Hand, der für Marie bestimmt war.

Eigentlich war es kein Gästezimmer, denn es kam sonst niemand zu Besuch in ihre Wohnung. Andere Menschen waren ihr zwar nicht zuwider, und sie ging auch direkten Begegnungen nicht mehr absichtlich aus dem Weg wie früher, aber wie sie am Vortag zu Lars Moewig gesagt hatte, verbrachte sie ihre Zeit lieber *ohne* als *mit* anderen Menschen.

Das Zimmer, in dem sie ihre unangekündigte Besucherin kurzerhand einquartiert hatte, war noch bis vor zwei Jahren das Kinderzimmer ihres Sohnes Rizgar gewesen. Dieser lebte aber seit dem Scheitern ihrer Ehe bei ihrem Ex-Mann.

In den ersten zehn Monaten nach der Trennung war ihr mittlerweile siebenjähriger Sohn noch immer mal wieder bei ihr gewesen und hatte auch hier übernachtet, aber nachdem ihr Ex vor etwas mehr als einem Jahr das alleinige Sorgerecht für den Jungen zugesprochen bekommen hatte, waren Rizgars Besuche ausgeblieben. Computer, Server, Überwachungstechnik, all das war nun ihre Familie, wenn auch eine leblose.

Sara klopfte erneut an der Tür, diesmal etwas kräftiger. »Marie! Du musst aufstehen! Wir haben etwas zu tun, und Lars will dich sprechen!«

Aber hinter der Tür blieb es totenstill.

47

Berlin-Mitte,
Alina Apartment Hotel, Leipziger Straße,
24. Oktober, 07:54 Uhr

So schnell, wie er das Messer in den Mann hineingestochen hatte, riss er es jetzt wieder heraus und stach sofort erneut zu. Aber ehe er die Klinge diesmal wieder herausziehen konnte, machte der Mann eine reflexartige Bewegung von ihm weg. Der Koloss war behänder, als er es ihm zugetraut hatte. In diesem Moment fingen die Frau und das Kind an zu schreien. Als der Mann, die Messerklinge in der Mitte seines Halses, sich panisch wegdrehte, zog er das Messer wieder an sich, wobei die scharfe Klinge nicht nur sämtliche Weichteile im Hals seines Opfers, sondern auch dessen Halsschlagader zerteilte. Fast in demselben Moment trat er dem Mann mit voller Wucht das rechte Knie weg – schnell genug, um der Fontäne hellroten Blutes zu entgehen, die aus einem gut sichtbaren Gefäßstumpf herausspritzte, aber schon nach wenigen Augenblicken in ihrer Intensität deutlich nachließ. Der Mann sackte in sich zusammen und war bereits tot, ehe er auf dem Linoleumbelag der Fahrstuhlkabine zu liegen kam.

48

Berlin,
Treptowers, BKA-Einheit »Extremdelikte«,
Parkplatz,
24. Oktober, 07:55 Uhr

Vor den Treptowers angekommen, manövrierte Moewig seinen Lada auf einen der freien Parkplätze, den ihm der Pförtner über die schnarrende Gegensprechanlage an der Schranke zugewiesen hatte. Davor hatte er sich versichert, dass Moewig als Gast von Doktor Fred Abel für diesen Morgen im BKA-Gebäude angemeldet war.

Krachend zog Moewig die Handbremse an. Er schaute erneut auf seine Armbanduhr: 07:56 Uhr. Marie hatte noch nicht zurückgerufen.

Ein heftiger Windstoß blies über den Parkplatz, als er aus dem alten Geländewagen stieg. Moewig schlug den Kragen seiner abgestoßenen, kakifarbenen Armeejacke hoch und ging zum Eingang des Bürogebäudes. Ihn fröstelte. Und er war nervös.

49

Berlin-Mitte,
Alina Apartment Hotel, Leipziger Straße,
24. Oktober, 07:57 Uhr

Nachdem das dumpfe Geräusch verklungen war, mit dem der tote Mann auf den Fahrstuhlboden gesackt war, herrschte in der engen Fahrstuhlkabine eine gespenstische Stille.

Er machte einen großen, schnellen Schritt über den Toten hinweg auf das Mädchen zu, das sich zusammen mit der Frau, deren Augen weit aufgerissen waren und deren Mund zu einem stummen Schrei geformt war, gegen die verspiegelte Kabinenwand presste. Sein Unterbewusstsein suchte unvermittelt nach einer Rechtfertigung für das, was er dem völlig verängstigten Mädchen gleich antun würde.

Noura und Falak hat auch niemand verschont, ging es ihm durch den Kopf.

Es war, als ob das, was die Schabiha-Milizionäre mit seinen beiden jüngeren Schwestern gemacht hatten, sein jetziges Handeln rechtfertigen und ihn damit von jeglicher Schuld freisprechen würde. Er warf einen Blick auf das Messer in seiner rechten Hand, ehe er noch einen Schritt näher auf die beiden zutrat. Jetzt reflektierte die Klinge des Messers das Neonlicht im Fahrstuhl nicht mehr, denn sie war vollständig von Blut bedeckt.

50

**Berlin,
Treptowers, BKA-Einheit »Extremdelikte«,
Abhörsicherer Raum,
24. Oktober, 08:23 Uhr**

Ich fasse das noch einmal zusammen«, sagte Abel mit Blick auf den PC-Monitor, immer noch schwankend zwischen Ratlosigkeit, Verwirrung und einer Mischung aus Bestürzung und Fassungslosigkeit.

Auf dem Bildschirm war im Vordergrund von Kopf bis Oberkörpermitte Sara zu sehen, an ihrem überdimensionierten Schreibtisch sitzend.

Im Hintergrund, auf einem Hocker oder Schemel, Marie, die allerdings in den zwanzig Minuten, die die Videokonferenz jetzt bereits dauerte, noch kein einziges Wort gesagt hatte, sondern nur ab und zu an einem Becher Kaffee nippte. Sie rutschte immer wieder nervös auf der Sitzfläche des Möbelstückes hin und her, und Abel hatte das Gefühl, dass sie gern woanders wäre, nur nicht in Sara Wittstocks Wohnung in Reinickendorf und Teilnehmerin dieser Videoschalte.

Aber eine Alternative hat sie nun mal nicht … Nach wie vor ist sie nirgendwo anders sicher, und wir müssen uns ein Bild von dem machen, was gerade abgeht. Von anderer Stelle Hilfe zu holen, ist aktuell zu riskant, da wir überhaupt nicht wissen, wer hinter dem Anschlag auf Marie im Safe House steckt.

»Nur damit ich sichergehen kann, dass ich es richtig verstanden habe«, fuhr Abel fort. »Das Handy von Marie wurde gehackt, als …«

»Stopp, Fred. Das Handy wurde nicht gehackt. Das hab ich so nicht gesagt«, korrigierte ihn Sara Wittstock auf der anderen Seite der Konferenzschaltung. »Hacken steht für das Aufspüren von Lücken in einem Daten verarbeitenden oder Daten generierenden System, um Daten zu erlangen und zu stehlen. Was das Handy von Marie anbelangt, musste aber niemand eine Sicherheitslücke darin aufspüren, denn es …«

»Na, meinetwegen. Dann halt eben nicht gehackt, sondern geleakt«, sagte Abel in leicht gereiztem Tonfall. Er wurde aber sofort wieder von der IT-Expertin unterbrochen.

»Auch falsch, Fred. Leaken ist die nicht genehmigte Veröffentlichung von Informationen, damit meine ich …«

»Verdammte Scheiße, gibt es denn kein vernünftiges deutsches Wort dafür? Diese Anglizismen kotzen mich an!«, brach es jetzt aus Lars heraus, der neben Abel im Halbdunkel des abhörsicheren Raums auf einem Stuhl saß.

»Und am Ende« – ereiferte sich der Privatermittler weiter und beugte sich bis auf wenige Zentimeter an den Monitor heran, als ob er seinen Worten damit mehr Gewicht verleihen könne – »ist die Definition auch scheißegal. Es ist ja wohl klar, dass irgendjemand bei der Polizei in diesen ganzen Mist verwickelt ist und uns auch weiterhin immer einen Schritt voraus sein wird, wenn wir nicht höllisch aufpassen. Maries Leben wird so lange in Gefahr sein, bis die undichte Stelle und die Hintermänner aufgedeckt sind.« Er ließ sich mit einem lauten Seufzer zurück in seinen Stuhl fallen.

»Noch mal, sinngemäß, damit wir es einmal fürs interne Protokoll haben – und jetzt bitte ohne Unterbrechung«, schaltete sich Abel wieder ein, »das Foto, das Marie direkt nach dem Mord vom Täter aufgenommen hat, wurde nie von ihrem Handy heruntergeladen. Stattdessen wurde genau in dem Zeitfenster, als Marie in der Keithstraße bei der Mordkommission vernommen wurde und sie ihr Handy einem der Beamten übergeben hatte, Spyware auf ihr Handy hochgeladen. Richtig?«

»Richtig!«, antwortete Sara.

»Diese Spyware ist nicht zur Ortung des Handys gedacht, sondern zum Mitlesen von Nachrichten. So weit immer noch alles korrekt?«

Als Antwort hielt die IT-Spezialistin ihren erhobenen Daumen in die Kamera, und Abel fuhr fort: »Das Foto vom Täter existiert also nicht mehr?«

Moewig stöhnte laut neben Abel auf.

»Das habe ich nicht gesagt, Fred«, ertönte jetzt wieder die Stimme von Sara aus einem Lautsprecher neben dem Monitor. »Ich habe gesagt, es wurde von Maries Handy gelöscht. Und wenn ihr beiden Testosteronbolzen mich jetzt mal ausreden lasst, kann ich euch auch mitteilen, dass ich das Foto natürlich rekonstruieren konnte. Seit etwa einer halben Stunde, in der ich euch versuche zu erklären, was ich rausgefunden habe, läuft das Foto durch meine Bilderkennungssoftware.«

»Gesichtserkennungssoftware?«, fragte Lars.

»Nein. *Bilderkennung*. Bilderkennung ist eine Unterkategorie von Computer Vision und Künstlicher Intelligenz, die sich mit der Fähigkeit von Software zur Erkennung von Objekten, Orten, Personen, Schriften und Aktionen innerhalb von Bildern befasst. Einzelne Objekte eines Bildes können dabei segmentiert werden. Keine Musteranalyse wie bei der klassischen Bildverarbeitungstechnologie, wo polynomiale Optimierungsprobleme nach wie vor störend sind. Mein System klassifiziert, identifiziert also eine Kategorie, die meinem Bildausschnitt, nämlich der Tätowierung, entspricht.«

Abel warf Moewig einen fragenden Blick zu, aber der Privatermittler zuckte nur ratlos mit den Schultern. Er schien genauso wie Abel kein Wort von dem zu verstehen, was Sara von sich gab.

»Ich habe das Programm von einem, sagen wir mal, Freund eines in Asien agierenden Geheimdienstes bekommen. Sozusagen als kleine Gefälligkeit für eine Gefälligkeit meinerseits.«

»Sara, bitte komm zum Punkt. Ich kann dir nicht mehr ganz folgen«, unterbrach Abel die IT-Spezialistin.

»Ist ja auch egal«, fuhr sie in leicht schnippischem Tonfall fort. »Fakt ist, ich habe ›Deep-Learning-Algorithmen‹ in das Programm eingebaut und etwas an den Schwellwertparametern herumgespielt.«

Moewig rollte mit den Augen.

»Wie lange wird deine Auswertung dauern?«

»Je mehr unterschiedliche Datenbanken mit meinem Bilderkennungsprogramm verknüpft sind, also je mehr Daten mein Programm durchstöbern muss, desto länger dauert es.«

»Wie lange, bis wir wissen, ob sich in irgendeiner der Datenbanken, die du gerade durchsuchst, ein Foto von dieser

Tätowierung befindet und damit von dem Typen, dem sie auf den Unterarm gestochen ist?«

»Tage. Vielleicht sogar eine Woche«, war Saras kleinlaute Antwort.

Moewig stöhnte erneut laut auf.

☠ ☠ ☠

51

Berlin,
Treptowers, BKA-Einheit »Extremdelikte«,
Sektionssaal,
24. Oktober, 14:05 Uhr

Nicht nur für Abel, auch für die anderen Mitglieder der rechtsmedizinischen Abteilung »Extremdelikte« des BKA war dieser Nachmittag so etwas wie ein einziges böses Déjà-vu.

Wieder lagen Menschen, die in einem Fahrstuhl eines Berliner Hotels brutal erstochen worden waren, vor ihnen auf dem blanken Stahl der Sektionstische. Mit dem Unterschied zum Vortag, dass es sich diesmal nicht um zwei, sondern um drei Tote handelte, und dass eines der Opfer ein neunjähriges Mädchen war. Vielleicht war es deshalb deutlich stiller als sonst im Sektionssaal.

Das Kind war als Liobou Saad, die Frau als ihre Mutter Zofia Saad, geborene Wójcik, und der Mann als deren Vetter Omar Barakat bereits vor Ort aufgrund ihrer Ausweispapiere identifiziert worden.

Die äußeren Leichenschauen waren gerade beendet. Zahlreiche Personen, teils in weißen Ganzkörperschutzanzügen, teils in der typischen blauen Sektionskleidung – blauer, kurzärmeliger Kasack und Hose, darüber eine weiße Plastikschürze –, gingen im Sektionssaal geschäftig hin und her. Eine spürbare Schwermut hing über allen Beteiligten, die nur die nötigsten Worte untereinander wechselten und ansonsten schweigend und mit routinierter Geschäftigkeit ihre Arbeit verrichteten.

Professor Paul Herzfeld hatte, nachdem die Meldung des Dreifachmordes im Alina Apartment Hotel zusammen mit der Anfrage nach dem diensthabenden Rechtsmediziner für die Tatortbegehung kurz vor neun Uhr in den Treptowers eingetroffen war, Oberarzt Doktor Martin Scherz in Begleitung von Doktor Tomas Tomski an den Tatort entsandt. Beide waren bereits gegen zwölf Uhr zurückgekehrt und hatten Herzfeld und ihren Kollegen Bericht erstattet. Kurze Zeit später waren die drei Leichen aus dem Alina Apartment Hotel in Berlin-Mitte mit dem Fahrdienst des Landesinstitutes für gerichtliche und soziale Medizin, das das BKA in Amtshilfe um den Transport der Leichen gebeten hatte, in der rechtsmedizinischen Abteilung eingeliefert worden.

Ebenfalls wieder anwesend im Sektionssaal war Kriminalhauptkommissar Thomas Ehrenberg, der heute einen nervösen, fast schon konfusen Eindruck auf Abel machte. Abel konnte sich das ungewöhnliche Verhalten des leitenden Ermittlers, das deutlich zu seiner sonstigen Souveränität und Robustheit im Sektionssaal oder bei Meetings im LKA in Kontrast stand, nur damit erklären, dass nach dem Vorfall im Alina Apartment Hotel endgültig klar war, dass es sich wohl um eine Anschlagsserie und keine Einzeltaten ohne Zusammenhang handelte, die die deutsche Hauptstadt erschütterte. Sicherlich waren die entsprechenden Informationen von Interpol mittlerweile bis in den Berliner Polizeiapparat vorgedrungen.

Aber vielleicht denkt Ehrenberg auch über die Konsequenzen nach, die die Ermordung von drei Mitgliedern des Saad-Clans nach sich ziehen wird. Folgte man dem, was Bertrand Jeunet von Interpol gestern Herzfeld berichtet hatte, musste man zwar zwangsläufig zu der Erkenntnis kommen, dass die drei toten Saads heute nur Zufallsopfer waren. Am falschen Ort zur falschen Zeit. Allerdings werden die Saads das sicher anders sehen und diese grausame Tat auf sich beziehen, sie persönlich nehmen. Möglicherweise denkt Ehrenberg genau dasselbe und befürchtet, dass dieser Dreifachmord, von wem auch immer verübt, der Auslöser für einen Machtkampf oder vielmehr einen offenen Krieg in den Strukturen der Organisierten Kriminalität sein wird. Quasi der Zündfunken für ein Buschfeuer, das womöglich gänzlich aus dem Ruder laufen könnte.

Insofern war Abel einmal mehr froh darüber, dass es als Mediziner seine Aufgabe war, naturwissenschaftliche Beweise zu sammeln, die zur Aufklärung dieses Verbrechens beitragen konnten, und er sich nicht über andere Dinge den Kopf zerbrechen musste wie die zuständigen Ermittler.

Mit diesem Gedanken wandte sich Abel wieder der kleinen Liobou zu, deren Obduktion er übernommen hatte.

☠☠☠

52

Berlin-Neukölln,
24. Oktober, 14:17 Uhr

Für etwa fünf Minuten lauschte Hassan Khalaf wortlos und hoch konzentriert den Worten von Asad Saad am anderen Ende der Leitung. Der Löwe, wie der Kopf des aus dem Libanon stammenden, seit Jahrzehnten in Berlin ansässigen, aber dennoch bundesweit agierenden Saad-Clans sowohl von seinen eigenen Leuten als auch von seinen Feinden ehrfurchtsvoll genannt wurde, berichtete ihm konzentriert, aber mit vor Zorn leicht bebender Stimme von dem Mord an drei Mitgliedern seiner Familie.

Hassan Khalaf kannte das Oberhaupt der mächtigen Saad-Familie mittlerweile gut genug, um zu wissen, dass der Auftrag, der ihn jetzt erwartete, etwas gänzlich anderes sein würde als die früheren Missionen im Namen des Löwen. Diesmal ging es für Asad Saad um etwas Persönliches. Seine Familie war für ihn nicht nur seine letzte Bastion, eine unantastbare Festung, sie war ihm heilig. Deshalb hörte Khalaf ganz genau hin, damit ihm keine Schwingungen, keine unterschwelligen Hinweise auf das, worauf er sich in den nächsten Tagen konzentrieren musste, in der Stimme am anderen Ende der Leitung entgingen.

Sein Gesprächspartner schwieg jetzt – und er schloss daraus, dass Asad Saad fürs Erste alles, was es zu berichten gab, gesagt hatte und nun für Nachfragen bereit war.

»*Zaeim,* zunächst mein tiefes und aufrichtiges Beileid. Ich weiß, dass deine Familie für dich über allem steht. Und ich weiß, dass der Verlust dich schmerzt. Aber du kannst versichert sein, dass ich alles tun werde, um deinen Schmerz zu lindern und den Verlust für dich erträglich zu machen.«

Am anderen Ende der Leitung ertönte das metallische Aufschnappen eines Zippo-Feuerzeuges, gefolgt vom Schaben des Reibrades, und dann ein leises Knistern, schließlich ein kräftiges Ausatmen.

»Um keine Zeit zu verlieren, sag mir, ob es noch etwas gibt, was ich wissen muss, außer dem, was du mir gerade berichtet hast. Gibt es deiner Meinung nach irgendwelche Ansatzpunkte, wo ich beginnen kann, zu graben?«

Khalaf wählte seine Worte mit Bedacht, denn er wusste nur zu gut, dass dieser Teil des Gespräches sich blitzschnell in ein Minenfeld verwandeln konnte. Er würde tief im engen persönlichen Umfeld von Asad Saad nachforschen und gegebenenfalls Dinge zutage fördern, die nicht für Außenstehende wie ihn bestimmt waren, die nur den allerengsten Kreis der Saads etwas angingen. Insofern war er nicht erstaunt, dass die Antwort des Löwen Schweigen war.

Khalaf versuchte es erneut: »Wenn ich dich frage, *Zaeim,* wer könnte so etwas tun, wer will dich diesen Schmerz spüren lassen – was antwortest du mir?«

Und wer führt dir durch den Mord an einem kleinen Mädchen und zwei weiteren nahen Verwandten so schmerzhaft vor Augen, dass du nicht mehr in der Lage bist, deine eigene Familie zu beschützen?, fügte er in Gedanken hinzu, vermied es aber tunlichst, diese Worte auszusprechen.

Er hörte ein Räuspern, dann erklang die Stimme des Oberhauptes der Saad-Familie.

»Ich danke dir für deine Anteilnahme, *Akhi.* Wir haben viele Feinde. Die Tschetschenen und Georgier, deren Verkaufsplätze wir übernommen haben. Oder die Al-Enezis, mit denen wir immer noch keine Einigung bezüglich der Transportwege von Antwerpen und Rotterdam nach Berlin gefunden haben.«

Damit spielte der Löwe auf den erst wenige Monate zurückliegenden blutigen Drogenkrieg an, bei dem die Saads einer aus dem ehemaligen Ostblock stammenden Bande fast all ihre Drogenverkaufsplätze in öffentlichen Parks und Grünanlagen in den Berliner Bezirken Neukölln und Hellersdorf-Marzahn abgenommen hatten. Dabei waren die Saads buchstäblich über Leichen gegangen, nämlich über die einiger afrikanischstämmiger Dealer, die für die Tschetschenen und Georgier tätig gewesen waren. Diese Aktion wiederum hatte eine andere libanesische Großfamilie, die Al-Enezis, auf den Plan gerufen. Nach deren Ansicht war durch die nicht mit ihnen abgesprochene Einflussnahme der Saads das Gleichgewicht der Verteilung des Drogenhandels in der Hauptstadt nicht mehr gegeben, und deshalb liefen seit einigen Wochen Verhandlungen zwischen den Saads und den Al-Enezis, geleitet von einem von beiden Familien akzeptierten Friedensrichter. Die Verhandlungen gestalteten sich allerdings schwierig, da mit Ausnahme von Asad Saad die gesamte Führungsriege des Saad-Clans, nämlich seine drei Brüder, entweder inhaftiert oder getötet worden waren. Asad selbst befand sich auf der Flucht, und somit waren jegliche Bewegungen im öffentlichen Raum für ihn mit der Gefahr verbunden, erkannt und verhaftet, wenn nicht gar von seinen Widersachern verraten zu werden.

»Ich denke aber nicht«, fuhr der Clan-Chef fort, »dass Faris Al-Enezi so weit gehen würde. Ich würde das sogar kategorisch ausschließen wollen. Die Tschetschenen und

Georgier? Halte ich aus verschiedenen Gründen für nicht plausibel. Ihre Motivation wäre, ihre Verkaufsplätze zurückzubekommen. Mit der Ermordung meiner Familienmitglieder schaffen sie sich nur unlösbare, tödliche Probleme. Und das wissen sie. Zudem halte ich sie schlichtweg für zu unorganisiert oder vielmehr für zu dumm, als dass sie das so durchziehen könnten. Und wenn sie es doch gewesen wären, hätten sie mir eine Nachricht übermittelt. Den Triumph hätten sie definitiv ausgekostet.«

Möglicherweise sind beides Sackgassen. Ich werde das aber trotzdem überprüfen, ging es Khalaf durch den Kopf.

»*Zaeim,* warum waren Zofia und ihre Tochter heute Morgen mit Omar im Hotel?«, wollte er jetzt wissen.

Wieder herrschte längere Zeit Schweigen am anderen Ende der Leitung. Dann hörte er, wie das Oberhaupt der Saads einen tiefen Zug von seiner Zigarette nahm und anschließend mit rauer Stimme antwortete: »Tarek und Zofia sind – sagen wir mal – strategisch von mir verheiratet worden. Zofias Familie ist in Warschau sehr mächtig. Wir haben damit unsere Vertriebswege abgesichert. Mehr musst du dazu nicht wissen. Fakt ist, Zofia fordert seit geraumer Zeit mehr Freiheiten von Tarek ein. Sie hat ihm sogar mit Trennung gedroht. Sie ist ein verdorbenes Miststück. Die Situation ist kompliziert …«

Ihr wollt nicht noch einmal so ein Debakel wie mit Shania erleben, die ihren Mann Abadi verlassen hat und euch vor aller Augen durch ihre Kollaboration mit den Bullen gedemütigt hat, ging es Hassan durch den Kopf, während der Löwe weitersprach. »Zofia ist vor zwei Tagen mit ihrer kleinen Tochter zu einer Tante nach Charlottenburg gezogen. Tarek akzeptiert das natürlich nicht. Und ich auch nicht. Aber in diesem Fall habe ich Tarek geraten, den Ball flach zu halten. Wir können kein weiteres Aufsehen erregen, keinen erneuten Gesichtsverlust hinnehmen. Ich habe ihm gesagt, er soll seine Angelegenheiten mit Zofia allein und vor allen Dingen geräuschlos regeln. Es überlegt und ruhig angehen. Wir müssen zurzeit unsere Köpfe unten halten, ehe wir schon bald wieder erhobenen Hauptes zurückkehren werden. Zofia hat in das Treffen mit Tarek nur eingewilligt, wenn Omar, der Einzige in der Familie, dem sie wenigstens noch etwas zu vertrauen scheint, dabei ist und das Treffen auf neutralem Boden stattfindet. Deshalb das Hotel. Tarek hatte sich heute Morgen verspätet. Wenn er dabei gewesen wäre …«

Khalaf wusste, wie höchst ungewöhnlich es war, dass sich der Clan-Chef ihm gegenüber so weit öffnete, denn er war in den Augen des Löwen nur ein Dienstleister, ein Außenstehender, niemand, der je zum inneren Zirkel der Saads gehört hatte.

»Wer war alles eingeweiht beziehungsweise wusste von dem Zusammentreffen in dem Hotel heute Morgen?«

»Nur Tarek, Omar und ich.«

Tarek fällt definitiv raus aus dem Kreis der Verdächtigen, er würde niemals seine Tochter töten lassen … Omar ebenfalls, der ist tot. Auch eine Sackgasse.

»Mit anderen Worten«, führte Asad Saad weiter aus, »ich weiß nicht, wer mir das angetan haben könnte. Ich weiß nichts, bis auf das, was über die Liveticker in den Nachrichtensendungen läuft und sich im Internet verbreitet. Es gibt einen ähnlichen Fall, bei dem gestern ebenfalls zwei Menschen in einem Berliner Hotel getötet wurden. Da aber Einzelheiten dazu bisher nicht öffentlich gemacht werden, kann ich nicht sagen, wer die Opfer waren, und ob sie in irgendeiner Beziehung zu uns oder einer der anderen Familien stehen.«

»Davon habe ich gehört, die Nachrichten waren ja voll damit«, entgegnete Khalaf.

Aber leider nichts Substanzielles. Wie der Löwe schon sagte, Einzelheiten zu dem gestrigen Vorfall werden bisher nicht öffentlich gemacht.

»Doktor Kronen hat eben, nachdem wir davon erfahren haben, bei der Staatsanwaltschaft einen Antrag auf vollumfängliche Akteneinsicht gestellt.«

Kronen, dieser scheinheilige, schleimige Wichser …

Khalaf hatte den federführenden Strafverteidiger des Saad-Clans einmal kennengelernt und bei diesem Treffen seine Abneigung gegen den geschniegelten Advokaten, der die Rentabilität des Saad-Clans für seine Kanzlei erkannt hatte und seit über zehn Jahren von deren kriminellen Machenschaften profitierte, nur schwer verbergen können. Mit Verbrechen, mit Agieren in der Illegalität und, wenn es sein musste, auch mit der Ermordung unbequemer Personen oder von Verrätern hatte Khalaf kein Problem, sehr wohl aber mit Schlipsträgern, die von den Clan-Strukturen um einiges mehr als er selbst profitierten, sich dabei aber nicht die Hände schmutzig machten.

»Sobald Kronen die Akten hat, erfahren wir hoffentlich mehr. Jetzt bist du dran, *Akhi.*«

»Noch ein Punkt, den wir klären müssen«, sagte Khalaf. »Was ist mit der Frau? Ich erwarte heute Abend, spätestens morgen, neue Informationen dazu, wo sie sich aufhält. Früher oder später muss sie mit der Polizei Kontakt aufnehmen. Allein kann sie das nicht durchziehen, sich unmöglich längere Zeit ohne Hilfe verstecken. Und dieses Mal wird mir kein Fehler unterlaufen, das versichere ich dir, *Zaeim.*«

Unzufrieden ertönte es am anderen Ende der Leitung: »Das mit der Frau muss dann eben warten. Die Rache für den Mord an meiner Familie hat jetzt oberste Priorität.« Dann folgte ein kurzes Schweigen, ehe Asad Saad fortfuhr: »Hätte ich nur nicht diesen Schwachkopf nach Teupitz rausgeschickt. Hätte ich nur gleich dich damit beauftragt, diesem Verräter zu geben, was er verdient. Aber du weißt, wie es ist, Hassan. Die Jungen wollen sich beweisen. Aber manchmal sind sie eben noch nicht so weit. Wenn mir nur nicht die Hände so sehr gebunden wären, wenn ich nur so wie früher agieren könnte!«

Erneut hörte Hassan Khalaf, wie sich Asad Saad eine Zigarette anzündete, tief einatmete und dann den Rauch kräftig ausblies.

»Es ist für den Moment alles gesagt, Hassan. Ich will, dass du keinen Stein auf dem anderen lässt. Bring mir die Mörder meiner Familie. *Allah maeak.*«

Mit diesen Worten beendete das Oberhaupt der Saad-Familie das Telefonat.

53

Berlin-Moabit,
Bandelstraße,
24. Oktober, 14:32 Uhr

Die fast sechs Zentimeter lange Schnittwunde an der Innenseite seines rechten Zeigefingers reichte tief bis auf den Knochen. Seit seiner Tat heute Morgen trat unaufhörlich Blut aus der Wunde. Anscheinend hatte die Messerklinge eine größere Arterie verletzt, als er beim wiederholten Zustechen in die Brust der Frau mit seiner rechten Hand von dem blutverschmierten und somit glitschigen Messergriff auf die Klinge abgerutscht war.

Die Alte hat gefiept und gestöhnt, immer abwechselnd, bis ihr die Luft wegblieb und es nur noch blubberte, weil ihre Lunge mit ihrem eigenen Blut volllief … Wie die Lämmer, die Muhammads Vater regelmäßig zum Opferfest Eid al-Adha geschächtet hat …

Bei dem Gedanken überkam ihn erneut ein großes Gefühl der Überlegenheit, wie schon im Fahrstuhl, als er immer und immer wieder auf die Brüste der Frau einstach, über denen sich ein wild gemustertes, freizügiges Oberteil prall gespannt hatte.

54

Berlin-Neukölln,
24. Oktober, 14:33 Uhr

Als das Telefonat beendet war, nahm Hassan Khalaf die Prepaidkarte aus dem kleinen Schlitz an der Seite seines Handys, einem billigen Modell, von dem er immer wenigstens zwei Exemplare bei sich trug, um gegebenenfalls kurzerhand das Gerät entsorgen zu können – falls keine Zeit mehr blieb, erst die SIM-Karte zu entfernen, um sie dann zu zerstören. Mit einem leisen Klacken brach er die Prepaidkarte in der Mitte durch und warf sie auf die Schreibtischplatte. Er nahm einen Schluck aus der Tasse vor sich, doch der Kaffee war mittlerweile kalt geworden.

Genauso wie er für alle Eventualitäten mehrere Handys bei sich trug, hatte er immer auch mehrere Prepaid-Telefonkarten dabei, die ihrem Benutzer nicht zuzuordnen und somit einer Telefonüberprüfung durch Funkzellenabfrage entzogen waren. Handelte es sich allerdings um wirklich delikate Angelegenheiten, vertraute er nur auf sein modifiziertes Android-Smartphone. Ein sogenanntes Krypto-Handy, das eine norwegische Firma für kurze Zeit in limitierter Stückzahl produziert hatte, bis das Unternehmen aus dem Verkehr gezogen wurde – aufgrund von Europol-Ermittlungen, die ergeben hatten, dass über neunzig Prozent der Firmenkunden in kriminelle Aktivitäten verwickelt waren.

Khalaf wusste, dass in den kommenden Tagen ein verdammt hartes Stück Arbeit vor ihm lag. Mehr Zeit würde der nach wie vor mächtige Clan-Chef ihm nicht zugestehen bei der Suche nach dem oder den Mördern seiner Familie.

Ein Stochern im Nebel, ein Fischen im Trüben, wie sein früherer deutscher Kompagnon ihre Tätigkeit einmal bildlich umschrieben hatte.

Aber seit drei Jahren arbeitete Hassan Khalaf allein. Und auf eigene Rechnung. Was gute Gründe hatte. Zum einen war er jetzt immer auf dem neuesten Stand, was die notwendigen Informationen anging, denn er beschaffte sie sich nur noch selbst. So war er völlig autark, nicht auf andere angewiesen. Aber das war nicht der einzige Vorteil seiner One-Man-Show. Auch seine Auftraggeber fühlten sich wesentlich besser, nein, deutlich sicherer, wenn sie wussten, dass der Kreis der Mitwisser über ihre durchweg delikaten, fast ausnahmslos illegalen Aktivitäten so klein wie möglich gehalten wurde.

Und gerade Asad Saad, für den Hassan Khalaf mittlerweile seit knapp zwei Jahren als Regulator arbeitete, wusste das zu schätzen.

Bisher hatte Khalaf den Clan-Chef noch nie enttäuscht. Immer wenn es um die Regulierung offener Schutzgeldzahlungen im hohen sechsstelligen Bereich oder darüber hinaus ging, kam er, Khalaf, ins Spiel. Für kleinere Summen hatten die Saads Leute aus ihrem eigenen familiären Umfeld: Cousins, Großcousins, Neffen ersten und zweiten Grades. Allesamt junge Libanesen, die nur zu gern echte Gangster gewesen wären, denen der Löwe aber niemals die Eintreibung hoher Summen und die damit verbundene Verantwortung übertragen würde. Sicherlich nicht, weil er es ihnen nicht zutraute, das Geld bei seinen Schuldnern einzutreiben – schließlich waren sie seine Familie, sein Fleisch und Blut –, sondern vielmehr, weil er wusste, dass viel Geld auch immer große Begehrlichkeiten weckte.

Khalaf kam aber auch dann ins Spiel, wenn es galt, eine unbequeme Person zu eliminieren, für alle Zeiten vom Spielfeld zu nehmen, wie zum Beispiel einen Überläufer zur Konkurrenz oder einen Verräter aus den eigenen Reihen.

Wie unlängst erst, als einem der Oberhäupter des Saad-Clans die Ehefrau nicht nur weggelaufen war, sondern sie auch noch angefangen hatte, heller zu singen als eine Nachtigall. Shania, die Frau von Abadi Saad, dem Zweitältesten der vier Saad-Brüder, hatte vor knapp drei Monaten in aller Herrgottsfrühe mit ihrer eineinhalbjährigen Tochter die gemeinsame Wohnung in Neukölln verlassen. Nicht genug, dass sie ihren Ehemann im Stich ließ und damit nicht nur seine Ehre verletzt, sondern die gesamte Familienehre beschmutzt hatte. Nein, sie war tatsächlich schnurstracks zur Polizei gelaufen und hatte detaillierte Informationen ausposaunt zur Organisation, zu Hintermännern, Scheinfirmen, Geldwäscheaktivitäten und überhaupt zu fast allen kriminellen Aktivitäten des Saad-Clans.

Ihr Verrat hatte den Saads nicht nur einen empfindlichen Tiefschlag verpasst und den Ermittlern genug Beweismaterial für den anstehenden Prozess gegen die beiden kurze Zeit später inhaftierten Saad-Brüder Abdelkarim und Abadi geliefert, sondern war auch ihr eigenes Todesurteil gewesen.

Es hatte fünf Wochen zunächst deutschlandweiter, dann europaweiter Suche bedurft, bis Hassan Khalaf die Abtrünnige schließlich in Kopenhagen aufgespürt hatte und sie dann einen Tag später als Fußgängerin bei einem Verkehrsunfall in einem Kopenhagener Außenbezirk ums Leben kam. Ein klassischer Fall von Fahrerflucht, bei dem der Fahrer des Unfallwagens nicht ermittelt werden konnte. Die dänischen Polizeibehörden hatten zwar einen Zusammenhang mit einem zwei Tage nach dem Unfall aufgefundenen Wagen, gestohlen und völlig ausgebrannt, vermutet, aber letztlich nichts beweisen können und den Vorgang ad acta gelegt. Das war dann auch schon alles gewesen. Wenige Tage später war die kleine Badriyah, Tochter von Shania und Abadi Saad, die sich mit ihrer Mutter unter falscher Identität in Kopenhagen aufgehalten hatte, zu ihrer Familie nach Neukölln heimgekehrt, und die Familienehre der Saads war wiederhergestellt.

Ein Coup, der Hassan Khalaf zum engsten nicht zur Familie gehörenden Vertrauten von Asad Saad befördert hatte. Ein Vertrauen, das er nicht enttäuschen durfte, wobei erschwerend hinzukam, dass der Löwe einen großen Fehler begangen hatte, als er einen Youngster aus den eigenen Reihen nach Teupitz schickte, um sich eines Kronzeugen zu entledigen. Der Idiot hatte zwar seinen Auftrag erledigt, war aber bei der Tat beobachtet worden und hatte sogar so etwas wie einen digitalen Fingerabdruck am Tatort hinterlassen. Es existierte ein Foto seines linken Unterarm-Tattoos, das die kleine Schlampe, die jetzt auf seiner To-do-Liste eine Position nach unten gerutscht war, mit ihrem Scheiß-Handy gemacht hatte, wie er von seinem Kontaktmann bei der Berliner Polizei erfahren hatte.

Okay, der Junge war mittlerweile im Libanon, aber seine Spur würde die Ermittler früher oder später vielleicht zu Asad Saad und seiner Familie führen. Er hasste es, hinter solchen Versagern aufräumen zu müssen. Allerdings hatte er sich vorgestern Abend auch nicht gerade mit Ruhm bekleckert. Aber er hatte keine Wahl gehabt. Er hätte das Safe

House natürlich hinten verlassen, es umrunden, der Frau hinterherlaufen und sie erschießen können, aber dabei wäre nicht nur wertvolle Zeit verloren gegangen, er wäre auch für ihren Bodyguard, der sich zu dieser Zeit im Hauseingang aufhielt, um der Flüchtenden Deckung zu geben, ein leichtes Ziel gewesen. Also hatte er sich dafür entschieden, zunächst auch den zweiten Bodyguard auszuschalten und dann erst die Frau zu verfolgen. Er konnte ja nicht ahnen, dass ausgerechnet in diesem Moment, als er seine Zielperson auf der Straße im Halbdunkel in sechzig oder siebzig Metern Entfernung ausmachte, ein weiterer Bodyguard in einem Fahrzeug aufkreuzen würde – vielleicht zur Ablösung oder Verstärkung der bereits im Safe House anwesenden Beamten –, zu dem die Schlampe ins Auto sprang. Bis er wieder bei seinem eigenen Fahrzeug gewesen war, das er an der Rückseite des Hauses abgestellt hatte, war es zu spät gewesen, die Verfolgung des Fahrzeugs, wahrscheinlich ein schwarzer Audi, aufzunehmen.

Khalaf riss sich aus seinen Gedanken, griff nach der Computermaus und bewegte sie kurz hin und her, woraufhin der PC-Monitor vor ihm zum Leben erwachte, was die unter der Schreibtischplatte abgestellte PC-Konsole mit einem kurzen monotonen Brummen quittierte.

Khalaf scrollte durch verschiedene Nachrichtenseiten, die er hintereinander über seinen Browser aufrief. Es hatte also erst gestern einen ähnlichen Vorfall im Intercity Hotel am Berliner Hauptbahnhof gegeben. Den Mord an einem Mann und einer Frau, über den die Berliner Presse seitdem fast unaufhörlich berichtete und sich in den wildesten Spekulationen erging, ihren Lesern substanzielle Informationen aber schuldig blieb. Ein Mord, der denjenigen Innenpolitikern, die schon lange nach britischem Vorbild eine flächendeckende Überwachung der deutschen Großstädte mit Polizeikameras für eine schnellere Verbrechensaufklärung und zur Abschreckung potenzieller Täter anmahnten, in die Hände spielte, wie Khalaf jetzt den Twitter-Posts verschiedener Politiker entnehmen konnte.

Das wäre gar nicht gut fürs Geschäft …

Auch wenn sich die Berliner Behörden bisher bedeckt hielten, ob beide Fälle – die Morde im Intercity Hotel und die Ermordung der Mitglieder der Saad-Familie im Alina Apartment Hotel – in einem Zusammenhang standen oder nicht, und alle diesbezüglichen Presseanfragen mit dem Verweis auf die laufenden Ermittlungen, die nicht gefährdet werden durften, abwiesen, hatte Khalaf seine Meinung dazu. Nämlich, dass die Taten miteinander in Zusammenhang stehen *mussten,* dass ein und derselbe Attentäter – vielleicht auch mehrere, die gemeinsam agierten – dafür verantwortlich waren.

Insofern war es sowohl möglich, dass der oder die Täter bald noch einmal zuschlagen würden, als auch, dass sie sich bereits auf der Flucht befanden. Wenn Letzteres der Fall war, wäre die Zeit der absolut kritische Faktor in dieser Angelegenheit. Erschwerend kam hinzu, dass er parallel zum Verbleib der Frau, der Geliebten von Ludger Bartrück, recherchieren musste, denn hier tat sich nach seinem Versagen vorgestern Abend die nächste große Baustelle auf.

Die Frau musste ein für alle Mal verschwinden. Das war für Hassan Khalaf jedoch kein Grund, nervös zu werden. In seinen vielen Jahren im jordanischen Geheimdienst, auch wenn das eine gefühlte Ewigkeit her war, hatte er nicht nur gelernt, wie ein Nachrichtendienst funktionierte, wie er den im Verborgenen agierenden Feind aufspürte und das Unsichtbare sichtbar machte, sondern auch seine Suchtechniken immer weiter verfeinert. In den letzten Jahren hatte er sich zudem ein über die ganze Metropole Berlin verbreitetes Informanten-Netzwerk aufgebaut.

Nachdem er einige Schritte in der Neuköllner Zweizimmerwohnung, die ihm seit knapp einem Jahr als Büro diente, hin und her gegangen war und in der karg möblierten Küche den kalten Kaffee in den Ausguss der Spüle gekippt hatte, war ein Plan in seinem Kopf gereift, wie er weiter vorgehen wollte.

Er würde zunächst einige Telefonate erledigen – die Kontaktaufnahme zu seinen Informanten in den verschiedenen Berliner Bezirken, insbesondere in denen, die als Kriminalitätsbrennpunkte galten, hatte jetzt oberste Priorität.

Dann würde er sich einen detaillierten Überblick darüber verschaffen, was in den Medien und sozialen Netzwerken zu den beiden Vorfällen mit mehreren Toten in den beiden Hotels kommuniziert und geschrieben wurde.

Schließlich würde er ein paar Leuten einen persönlichen Besuch abstatten.

Die Jagdsaison war eröffnet.

55

Berlin,
Treptowers, BKA-Einheit »Extremdelikte«,
Sektionssaal,
24. Oktober, 15:12 Uhr

Fast im Viertelstundentakt klingelte das Handy von Kriminalhauptkommissar Ehrenberg. Jedes Mal, wenn er den Sektionssaal verließ, um das Gespräch anzunehmen, wirkte er nervöser und gestresster als zuvor. Offenbar nutzte er die Gelegenheit auch, um noch eine Zigarette zu rauchen. Denn wenn der Ermittler in den Sektionssaal zurückkehrte und zu Abel an den Sektionstisch trat, verströmte der knapp zwei Meter große Mann mit den hellblauen Augen, die sonst irgendwie wacher und nicht so matt wie heute wirkten, den Geruch von kaltem Rauch.

Ehrenberg kehrte auch jetzt von einem Telefonat in den Sektionssaal zurück, steuerte aber geradewegs auf Herzfeld zu, der auf dem mittleren der Sektionstische in diesem Moment das Halspaket von Omar Barakat präparierte, wie Abel aus dem Augenwinkel erkennen konnte. Neben Herzfeld stand Oberarzt Scherz am Sektionstisch und schnitt gerade das Großhirn des Libanesen in schmale Scheiben. Zwischen den Schnitten legte er das sechzig Zentimeter lange Parenchym-Messer immer mal wieder zur Seite, betrachtete sein Werk und nickte zufrieden. Parallel dazu schälte Sektionsassistent Hermann Vogel die Haut von Omar Barakats Armen und inspizierte Unterhautfettgewebe und Muskulatur auf das Vorhandensein von Einblutungen.

Doch das alles schien Ehrenberg nicht zu interessieren, er schien nicht einmal Notiz davon zu nehmen, was gerade um ihn herum passierte.

Mit seiner dröhnenden Bassstimme, die an diesem Tag das erste Mal im Sektionssaal aufbrandete – bisher hatte er ungewöhnlich einsilbig und dazu auch noch leise und zurückhaltend Konversation betrieben –, bölkte er los: »Das war das Büro des Generalstaatsanwaltes! Doktor Kronen, dieser widerliche Drecksack, will vollumfängliche Akteneinsicht zu den drei hier.« Er machte eine abschätzige Kopfbewegung in Richtung der Sektionstische.

Abel wusste, was das bedeutete. Wenn Doktor Albert Kronen, einer der völlig skrupellosen Haus- und Hofanwälte von Asad Saad und dessen Familie, zwar einer der gewieftesten Berliner Strafverteidiger, aber zugleich auch der so ziemlich rücksichtsloseste, jetzt auch noch mitmischte, wurde es für die Ermittler der Mordkommission, und insbesondere ihre Vorgesetzten, ungemütlich.

Ehrenberg schien Abels Gedanken gelesen zu haben, denn im selben Moment brüllte der Kriminalhauptkommissar erneut los: »Jetzt schaut uns nicht nur jeder verdammte Innenpolitiker auf Länder- und Bundesebene, das Bundesministerium des Inneren und für Heimat, der Generalstaatsanwalt und der Staatsschutz auf die Finger, sondern auch noch die Organisierte Kriminalität! Ich kann gar nicht so viel essen, wie ich kotzen könnte!«

Als ob dies das Stichwort für Oberarzt Scherz gewesen wäre, räusperte sich dieser laut und vernehmlich und sagte dann zu Ehrenberg so laut, dass es jeder im Sektionssaal gut hören konnte: »Zu viele Politiker wollen noch immer nicht erkennen, welche Gefahr kriminelle Großfamilien wie die

Saads oder Al-Enezis, um nur zwei prominente Beispiele aus unserer Hauptstadt zu nennen, für dieses Land darstellen. Wenn ich nur daran denke, dass sich unsere feinen Politiker mehr Sorgen darum machen, ob es überhaupt politisch korrekt ist, von ›Clan-Kriminalität‹ zu sprechen, oder ob man sich damit möglicherweise angreifbar macht, weil das jemand als rassistisch auffassen könnte, bin ich jedes Mal aufs Neue erschüttert. Statt dass sich diese Herrschaften Sorgen um die friedlichen, rechtschaffenen und steuerzahlenden Bürger machen! Diese falsch verstandene Toleranz erschüttert unsere Gesellschaft bis in ihre Grundfeste. Und es wird noch viel gefährlicher werden. Das Ganze wird unsere freiheitliche Grundordnung tief ins Mark treffen. Die Zeit läuft uns davon und …«

Herzfeld, der nicht nur Scherz' scharfe Attacken gegenüber der deutschen Sicherheitspolitik kannte, die dieser immer mal wieder völlig unvermittelt vom Stapel ließ, sondern jegliche Art von politischer Diskussion in seinem Sektionssaal in keiner Weise duldete, sagte so laut, dass es wiederum unüberhörbar für alle war: »Unser Täter ist Rechtshänder, so viel steht fest. Kollege Scherz, stimmen Sie dem zu?«

☠☠☠

56

Berlin-Moabit,
Bandelstraße,
24. Oktober, 16:35 Uhr

Mit schmerzverzerrtem Gesicht beugte und streckte er vorsichtig seinen verletzten Zeigefinger. Die Blutung hörte nicht auf. Im Gegenteil, trotz des provisorisch angelegten Druckverbandes aus einem der Baumwolltücher, die sich mit den beiden Messern und seiner Schutzausrüstung in der zweiten Metallkiste befunden hatten, blutete es immer noch heftig.

Seine Flucht vom Anschlagsort war, wie auch am Vortag, reibungslos vonstattengegangen. Er hatte einen der toten Körper, auch diesmal wieder die Frau, da sie am günstigsten lag, in die offene Fahrstuhltür gezerrt, sodass der Fahrstuhl aus dem vierten Stock des Alina Apartment Hotels nicht in eine andere Etage abgerufen werden konnte, was ihm auch diesmal wertvolle Zeit bis zur Entdeckung seiner Opfer verschafft hatte.

Erneut wieder einer von Aariz' scharfsinnigen Einfällen.

Dann war er ins Treppenhaus gerannt. Dort hatte er das Messer abgewischt, in der Innentasche seiner Jacke verstaut, sich seines Ponchos und seiner Handschuhe entledigt und sie in den dafür vorgesehenen Müllsack gestopft. Bis zum Herunterstreifen des dünnen Einmalhandschuhs von seiner rechten Hand war er davon ausgegangen, dass das Blut an seiner Schutzkleidung lediglich von seinen Opfern stammte, musste dann aber feststellen, dass er selbst eine tiefe

Schnittwunde an seinem rechten Zeigefinger davongetragen hatte, die nur vom Abrutschen seiner Hand auf die Messerklinge herrühren konnte. Noch im Treppenhaus hatte er mit der linken Hand das Messer erneut aus dem Innenfutter seiner Jacke hervorgenestelt, tunlichst darauf bedacht, seine stark blutende rechte Hand die ganze Zeit in den blauen Müllsack, in dem sich jetzt Poncho und Handschuhe befanden, zu halten, um keine weiteren Blutspuren zu hinterlassen. Er hatte dann über dem Müllbeutel mit der scharfen Klinge des Messers einen zweiten Baumwolllappen in mehrere Streifen geschnitten. Diesen Lappen hatte er – genauso wie einen Ersatzponcho und ein zweites Paar Einweghandschuhe – vorsorglich bei sich geführt, um nicht von Materialschäden vor Ort überrascht zu werden und seine Mission abbrechen zu müssen. Schließlich hatte er sich den provisorischen Druckverband angelegt.

Den Reservemüllbeutel hatte er über die rechte Hand gestülpt und diese in der geräumigen Seitentasche seiner Jacke versteckt. Auch den Müllbeutel mit seiner blutverschmierten Schutzausrüstung schob er in eine der zahlreichen aufgesetzten Jackentaschen, ehe er hinunter ins Erdgeschoss eilte und dann ruhigen Schrittes das Alina Apartment Hotel verließ.

Aber der Druckverband war mittlerweile nicht nur blutgetränkt, sondern regelrecht klitschnass, und die ersten Blutstropfen fielen von seiner Hand hinab auf den ausgeblichenen und verkratzten Dielenboden, wo sie bizarre Muster, ähnlich kleinen Kronen, hinterließen.

Er musste die Wunde versorgen. Es ging nicht nur um die Blutstillung, um seinen Körper nicht weiter zu schwächen. Nein, er wusste nur zu gut um die Gefahren einer Blutvergiftung.

Ein Cousin ihrer Nachbarsfamilie, der sich beim Holzhacken verletzt hatte – keine schwere Verletzung, vielmehr so oberflächlich, dass niemand die Wunde wirklich ernst genommen hatte –, war nur wenige Tage später an hohem Fieber verstorben.

Als ich noch ein kleiner Junge und die Welt für mich noch in Ordnung war …

Er durchsuchte die wenigen in der kalten Moabiter Wohnung vorhandenen Schränke, die sich in der kleinen Küche befanden, nach einem Verbandskasten oder irgendetwas anderem, womit er die Wunde ordentlich versorgen und vor allem sauber halten konnte. Aber erfolglos. In allen Schränken und Schubladen war nur gähnende Leere. Er stieß einen leisen Fluch aus. Ihm war schwindelig, und sein Atem ging stoßweise.

Ich darf nicht geschwächt sein, wegen der weiteren vor mir liegenden Aufgaben. Schon übermorgen muss ich meinen nächsten Auftrag erfüllen.

Nach reiflicher Überlegung beschloss er, sein Versteck für kurze Zeit zu verlassen. Er wusste, wo er das Benötigte bekommen würde.

57

Berlin-Reinickendorf,
Weiße Stadt, Wohnung von Sara Wittstock,
24. Oktober, 16:44 Uhr

Marie starrte an die Decke. Sie hatte jedes Zeitgefühl verloren. Ob sie seit drei Stunden oder bereits seit drei Tagen hier in diesem kleinen Kinderzimmer mit der grellen Donald-Duck-Tapete lag, war für sie mittlerweile egal.

Was erwartet mich denn noch da draußen? Nichts, gar nichts!, dachte sie, und Tränen füllten ihre Augen. Doch sie brachte nicht die Kraft auf, sie wegzuwischen.

Regungslos blieb sie liegen. Sie musste an die Computerfrau denken: Sara. Die Frau wirkte seltsam emotionslos und distanziert, aber das konnte ihr, Marie, nur recht sein. Das Letzte, was sie jetzt brauchte, war eine weitere Fragen stellende, ihr unbekannte Person.

Wo wohl das Kind steckt, das mal in diesem Kinderzimmer gelebt hat?, fragte sie sich, und sofort fühlte sie wieder diesen Schmerz, der seit dem Tod ihrer Tochter ein ständiger Begleiter geworden war. Während sie mit Ludger zusammen gewesen war, hatte sie ihn für kurze Zeit verdrängen können. Doch nun war sie dem Schmerz wieder schonungslos ausgeliefert. Kraftlos drehte sich Marie auf dem schmalen Bett zur Wandseite.

Mit dem Zeigefinger ihrer rechten Hand fuhr sie die Konturen der Disney-Figur auf der Tapete nach. Erneut schweiften ihre Gedanken ab. Während der Videokonferenz mit

Sara, Lars und Fred hatten die anderen über sie gesprochen, als ob sie gar nicht dabei gewesen wäre.

Als ob ich auch schon tot wäre. *Dass mein Leben in Gefahr sei, haben sie gesagt. Als ob ich das nicht selbst wüsste. Aber was ist das überhaupt noch für ein Leben? Lilly tot, Ludger tot.*

Nach dieser unsäglichen Videokonferenz hatte sie ihrer Gastgeberin nur wortlos den leeren Kaffeebecher in die Hand gedrückt und war in das ihr zugewiesene Zimmer zurückgekehrt. Später hatte Sara zweimal an Maries Zimmertür geklopft und durch die Tür gerufen, dass sie sich etwas zu essen machen würde und ob Marie auch etwas wolle. Sie war zu matt gewesen, innerlich zu leer, um zu antworten. Stattdessen hatte sie die Kinderzimmertür von innen zweimal verschlossen, sobald sie sich sicher war, dass Sara nicht mehr vor der Tür stand.

Sie drehte sich um und setzte sich auf den Bettrand. Der abgewetzte Linoleumboden unter ihren Füßen war angenehm kühl. Dann trat sie ans Fenster. Unwillkürlich kam ihr ihr Ex-Lebensgefährte in den Sinn.

Lars.

Obwohl er ihr, ohne zu zögern, geholfen hatte, war er ihr nach Lillys Tod fremd geworden.

Er kämpft gegen seine eigenen Geister. Wir waren nie ein gutes Team.

Marie sah hinaus. Ihr Blick schweifte in die Ferne.

Ich habe niemanden mehr, für den ich tiefe Zuneigung empfinde. Niemand, der mich liebt, für den es sich zu leben lohnt. Natürlich, meine Mutter. Aber wann war die jemals wirklich für mich da? Ich kann mich nicht erinnern … Was für einen Sinn ergibt das alles noch? Warum werde ich vom Schicksal immer so gebeutelt? Als ob ein Fluch auf mir läge und alle, die ich liebe, sterben müssten. Als ob ich nie lange Zeit glücklich sein darf. Es ist alles so sinnlos.

Draußen war es noch hell.

Marie öffnete das Fenster. Vielleicht würde etwas frische Luft ihr guttun. Wenn sie schon keinen Hunger oder Durst verspürte.

☠ ☠ ☠

58

Berlin,
Treptowers, BKA-Einheit »Extremdelikte«,
Sektionssaal,
24. Oktober, 16:50 Uhr

Die Obduktionen der drei toten Saads waren inzwischen abgeschlossen. Sektionsassistent Hermann Vogel reinigte gerade den letzten der Sektionstische, auf dem Abel die kleine Liobou obduziert hatte, und spülte mit dem Wasserschlauch ein feines Rinnsal von dunklem Blut in die seitlichen Ablaufrinnen.

Abel beobachtete nachdenklich das Blut, das durch den Wasserstrahl in Richtung des Abflusses am Fußende des Stahltisches floss und zunehmend blasser wurde, bis es den letzten Rest seiner rötlichen Färbung verloren hatte und mit einem blubbernden Geräusch vollständig im Abfluss verschwand.

Jetzt ist so ziemlich alles, was das kleine Mädchen einmal ausgemacht hat, aus dieser Welt verschwunden, dachte er. *Nur noch ihr toter Körper … Und der liegt in einem viel zu großen Plastikleichensack in einem unserer Kühlfächer. Nichts weiter als eine leere, unbelebte Hülle …*

Für Abel waren solche Überlegungen bis vor Kurzem noch völlig fremd gewesen, und er wunderte sich über diese unbekannte emotionale Regung, die ihn in letzter Zeit immer öfter auch während seiner Arbeit im Sektionssaal überfiel. Noch nie hatte er den gewaltsamen Tod eines Kindes nah an sich herangelassen. Aber nun würde er selbst in wenigen Monaten Vater werden und bekam so etwas wie eine vage Ahnung davon, was das für ihn bedeutete und dass sich sein und Lisas Leben für immer verändern würde. Und da war noch etwas. Ein Gefühl von Unsicherheit, gepaart mit Unbehagen bei dem Gedanken, dass er zukünftig die Verantwortung für eine Familie würde übernehmen müssen. Eine Familie, die er vor dem, was da draußen lauerte, beschützen musste.

59

Berlin-Neukölln,
Sonnenallee,
24. Oktober, 16:53 Uhr

Moewig hatte es in seiner Wohnung im Wedding nicht mehr ausgehalten. Er hatte wie auf glühenden Kohlen gesessen und sich schließlich entschlossen, nach Neukölln zu fahren, jenem Berliner Bezirk, in dem der Einfluss der Saads immer noch am größten war, in dem fast alle der unzähligen Mitglieder der libanesischen Großfamilie lebten. Er musste in Erfahrung bringen, wer diejenigen waren, die Marie um jeden Preis tot wissen wollten. Auch wenn es klar war, dass sie aus dem direkten Umkreis der Saads kommen mussten, brauchte er nähere Informationen.

Am besten einen Namen …

Moewig wusste, dass dies ein riskantes Unterfangen war. Aber er musste es wenigstens versuchen. In einer Querstraße zur Sonnenallee, der großen Hauptverkehrsader Neuköllns – von vielen Berlinern auch die »arabische Straße« genannt –, fand er einen Parkplatz. Er zog die Handbremse des alten Lada Niva an, stieg aus und schlenderte langsamen Schrittes über den von platt getretenen Kaugummiresten gepflasterten Asphalt in Richtung Sonnenallee.

Wo anfangen?

Auf der Sonnenallee angekommen, ließ er seinen Blick schweifen. Ein-Euro-Shops, Shisha-Bars, Gemüseläden und Spielotheken, immer wieder unterbrochen von arabischen Imbissen, Hummus-Bars, Döner-Läden und Billig-Bäckereien, bestimmten hier das Bild dieses von Berliner Lokalpolitikern gern für sein multikulturelles Flair und orientalisches Ambiente gelobten Bezirks. Aber auch solche verklärenden Verharmlosungen, die lediglich von dem gescheiterten Versuch ablenkten, das Entstehen einer Parallelkultur in Neukölln zu verhindern, änderten nichts daran, dass Neukölln war, was es war: der Berliner Problem-Kiez. Und das seit mittlerweile über vier Jahrzehnten.

Während Moewig unschlüssig die Auslage einer orientalischen Bäckerei betrachtete, kam ihm plötzlich eine Idee. Er machte auf dem Absatz kehrt und ging in die entgegengesetzte Richtung.

Du bist irre, Moewig. Asad Saad hat dir dort, wo du jetzt hinwillst, vor gerade mal knapp drei Monaten den Lauf seiner Knarre ins Gesicht gehalten. Noch mal wird er dich nicht gehen lassen …

Moewig blieb stehen, war hin- und hergerissen, aber dann straffte er den Rücken und ging weiter.

Egal, der Löwe ist untergetaucht. Er wird nie und nimmer dort sein. Aber vielleicht kann ich einen seiner Laufburschen in ein Gespräch verwickeln, mit einem oder zwei Fünfzig-Euro-Scheinen jemanden zum Sprechen bekommen. Oder vielleicht beobachte ich dort irgendetwas, was mich weiterbringt. Manchmal gibt es ja solche Zufälle, günstige Fügungen. Und … irgendwo muss ich ja anfangen!

Keine zehn Minuten später stand Moewig vor seinem Ziel, dem Haus mit der Nummer 204. Enttäuscht sah der Ex-Fremdenlegionär an der abblätternden, heruntergekommenen Fassade des Hauses empor. Das Café Rayak, die von außen und innen völlig unauffällige ehemalige Schaltzentrale des Saad-Clans, gab es nicht mehr. Der frühere Eingang zu dem Café war mit einer riesigen Spanplatte, die sorgfältig mit unzähligen dicken Metallschrauben seitlich im Türrahmen befestigt worden war, regelrecht verbarrikadiert. Auf der Spanplatte befand sich etwa auf Augenhöhe ein länglicher Aufkleber mit dem Berliner Polizeilogo und dem Hinweis »Amtlich versiegelt«.

Verdammt. Eine Sackgasse. Aber war ja eigentlich klar, die Polizei hat in den letzten Monaten sämtliche Gebäude, in denen die Saads ihren schmutzigen Geschäften nachgegangen sind, im Rahmen groß angelegter Razzien durchsucht, die Clan-Immobilien beschlagnahmt, ihre Bankvermögen, zumindest soweit sie den Saads zuzuordnen waren, eingefroren. Ihnen quasi den Hahn abgedreht. Insofern hätte ich mir das hier denken können …

Frustriert wandte er sich ab. Dann würde er einfach in einer der nahe gelegenen Shisha-Bars sein Glück versuchen.

Schließlich habe ich nichts zu verlieren. Ich kann nur gewinnen. Und der Hauptgewinn ist Maries Leben …

☠ ☠ ☠

60

Berlin-Neukölln,
24. Oktober, 16:55 Uhr

Zweieinhalb Stunden später hatte Hassan Khalaf Dutzende Telefonate mit diversen Kontaktpersonen geführt, die wie ein Netz über die ganze Stadt verteilt waren. Er hatte seine Kontakte nicht nur nach Informationen zu den Tötungsdelikten in den beiden Berliner Hotels befragt, und ob irgendein alter Feind des Saad-Clans zufällig in der Stadt war, sondern auch, ob es bezüglich des Drogenmonopols der Saads in den von ihnen verwalteten Stadtteilen etwas zu berichten gab. Er hatte seine Informanten peinlich genau instruiert, die Augen offen zu halten und ihm jede Auffälligkeit sofort zu berichten, jede verdächtige Person, alles, was in ihrem Stadtteil anders lief als noch vor ein paar Tagen.

Danach hatte er sich über verschiedene TV-Nachrichtensender, die lokale Online-Presse, die Internetseite der Berliner Polizei und Postings in den verschiedenen sozialen Netzwerken einen umfassenden Überblick über die jeweiligen Morde verschafft. Bei den tags zuvor im Intercity Hotel Getöteten handelte es sich laut übereinstimmender Medienberichte um einen Geschäftsmann aus Moldawien und eine ebenfalls aus Osteuropa stammende Frau, über die sich allerdings nichts in den Pressemeldungen oder sozialen Netzwerken finden ließ. *Vielleicht die Geliebte des Mannes, von der noch niemand weiß,* war es Khalaf beim Lesen der Meldung sofort durch den Kopf gegangen.

Wie die beiden Osteuropäer im Intercity Hotel und die drei am heutigen Tag Getöteten allerdings ums Leben gekommen waren, wurde von den Ermittlungsbehörden nach wie vor nicht kommuniziert. Die Boulevardmedien und sozialen Netzwerke überboten sich weiterhin in wilden Spekulationen. Einzelheiten zu Geschlecht, Alter, Nationalität oder gar der Identität mit Klarnamen der drei getöteten Mitglieder der Saad-Familie waren bisher nicht veröffentlicht worden oder nicht an die Presse durchgesickert. Es war immer nur von »drei noch nicht sicher identifizierten Personen« die Rede. Es hieß, dass derzeit die Obduktionen laufen würden, von deren Ergebnis sich die Ermittlungsbehörden neue Erkenntnisse erhofften.

Khalaf war klar, dass die öffentliche Meldung der Ermordung von drei Mitgliedern des engsten Familienkreises der Saads – so kurz vor dem Prozess gegen die in der JVA Moabit in Untersuchungshaft sitzenden Brüder Abdelkarim und Abadi Saad sowie Clan-Chef Asad Saad, gegen den in Abwesenheit verhandelt werden sollte – für erheblichen Aufruhr sorgen würde. Auch wenn der bereits für die kommende Woche terminierte Prozess gegen die Saads von der Berliner Justiz noch nicht öffentlich gemacht worden war.

Anscheinend haben die Berliner Justizbehörden in den letzten Jahren etwas dazugelernt, dachte Khalaf. *Aber letztlich ist das völlig egal, denn der Kronzeuge der Staatsanwaltschaft, Ludger Bartrück, ist tot. Genauso wie Shania Saad, deren toter Körper von ihrer Familie nicht einmal von Kopenhagen nach Berlin zur Bestattung überführt wurde, weil die Verräterin es nicht wert ist und nun in irgendeinem anonymen Grab in der dänischen Hauptstadt verrottet.*

Khalaf war sich nur zu sehr der Tatsache bewusst, dass die

Meldung von drei toten Saads unweigerlich zu einem Machtungleichgewicht in der Organisierten Kriminalität in Berlin führen würde. Den kriminellen Kartellen würde dasselbe durch den Kopf gehen wie ihm bei seinem Telefonat mit Asad Saad.

Der Löwe ist schwach, er ist nicht einmal mehr in der Lage, seine eigene Familie zu beschützen.

Deshalb lag es jetzt an ihm, Hassan Khalaf, das Gleichgewicht wiederherzustellen und dem Löwen seine Ehre – und vor allem seine alte Stärke – zurückzugeben.

Als altem Geheimdienstler war ihm darüber hinaus noch etwas aufgefallen: Nachdem am Tag zuvor zunächst die Rede von einem Anschlag gewesen war – sogar über einen terroristischen Hintergrund war kurze Zeit öffentlich spekuliert worden –, war diese Formulierung nunmehr aus den öffentlichen Statements der Behördenvertreter verschwunden. Der Berliner Innensenator und die Polizeipräsidentin sowie deren Sprecher gingen bei keinem ihrer Pressetermine darauf ein, dass es sich um einen islamistisch motivierten Anschlag handeln könne. Woher diese anscheinende Sicherheit plötzlich rührte, konnte Khalaf jedoch keiner ihrer Erklärungen entnehmen.

Der Löwe ist anscheinend fest davon überzeugt, dass der Anschlag im Alina Apartment Hotel gezielt gegen Mitglieder seiner Familie und damit gegen ihn gerichtet war.

Woher wiederum der Clan-Chef diese Sicherheit nahm, hatte sich Khalaf ebenfalls nicht erschlossen, denn Asad Saad hatte ja auf seine Fragen nach einem möglichen Motiv und Täter eher ausweichend beziehungsweise nichtssagend geantwortet.

Dass sowohl der Berliner Innensenator als auch der Ausschuss für Inneres und Heimat des Bundestages noch für den heutigen Abend eine Sitzung zu den beiden Vorfällen einberufen hatten, hatte Khalaf dem Twitter-Post eines SPD-Innenexperten entnommen. Allerdings war der Tweet kurze Zeit später schon wieder gelöscht worden. Dieses politische Vorgehen sprach doch eine andere Sprache, weshalb er annahm, dass die Dimension der beiden Fälle um einiges größer war, als die Außendarstellung der Behörden vermuten ließ. Für Khalaf war außerdem klar, dass die Behörden von einem Zusammenhang der beiden Taten mit sehr wahrscheinlich terroristischem Hintergrund ausgingen. Was wiederum gegen einen gezielten Anschlag auf die Saads sprach. Aber am Ende war das Motiv des Täters völlig egal.

Der Löwe will den Kopf des Mörders seiner Familie. Und den werde ich ihm bringen.

Er würde jetzt zusätzlich noch seine nach wie vor exzellenten Verbindungen aus seiner Geheimdienstzeit nutzen. Der russische Geheimdienst FSB war nach wie vor eine immer gut informierte Quelle. Seinen Sitz hatte er – allen gegenteiligen Behauptungen der russischen Diplomatie zum Trotz – in der Konsularabteilung der Botschaft der Russischen Föderation in fast unmittelbarer Nähe zum Alina Apartment Hotel in der Leipziger Straße.

Insofern ist es im ureigensten Interesse der Russen, zu wissen, was in ihrer direkten Nachbarschaft passiert. Und Dimitri schuldet mir noch einen Gefallen, nein, eigentlich zwei …

Er ging im Kopf weiter seine To-do-Liste durch. Nach dem Besuch bei Dimitri würde er einige Shisha-Bars in Neukölln, Moabit und dem Wedding ansteuern und sich dort mit Leuten, die entweder auf seiner Gehaltsliste standen oder ihm noch einen Gefallen schuldig waren, in schlecht ausgeleuchteten und verrauchten Hinterzimmern treffen, die Handys in mit Blei ausgekleideten Boxen, und von ihnen hören, was so auf der Straße erzählt wurde. Vielleicht war in der Hauptstadt ein neuer *Big Player* auf der Bildfläche erschienen. Er würde auch Faris Al-Enezi, dem Oberhaupt des zweitmächtigsten libanesischen Clans in Berlin, einen Besuch abstatten. Und vielleicht lagen bis zum späten Abend die von Doktor Kronen bei der Staatsanwaltschaft angeforderten Ermittlungsunterlagen vor, aus denen sich möglicherweise neue Erkenntnisse ergaben.

Es ist völlig egal, ob es sich bei der Ermordung von Zofia, ihrer kleinen Tochter und Omar um ein persönliches Motiv handelte, oder ob es ein dummer Zufall war, dass es sie traf.

Er würde ihre Mörder finden. Bis vor wenigen Monaten, als Asad Saad noch nicht untergetaucht war und als Landesfeind Nummer eins der Berliner Sicherheitsbehörden galt, hätte er den Täter zu Asad Saad persönlich gebracht, ihn im wahrsten Sinne des Wortes dem Löwen zum Fraß vorgeworfen. Aber das war unter den jetzigen Umständen nicht möglich. Deshalb würde er es, wie schon so oft, selbst erledigen.

☠ ☠ ☠

61

Berlin-Moabit,
Turmstraße,
24. Oktober, 17:01 Uhr

Seine rechte Hand mit dem provisorischen Druckverband, einen der Müllsäcke darüber gezogen und dann mehrfach darum gewickelt, hielt er in einer der Taschen seiner Jacke verborgen, als er sich dem Spätkauf in der Moabiter Turmstraße näherte, nur etwa zweihundert Meter von seinem sogenannten Hauptquartier entfernt. Der Schweiß lief ihm von der Stirn, und er fühlte sich schwach.

Wahrscheinlich der Blutverlust. Wenn ich die Wunde vernünftig versorgt habe, muss ich als Nächstes viel trinken.

Vor Murugans Imbiss lungerten mehrere junge Männer herum, sehr wahrscheinlich Türken oder Kurden, die einen Pitbull oder American Staffordshire Terrier bei sich hatten. Den Unterschied zwischen beiden Rassen hatte er noch nie erkennen können. Instinktiv überlegte er, die Straßenseite zu wechseln und sich dann seinem Ziel, dem Spätkauf, aus der entgegengesetzten Richtung zu nähern. Nicht, weil er befürchtete, dass es vielleicht zu einer Auseinandersetzung mit den Männern kommen könnte, oder dass sie ihn bemerken und später den Ermittlungsbehörden einen Tipp hinsichtlich seiner Person geben könnten. Sondern, weil er diese Art Hunde, die auch die Schergen der Schabiha-Miliz bei den Hausdurchsuchungen in seiner Heimatstadt immer wieder auf wehrlose Zivilisten, sogar auf kleine Kinder, gehetzt hatten, hasste. Oder vielmehr fürchtete. Doch er gab sich einen Ruck und setzte seinen Weg in Richtung Spätkauf unbeirrt fort.

Möglicherweise riecht dieser Dreckskӧter das Blut, kam es ihm in den Sinn. Aber er hatte die jungen Männer und den Hund bereits erreicht, eine Umkehr wäre zu auffällig gewesen.

Als er die Gruppe passierte, nahmen die Männer keinerlei Notiz von ihm, sondern starrten auf das Handydisplay von einem von ihnen, der seinen Kollegen offensichtlich etwas zeigte. Und auch der Hund zeigte keinerlei Interesse an dem Passanten.

»Kein Kontakt mit irgendjemandem! Du agierst allein. Du musst völlig unsichtbar sein«, hatte Aariz ihm immer wieder eingetrichtert.

Aber diese Regel muss ich jetzt brechen, sonst kann ich meine Mission nicht fortsetzen. Eine Blutvergiftung würde alles zunichtemachen …

Mit dem Gedanken betrat er den Spätkauf. Auch diesmal war der pickelgesichtige junge Mann im Laden, der ihm schon vor drei Tagen in dem zerknickten Umschlag den Wohnungsschlüssel für seine Bleibe in der benachbarten Bandelstraße ausgehändigt hatte. Der Typ saß auf einem Hocker neben dem Verkaufstresen und spielte versunken an seinem Handy herum. Er hob nur kurz den Kopf, als sich die Türglocke meldete, die bei Öffnen der Kiosktür automatisch ertönte, glotzte ihn kurz an und starrte dann sofort wieder auf das Display seines Gerätes.

Vor dem Verkaufstresen befand sich eine Auslage mit Tageszeitungen, die allesamt auf den Titelseiten von den Morden im Intercity Hotel am Vortag berichteten. Sein Blick wanderte zwischen der Zeitungsauslage und dem Verkäufer hin und her. Er schätzte ihn auf höchstens zwanzig. Ob er Türke oder Kurde war, konnte er bisher nicht sagen, da das Pickelgesicht ihm vor drei Tagen den Umschlag mit dem Schlüssel wortlos übergeben hatte.

Keine Gefahr, der Trottel checkt gar nichts. Von dem geht nicht die geringste Gefahr aus. Aariz würde es genauso sehen. Der Schwachkopf hat nicht die geringste Ahnung, mit wem er es zu tun hat, beruhigte er sich.

Er wischte sich mit dem linken Ärmel den Schweiß aus dem Gesicht. Dann ging er, ohne den Verkäufer eines weiteren Blickes zu würdigen, zur Warenauslage, die in dicht an dicht stehenden Regalen mehr oder weniger nach Lebensmitteln, nicht alkoholischen Getränken, Haushaltswaren, kleineren elektronischen Teilen wie Handyladekabeln und USB-Sticks und irgendwelchen Billigspielzeugen geordnet waren, um nach den notwendigen Utensilien für die Versorgung seiner Wunde zu suchen, die jetzt immer heftiger pochte. Aber er wurde nicht fündig.

»Hast du Verbandszeug? Desinfektionsmittel?«, fragte er den Verkäufer, der immer noch auf sein Handy fixiert war, als er wieder zum Verkaufstresen zurückging.

»Was?«, antwortete der junge Mann, wobei er kaum den Blick von dem Display löste.

»Ich brauche Verbandszeug. Und was zum Desinfizieren.«

»Sieht das hier aus wie Scheiß-Apotheke, Brudi?«, war die knappe und nicht unbedingt freundliche Antwort.

»Wenigstens Pflaster?«

»Geh Apotheke, Mann«, kam es noch deutlich missmutiger.

Er überlegte.

Ich kann unmöglich in eine Apotheke gehen, ich muss den Kreis der Kontakte mit der Außenwelt so klein wie möglich halten.

»Okay«, sagte er mehr zu sich selbst als zu dem Verkäufer und ging zurück zu einem der Regale, wo er eine Rolle hellbraunes, glänzendes Paketband nahm und damit wieder zum Verkaufstresen zurückkehrte.

»Gib mir eine von den kleinen Flaschen da«, sagte er und zeigte hinter den Verkaufstresen auf ein Regal voller hochprozentiger Spirituosen. »Das stärkste Zeug, was du hast. Aber klar muss es sein.«

Damit kann ich die Wunde desinfizieren. Und mit dem Paketband bekomme ich einen deutlich besseren Druckverband hin. Scheiß auf Verbandszeug und Desinfektionsmittel. Das hier funktioniert auch. Morgen früh bin ich wieder fit.

»Du siehst nicht aus wie jemand, dem es seine Religion erlaubt, Alkohol zu trinken«, war die Antwort des Verkäufers.

»Scher dich verdammt noch mal um deinen Scheiß und gib mir die Flasche«, entfuhr es ihm. Er merkte wieder die ungezügelte Aggression in sich aufkommen, den Wunsch, jemanden schwer zu verletzen, wie schon bei dem Obdachlosen nach seiner Ankunft am Berliner Hauptbahnhof. Instinktiv ballte er beide Hände zur Faust, was sein rechter Zeigefinger in seiner Jackentasche mit einem stechenden Schmerz und einem brennenden Ziehen bis in die rechte Schulter hinauf quittierte.

»Was macht das zusammen mit dem hier?«, antwortete er so ruhig und beherrscht wie möglich.

Nicht auffallen, kein Aufsehen erregen.

Er zeigte auf die Rolle Paketband, die er bewusst oben auf

die Zeitungsauslage mit den Schlagzeilen zu seinem gestrigen Anschlag gelegt hatte. Eine Art Demonstration seiner Unantastbarkeit und Macht gegenüber dem Schwachkopf vor ihm. *Du siehst nicht mal das Offensichtliche, al'ahmaq.*

»Bruda, bist du sicher, dass Allah dir das erlaubt?«, erwiderte das Pickelgesicht mit einem wichtigtuerischen Grinsen, erhob sich dann aber behäbig von seinem Hocker und griff hinter sich zu den Flaschen mit dem Hochprozentigen. »Einmal Oldesloer und das Tape. Das macht 11,99 Euro.«

Er griff in die Brusttasche seiner Jacke und zog das Bündel mit den zwölf Fünfzig-Euro-Scheinen heraus, die ihm Aariz vor seiner Abreise in Köln ausgehändigt hatte.

Das Geld ist nur für den absoluten Notfall! Du zahlst davon dein Bahnticket nach Bratislava, wenn alles vorbei ist. Du gehst damit weder einkaufen, noch zeigst du irgendjemandem die Kohle, verstanden?, hatte sein Lehrer gesagt. Aber jetzt war es zu spät.

Soll der kleine Wichser doch wissen, dass ich mehr Geld als er habe, dachte er in einem Anflug von Arroganz.

Das Pickelgesicht verengte kurz seine Augen zu schmalen Schlitzen, da er anscheinend nicht erwartet hatte, dass sein Gegenüber so viel Geld bei sich trug, nahm dann den Fünfzig-Euro-Schein, den er auf den Verkaufstresen gelegt hatte, und gab ihm das Wechselgeld.

Zufrieden, dass er das zwingend Notwendige nun hinter sich gebracht hatte und seine Verletzung in wenigen Minuten halbwegs vernünftig versorgen konnte, ging er schnellen Schrittes zurück in Richtung Bandelstraße. Die jungen Männer, die mit ihrem Köter vor Murugans Imbiss herumgelungert hatten, waren mittlerweile von der Straße verschwunden.

War doch kein Problem. Wer braucht schon eine scheiß Apotheke. Aariz wäre stolz auf mich, dachte er, als er die Turmstraße überquerte. *Morgen werde ich mich ausruhen und übermorgen wieder fit sein und ihnen erneut ihre Schwäche und Hilflosigkeit vor Augen führen.*

Er hatte jedoch nicht bemerkt, dass der Mann mit dem Pickelgesicht kurz nach ihm ebenfalls den Spätkauf verlassen und die Ladentür verschlossen hatte. Und der ihm jetzt in etwa zwanzig Metern Entfernung unauffällig folgte.

62

Berlin-Moabit,
Spätkauf, Turmstraße,
24. Oktober, 18:45 Uhr

Hassan Khalaf lauschte interessiert den Worten des jungen Mannes mit dem von Aknenarben übersäten Gesicht, ohne dass seine Mimik in irgendeiner Form verriet, was er von dem, was er gerade hörte, hielt. Nur ab und zu nickte er seinem Gegenüber zu. Zweimal musste der Mann hinter dem Verkaufstresen seine Ausführungen unterbrechen, da Kunden im Spätkauf erschienen, aber schon nach kurzer Zeit war Khalaf relativ klar, dass das, was dieser Informant, der ihn vor etwa einer Dreiviertelstunde telefonisch kontaktiert hatte, berichtete, durchaus von Relevanz sein konnte.

Khalaf hätte sich die Geschichte auch am Telefon schildern lassen können, aber er zog es vor, seine Informanten von Angesicht zu Angesicht zu sprechen. Nur so konnte er die Spreu frühzeitig vom Weizen trennen, um nicht kostbare Zeit mit falschen oder unwichtigen Informationen oder eine tatsächlich heiße Spur zu verlieren.

»Ich danke dir, *al'iikhwa*«, sagte Khalaf, als der junge Mann verstummte und ihn erwartungsvoll ansah. »Lass mich das Ganze zusammenfassen, damit ich auch sicher bin, dass ich dich richtig verstanden habe.«

Und damit ich sehe, ob du lügst und von deiner ersten Schilderung abweichst …

»Du sagst, der Mann ist etwa Anfang zwanzig, und du

schätzt, er kommt aus Syrien oder dem nördlichen Irak. Er trägt eine schwarze Jacke und hat schwarze Locken. Die Beschreibung trifft auf Zehntausende junge Männer in Berlin zu. Interessant ist, dass er dich nach Verbandszeug gefragt hat, es aber auf deinen Hinweis hin ablehnte, in eine Apotheke zu gehen.«

»Korrekt«, antwortete der junge Mann.

»Dann hat er hier eine Flasche Schnaps gekauft, obwohl er deiner Meinung nach gläubig ist.«

»Richtig.« Der Verkäufer nickte geflissentlich.

»Woran machst du es fest?«

»*Bey Efendi,* ich bin zu oft in Yüksekova bei dem Teil meiner Familie gewesen, der dort immer noch lebt. Dort gibt es viele Anhänger der Muslimbruderschaft. Glaub mir, ich weiß, was ich gesehen habe, wie ich ihn einzuschätzen habe.«

Khalaf nickte kurz, dann fuhr er mit seiner Befragung fort: »Eine Flasche hochprozentigen Alkohols kauft er also hier bei dir. Was noch?«

»Wie ich sagte, *Bey Efendi,* er kaufte Schnaps und Klebeband. Also kein Panzertape oder so was, das führen wir nicht. Paketklebeband. Aber das sagte ich dir ja schon. Jedenfalls sah er nicht so aus, als würde er ein Paket abschicken wollen.«

Erneut nickte Khalaf, fast unmerklich.

»Du sagtest vorhin, er sah schlecht aus. Was meinst du mit *schlecht?*«

»Verschwitzt, obwohl er von draußen aus der Kälte kam. Blass.«

»Blass?«

»Irgendwie krank.«

»Krank?«

»Ja, nicht so wie vor drei Tagen. Anders.«

»Moment, du hast ihn vorher schon mal gesehen?«

»Ja, *Bey Efendi.* Er hat sich vor drei Tagen hier im Laden einen Umschlag abgeholt.«

»Einen Umschlag? Was war darin?«, wollte Khalaf wissen und musste sich zwingen, die Neugier aus seiner Stimme herauszuhalten.

»Ich denke, ein Schlüssel, zumindest fühlte es sich so an.«

»Du hast den Umschlag nicht geöffnet …«, sagte Khalaf, mehr zu sich selbst als zu dem jungen Mann hinter dem Tresen, der daraufhin geflissentlich nickte. »Wer hat ihn dir gegeben?«

»Er kam von einer Patenvereinigung für syrische Flüchtlinge. Das stand zumindest auf dem Stempel auf dem Umschlag. Er wurde mit einem Zettel, auf dem stand, dass der Umschlag hier am 21. abgeholt wird, und einem Zwanzig-Euro-Schein für meine Mühe hier abgegeben, da war ich aber nicht da.«

»Hast du den Zettel noch?«

»Nein«, war die knappe und für Khalaf ernüchternde Antwort. Aber er ließ nicht locker. »Sicher?«

»Ganz sicher, die Müllabfuhr …«, erwiderte der Mann in fast entschuldigendem Tonfall.

»Und du hast dich nicht gewundert, dass hier jemand einen Umschlag hinterlegt hat? Weißt du etwa, wie der Typ heißt, der ihn vor drei Tagen abgeholt hat und der heute wieder hier im Laden war?«

»Nein, *Bey Efendi.* Es stand kein Name drauf. Weder auf dem Umschlag noch auf der Notiz. Das weiß ich ganz genau. Ich …«

»Da bist du dir ganz sicher?«

Khalaf sah den Mann mit der vernarbten Gesichtshaut jetzt aus seinen tiefschwarzen, eng beieinanderstehenden Augen mit durchdringendem Blick an.

»Ja«, sagte der junge Mann leise und schien sich offensichtlich unwohl zu fühlen.

»Du wolltest eben noch etwas sagen? Ich habe dich wohl unterbrochen.«

»Ich wollte noch sagen, dass es durchaus nicht ungewöhnlich ist, dass hier Dinge oder Umschläge hinterlegt und dann später von jemandem abgeholt werden.«

Khalaf wunderte das nicht, denn er kannte das in einigen Berliner Bezirken durchaus verbreitete Prinzip – eine Art stille Post, die eine effektive, aber nicht über Messenger-Dienste oder Telekommunikation nachvollziehbare Kommunikation für Personen darstellte, die untereinander in Kontakt treten wollten, ohne digitale Spuren zu hinterlassen. Als sogenannte Postfilialen dienten dabei neben Spätkaufläden und türkischen oder arabischen Barbieren auch Shisha-Bars oder andere fast rund um die Uhr geöffnete Geschäfte.

»Wie hat er bezahlt?«

»Na, bar, sagte ich doch. Er trug ungewöhnlich viel Bargeld bei sich. Sagte ich doch auch schon.«

»Okay«, erwiderte Khalaf beschwichtigend. Ihm wurde klar, mit welcher Priorität er jetzt dieser Spur nachgehen musste.

Mit höchster Priorität …

»Letzte Frage: Hast du ihn vorher schon mal bei euch im Laden gesehen? Ich meine vor dem Zeitpunkt, als er den Umschlag abgeholt hat? Hast du ihn mal hier in der Gegend irgendwo gesehen? Sei es an einem Imbiss, sei es nur auf der Straße, sei es im Gespräch mit irgendjemand anderem?«

»Nein. Aber ich weiß, wo der Typ wohnt.«

☠ ☠ ☠

63

Berlin-Moabit,
Bandelstraße,
24. Oktober, 19:02 Uhr

Der Oktoberwind fegte eisig durch die Moabiter Bandelstraße, und zahlreiche vertrocknete Blätter wehten über den mit Kaugummiresten und Zigarettenkippen übersäten Bürgersteig.

Hassan Khalaf ging auf das heruntergekommene Jugendstilhaus mit der Hausnummer 2 zu und warf dabei einen unauffälligen, aber gleichzeitig prüfenden Blick an der Hausfront hoch.

Kein Licht im dritten Stock links …

An der Haustür angekommen, sah er wie beiläufig auf das für insgesamt zehn Wohneinheiten ausgelegte Klingel-Tableau. Lediglich zwei Namen waren dort angebracht. Rasch prüfte Khalaf die Haustür. Sie war offen, der Schließmechanismus war defekt, stellte er zufrieden fest.

Wenige Augenblicke später schlenderte Asad Saads Bluthund wieder zurück in eine der Parallelstraßen, wo er sein Auto geparkt hatte. Er spürte, dass er hier auf der richtigen Fährte war.

64

Berlin,
Treptowers, BKA-Einheit »Extremdelikte«,
Büro Prof. Paul Herzfeld,
24. Oktober, 19:10 Uhr

Herzfeld, Kriminalhauptkommissar Ehrenberg und Abel saßen an dem großen Konferenztisch in Herzfelds Büro. Vor sich hatte jeder einen von Renate Hübner mit schwarzem Bohnenkaffee gefüllten, jetzt teilweise bereits geleerten Becher vor sich. Seit wenigen Minuten herrschte Schweigen zwischen den drei Männern. Jeder von ihnen schien die Ereignisse und Erkenntnisse der letzten beiden Tage für sich zu reflektieren.

Abel spürte eine große Erschöpfung, sein Rücken und Nacken waren verspannt und fühlten sich an, als ob ein 180 Kilogramm schwerer Sumo-Ringer auf seiner Körperrückseite knien würde.

Mittlerweile zeichnete sich immer deutlicher ab, dass nur ein islamistischer Hintergrund hinter den beiden Anschlägen in Berlin stecken konnte, auch wenn immer noch kein Bekennerschreiben aufgetaucht war. Die Berliner Sicherheitsbehörden hatten mittlerweile auf offiziellem Weg von Interpol von dem Anschlag und der Verhaftung des Täters in Nanterre erfahren, und von dem, was der aus Syrien stammende Mann zu seinem Motiv berichtet hatte. Zudem war am Morgen in Manchester ein ähnlicher Anschlag durch das beherzte Eingreifen eines zufällig anwesenden ehemaligen MMA-Kämpfers vereitelt worden, der sich zufällig in dem Fahrstuhl eines Hotels befunden hatte, dessen Insassen von dem Attentäter als Opfer auserkoren waren.

Ehrenberg war der Erste, der das Schweigen brach.

»Nun, wir ermitteln weiter in alle Richtungen. Aber langsam verdichtet sich alles: immer derselbe Modus Operandi, keine einzige Überwachungskamera an den ausgewählten Anschlagsorten. Der Täter hinterlässt keine Spuren. Als ob er ein Geist wäre. Der Typ agiert sehr wahrscheinlich hier in Berlin völlig auf sich allein gestellt. Vielleicht gehört er keiner der bekannten Terrororganisationen an. Umso schwieriger wird es sein, ihn zu fassen. Diesbezüglich sind wir auf Interpol angewiesen, von denen zu erfahren, was der in Frankreich Verhaftete zu seinen Hintermännern rauslässt«, sagte der leitende Ermittler fast entschuldigend. »Was soll ich machen? Wie sieht Prävention in so einem Fall aus?«, sprach er weiter und beantwortete sich die Frage gleich selbst: »Es gibt keinen präventiven Ansatz für solche Fälle. Unsere Fallanalytiker sitzen mit Hochdruck daran, aber sie sagen mir, dass es wie bei den verdammten *Beltway Sniper Attacks* Anfang der 2000er-Jahre ist. Dieser Typ ist ein verdammter Scheiß-Geist.«

Abel wusste sehr genau, worauf Ehrenberg anspielte. Bei den *Beltway Sniper Attacks* waren 2002 an unterschiedlichen Orten in der Umgebung von Washington, D. C. zehn Menschen nacheinander von zwei Heckenschützen erschossen worden. Die Männer hatten ihren Pkw so umgebaut, dass sie liegend und damit unbemerkt aus dem Kofferraum des Fahrzeugs ihre tödlichen Schüsse abfeuern konnten. Die Mordserie erstreckte sich nur über einen Zeitraum von knapp einem Monat, in denen die Männer unerkannt agieren konnten, bis sie schließlich durch Zufall entdeckt und festgenommen wurden.

»Ich kann ja wohl schlecht«, fuhr Ehrenberg fort, »alle Aufzüge in allen Berliner Hotels stilllegen lassen, um dem Täter seine möglichen Tatorte zu nehmen. Oder soll ich in der Lobby jedes verdammten Hotels Beamte postieren? Oder noch besser, alle Fahrstuhlfahrten nur noch unter Polizeischutz stattfinden lassen?« Er lachte bitter auf.

In diesem Moment fing Ehrenbergs Handy in der Innentasche seines Jacketts laut an zu summen. Er zog es hervor, warf einen Blick auf das Display, und seine Miene verfinsterte sich.

»Ich muss los. Entschuldigen Sie mich. Ich finde selbst raus«, sagte der Kriminalhauptkommissar und verließ eilig Herzfelds Büro.

65

Berlin-Wedding,
Wohnung von Lars Moewig,
24. Oktober, 19:12 Uhr

Reichlich frustriert und entsprechend genervt war Moewig von seinem vergeblichen Versuch, in Neukölln irgendetwas zu den derzeitigen Saad-Aktivitäten in Erfahrung zu bringen, in seine kleine Ein-Raum-Wohnung im Wedding zurückgekehrt.

Nachdem er seinen Auto- und Haustürschlüssel achtlos in eine Ecke des Flurs neben der Tür geworfen hatte – eine Angewohnheit, die Marie bei ihrem kurzen gemeinsamen Zusammenleben immer fast zur Weißglut gebracht hatte –, steuerte er die nur vier Quadratmeter große Küche an und entnahm dem Kühlschrank zwei Halbliterflaschen Berliner Pilsner. Die erste Flasche leerte er fast in einem Zug, danach öffnete er postwendend auch die zweite, mit der er sich in das Zimmer begab, das Wohn- und Schlafzimmer zugleich war, um sich dort, ohne sich seiner Jacke oder seiner derben Militärstiefel zu entledigen, der Länge nach auf sein Bett fallen zu lassen.

Außer mehreren oberflächlichen Gesprächen über Autos, Social-Media-Aktivitäten eines aus Neukölln stammenden Rappers und den auf der Straße spürbar gestiegenen Preisen für Hasch und Koks, seit der innere Zirkel des Saad-Clans zerschlagen worden war, hatte der Privatermittler bei diversen Tassen arabischen Kaffees nichts anderes von den Gästen der beiden Shisha-Bars erfahren, die er nach seinem erfolglosen Ausflug zum Café Rayak aufgesucht hatte.

Die meisten hatten sich zwar von ihm in ein lockeres Gespräch verwickeln lassen, wenn Moewig aber das Thema auf die Saads lenkte, waren sie sofort abweisend und wortkarg geworden und hatten den netten Plausch innerhalb weniger Augenblicke beendet. Nachdem der Letzte seiner Gesprächspartner abrupt aufgestanden und mit seinem Handy vor die Tür gegangen war, um dort zu telefonieren, als Moewig das Gespräch auf die Saads lenkte, hatte der Privatermittler es für das Beste gehalten, sich wieder in seine heimischen Gefilde in den Wedding zu begeben.

Verdammte Scheiße, Marie … Ich hätte so gern mehr für dich getan, dachte er, während er einen großen Schluck Bier aus der Flasche nahm.

Wenn nicht jetzt, wann ist dann der richtige Zeitpunkt, um sich zu besaufen?

66

Berlin-Neukölln,
24. Oktober, 19:14 Uhr

Das Telefonat wurde schon nach dem zweiten Klingelton von dem Angerufenen entgegengenommen.

»Scheiße, ich habe dir doch gesagt, du sollst mich nicht mehr anrufen! Ich melde mich, wenn es etwas Neues gibt. Genau das habe ich doch gesagt, oder?«, ertönte die tiefe Stimme mit einem teils missmutigen, teils gehetzt klingenden Unterton am anderen Ende der Leitung.

Hassan Khalaf wusste nur zu gut, wie sich Menschen am Telefon anhörten, die sich auf ein Spiel eingelassen hatten, das schnell größer und gefährlicher geworden war, als sie es sich vorgestellt hatten. Deshalb sagte er völlig ungerührt: »Ja, das hast du gesagt. Und ich habe dich verstanden. Aber es ist alles okay. Du hast das Handy von mir bekommen, und deshalb können wir in Ruhe alles besprechen.«

Damit spielte er auf das Android-Telefon an, das er dem Mann schon vor einigen Wochen zur Kontaktaufnahme gegeben hatte. Ein Krypto-Handy, so wie das, mit dem er selbst gerade telefonierte, bei dem GPS-, Kamera- und Mikrofon-Hardware entfernt worden waren und zusätzlich eine Wipe-Funktion installiert wurde, mit der durch Eingabe einer PIN alle Inhalte von dem Gerät augenblicklich und unwiederbringlich gelöscht werden konnten. Zusätzlich war es mit einem verschlüsselten Messenger-Programm für SMS-Kommunikation versehen.

»Momentan gibt es nichts zu besprechen«, war die schroffe Antwort, gefolgt von einem Schweigen.

Doch dann sprudelte es plötzlich nur so aus dem Mann heraus, offensichtlich stand er unter enormem Druck.

»Ich weiß nicht, wo die kleine Schlampe ist. Du hast gesagt, diese eine Information, und dann ist die Sache für mich erledigt. Du weißt, dass mich der Scheiß nicht nur meinen Job und meine Pension kosten kann. Du hast zwei LKA-Beamte getötet! Wenn das auffliegt, gehe ich dafür ins Gefängnis. Das waren Kollegen von mir …« Wieder Schweigen, dann schob er, offensichtlich um sich selbst zu beruhigen, hinterher: »Auch wenn ich sie nicht persönlich kannte und sie wussten, dass ihr Job gefährlich ist. Also, hör zu, ich sage es nur noch einmal: Ich weiß nicht, wo sie ist. Keiner in der Behörde scheint es zu wissen. Sie ist völlig von der Bildfläche verschwunden. Ich lege jetzt …«

Völlig unbeeindruckt unterbrach Khalaf den Mann, ehe dieser das Gespräch beenden konnte: »Es geht nicht um die Frau.«

»Was?«

»Es geht um die Morde gestern und heute. In den beiden Hotels.«

»Habt ihr Arschlöcher etwa was damit zu tun?«, ertönte die sich jetzt überschlagende Stimme des Mannes.

»Nein. Haben wir nicht«, beruhigte Khalaf ihn. »Ich brauche Informationen zu den Morden. Mein Auftraggeber ist an polizeilichen Interna interessiert. Nicht an dem Schwachsinn, der von den Medien verbreitet wird. Wir müssen uns treffen. 23 Uhr. Derselbe Ort wie letztes Mal, als ich dir das Telefon und die Digitalkamera gegeben habe.

Mach Bildschirmfotos von allen Informationen, die hilfreich sein können.«

Wieder Schweigen am anderen Ende der Leitung.

Khalaf setzte nach: »Wirst du da sein?«

»Was, wenn nicht?«, war die ungehaltene Antwort der tiefen Bassstimme. »Was, wenn ich dir sage, es fällt auf, wenn ich heute Abend noch mal weg bin?«

»Deine Frau hat sich von dir getrennt. Wem sollte das also auffallen? Etwa einer deiner Prostituierten, die du nicht mal selbst entlohnst, sondern wir für dich? Du steckst viel zu tief mit drin. Und ich zahle dir für diese Information genauso viel wie für die Frau. Apropos Frau. Wenn du mir ihren Aufenthaltsort nennen kannst, gibt es noch mal das Doppelte obendrauf. Ich weiß, dass du Schulden hast. Leider nicht bei meinem Auftraggeber, sonst würde ich das direkt für dich regeln. Ich weiß, dass dir die Scheiße bis zum Hals steht. Insofern hast du gar keine andere Wahl.«

»*Was* weißt du?«, blaffte der andere zurück.

»Ich weiß genug. Ich benötige Infos, ob es bereits Tatverdächtige gibt, und wenn ja, wie die heißen. Und ob die Opfer der beiden Hotelmorde in irgendeiner Verbindung zueinander stehen. Und wie sie getötet wurden.«

»Das lässt sich machen«, kam jetzt die deutlich versöhnlicher klingende Antwort. »Das Geld bringst du mit?«

»Selbstverständlich.«

»Sie wurden erstochen. Alle fünf. Mit einem Messer. Die Tatwaffe wurde aber nicht am Tatort sichergestellt. Das kann ich dir jetzt schon sagen.«

»Ein Messer …«, sagte Khalaf, mehr zu sich selbst als zu dem anderen.

»Gut, dann bis später. Ich …«

»Moment«, unterbrach Hassan Khalaf den Mann erneut. Er überlegte kurz, dann fuhr er fort: »Da ist noch etwas. Ich muss wissen, ob es außer den Blutspuren der Opfer aus dem Alina Apartment Hotel, also außer ihrer DNA, noch weitere Blutspuren gibt. Ist es möglich, dass der Täter im Fahrstuhl verletzt wurde? Hat er sich bei der Messerattacke womöglich selbst verletzt? Habt ihr Erkenntnisse dazu, ob er verwundet ist?«

67

Berlin-Neukölln,
Sonnenallee,
24. Oktober, 23:09 Uhr

Im Arabischen Kulturverein in der Neuköllner Sonnenallee saßen tagsüber Männer mit Bärten und dunklen Haaren hinter zugezogenen Gardinen und rauchten, tranken Tee oder Kaffee und spielten Karten. Um diese Zeit allerdings waren die fünf kleinen, runden Tische mit den bunt zusammengewürfelten Stühlen bis auf Ausnahme eines Tisches leer. Dort saß Hassan Khalaf, vor sich einen türkischen Mokka und eine in einem überquellenden Aschenbecher glimmende, filterlose Zigarette. Ihm gegenüber hatte sein Kontaktmann vom LKA, wie Khalaf ihn für sich getauft hatte, Platz genommen. Kontaktmann war allerdings ein Euphemismus, was Khalaf sehr wohl wusste, der den anderen jetzt mit seinen schwarzen, stechenden Augen musterte. Der Mann wollte sicherlich alles andere lieber, als mit Khalaf in Kontakt stehen oder gar für den Saad-Clan spitzeln.

Aber was bleibt ihm anderes übrig, ging es dem Regulator der Saads durch den Kopf. *Er ist hochgestiegen und jetzt sehr kurz davor, sehr tief zu fallen. Seine Noch-Ehefrau kostet ihn ein Vermögen, seine Promiskuität hat seine Ehe zerstört. Die Schulden bei den falschen Leuten fressen ihn auf. Und jetzt hat er sich auf ein Spiel eingelassen, das er niemals gewinnen kann.*

Khalaf hatte wie immer seine Hausaufgaben im Voraus

akribisch erledigt, ehe er diesen Mann, der sein Leben lang auf der anderen Seite des Gesetzes gestanden hatte, vor einigen Wochen rekrutiert und mit Geld – extrem viel Geld für einen Beamten im gehobenen Polizeidienst mit seiner Besoldungsgruppe – gefügig gemacht hatte.

Sein Gegenüber fühlte sich sichtlich unwohl in seiner Haut: Seine blauen Augen flackerten, und er sah immer wieder nervös zur Eingangstür. Und das, obwohl er wusste, dass Khalaf die Tür nach seinem Eintreffen sorgsam verschlossen hatte. Der Mann zündete sich jetzt bereits die dritte Zigarette an, innerhalb der knapp zehn Minuten, die er sich hier aufhielt. Dann blickte er sich in dem etwa zwanzig Quadratmeter großen Raum um, der an der einen Seite von einem kleinen Tresen aus abgewetztem braunem Holz begrenzt wurde. Auf der anderen Seite des Raumes ging eine Tür ab, die jetzt allerdings ebenfalls geschlossen war und hinter der immer mal wieder das leise Klappern von Geschirr zu hören war. Dort, in der Küche, befand sich ein Mitarbeiter des Kulturvereins, der auf Khalafs Geheiß hin nach dessen Eintreffen durch die Tür verschwunden war. Den Mokka hatte sich Khalaf eigenhändig auf der glühend heißen Ofenplatte hinter dem Tresen zubereitet.

Khalaf nahm die Digitalkamera, die der Mann ihm ausgehändigt hatte, vom Tisch und hob sie vor sich in die Höhe, fast wie eine Trophäe oder Beute.

»Und da ist alles drauf?«, fragte er.

Sein Gegenüber nickte stumm, und Khalaf registrierte, wie die Kaumuskulatur des Beamten unter seiner straffen Gesichtshaut zuckte.

»Ich dachte, euer Kronen versorgt euch mit Infos? Er hat doch von der Generalstaatsanwaltschaft vollumfängliche

Akteneinsicht zugesichert bekommen. Ich riskiere Kopf und …«

»Halts Maul!«, erwiderte Khalaf und sah dem Beamten, der sofort verstummte, in die blauen Augen. »Dauert zu lange, ich brauche die Informationen jetzt. Erzähl mir, was du über den Täter weißt. Du sagtest, die Tatwaffe war ein Messer. Ich habe dich vorhin explizit danach gefragt, ob der Täter möglicherweise verwundet wurde. Was kannst du mir dazu berichten?«

»Ja, es hat den Anschein«, erwiderte der hochgewachsene Mann gegenüber von Khalaf.

»Verarsch mich nicht«, brach es aus Khalaf heraus. »Was genau weißt du darüber?«

»Unsere Kriminaltechniker haben auf dem Absatz des Treppenhauses in der vierten Etage des Apartment Hotels frische Blutspuren in Form von Abtropfspuren gefunden. Nicht viele, aber dicke Tropfen, die auf einen tiefen Schnitt schließen lassen, sehr wahrscheinlich aufgrund der Verletzung eines größeren Blutgefäßes. Die vierte Etage ist übrigens die, in der der Fahrstuhl feststeckte, weil der Arsch die Fahrstuhltür mit der toten Frau blockiert hatte …«

»Was noch?«

»Die Untersuchung der Blutspuren hat ergeben, dass es sich um Fremd-DNA handelt, die nicht von den drei Toten stammt. Ein männliches DNA-Profil. Allerdings kein Treffer in irgendeiner unserer DNA-Datenbanken. Aber: Ja, der Täter ist verwundet, wie es scheint.«

☠ ☠ ☠

68

Berlin-Moabit,
Bandelstraße,
25. Oktober, 04:14 Uhr

Die grünen Wipfel der knorrigen, krummstämmigen Aleppokiefern wogten sanft im Wind, und auf dem zähflüssigen, goldbraunen Harz, das wie ein Bach aus Tränen an der rissigen Borke der dicken Stämme hinunterlief, brach und reflektierte sich das Sonnenlicht. Er war wieder ein Kind, zurück in seiner Heimat, bei seinem Onkel Baschar in Tallaf. Wenn er mit seiner Aljada zu Besuch bei ihrem ältesten Sohn war, ging er an der Hand seiner Großmutter durch den riesigen Hain uralter Aleppokiefern hinter dem Haus spazieren und lauschte gespannt ihren Erzählungen. Von ihr lernte er so vieles, was sie ihm in der Schule nicht beibrachten! Seine Aljada erklärte ihm, dass sich das Holz der Aleppokiefern aufgrund ihres hohen Harzgehaltes nicht zum Bau von Häusern oder Schiffen eignete. Dass das Harz aber wie alles, was Allah in der Natur um sie herum geschaffen hatte, seinen Sinn und Zweck erfüllte. Es diente nämlich dem Baum zum Verschließen der Baumrinde von Verletzungen und zur Abwehr von Schädlingen, die daran festklebten und so nicht in das Innere des Stammes eindringen konnten. Und sie erzählte ihm von Fundstücken fossilen Harzes, die sie einmal vor vielen Jahren im Nationalmuseum in Damaskus gesehen hatte. Uralte Harzstücke, an denen vor vielen Millionen Jahren Insekten ihr Ende fanden, dann von der klebrigen Masse völlig umhüllt und schließlich in dem nach langer Zeit fast steinhart gewordenen Harz für alle Ewigkeit konserviert wurden.

Er liebte es so sehr, den Geschichten seiner Großmutter zu lauschen! Aber irgendwie war sie mit einem Mal nicht mehr neben ihm. Seine kleine Hand, die bis eben noch ihre warme Hand gehalten hatte, war leer. Und dann war da plötzlich dieses Geräusch. Ein Geräusch wie ein Pochen, nein, eher ein rhythmisches Klopfen, das immer lauter wurde, näher zu kommen schien. Er sah sich um, konnte aber die Quelle nicht ausmachen.

Vielleicht ein Specht in einer der riesigen Kiefern?, ging es ihm durch den Kopf. *Aber warum kommt er näher, wird immer lauter?*

Schweißgebadet schreckte er hoch. Er brauchte einige Augenblicke, um sich zu orientieren, um wieder im Hier und Jetzt anzukommen, in dem eisigen Schlafzimmer der heruntergekommenen Wohnung in Berlin-Moabit.

Ich habe das nur geträumt.

Das Klappern seiner eigenen Zähne hatte ihn geweckt. Er zitterte am ganzen Körper. Für einen kurzen Moment verlor er erneut die Orientierung. Dann kam die Erinnerung zurück. Und mit ihr der Schmerz.

Die Schnittwunde am Zeigefinger.

Sein gesamter rechter Arm wurde von einem heftigen Schmerz durchzogen. Er tastete sich vorsichtig mit dem linken Zeigefinger und Ringfinger Zentimeter um Zentimeter bis zur Achselhöhle hoch und stellte fest, dass nicht nur sein Arm glühend heiß und druckempfindlich war, sondern auch die Lymphknoten in seiner Achsel stark geschwollen und extrem schmerzhaft waren. *Verdammt, die Wunde hat sich entzündet. Wie lange habe ich geschlafen?*

Er versuchte, die Uhrzeit auf der Uhr an seinem linken Handgelenk zu erkennen, sah aber das Ziffernblatt der alten Seiko-Analoguhr zunächst nur völlig verschwommen. Für einen kurzen Augenblick hatte er das Gefühl, es sei nicht sein Arm, sondern der Arm seines bei dem Massaker in Hula getöteten Vaters, dem er damals die Uhr vom Handgelenk gezogen hatte.

Sein Mund fühlte sich staubtrocken an, seine Kehle brannte, als ob er mit Aleppo-Chilisauce gegurgelt hätte. Er tastete nach der Wasserflasche neben sich und nahm einige hastige Schlucke, woraufhin er einen Hustenanfall bekam.

Ein Hustenanfall, der seinen ganzen Körper schüttelte und so heftig war, dass er das leise Klicken des Türschlosses nicht hörte.

69

Berlin-Moabit,
Bandelstraße,
25. Oktober, 04:15 Uhr

Khalaf hatte das Türschloss der offensichtlich früher schon einmal neben der Klinke aufgebrochenen und dann notdürftig reparierten Wohnungstür fast geräuschlos mit seinem akkubetriebenen und schallgedämpften Elektro-Pick geöffnet. Er stammte aus russischer Fertigung – seine Lieblingsversion des klassischen »Dietrich« im 21. Jahrhundert. Er schob jetzt die Tür behutsam auf, inständig darauf hoffend, dass sich dahinter weder irgendein Alarmmechanismus befand, noch dass sie quietschen oder ein anderes verräterisches Geräusch machen würde.

Plötzlich hörte er ein lautes, stakkatoartiges Husten hinter einer Tür. Sie ging von dem kleinen Flur ab, der jetzt vor ihm lag und nur schemenhaft erhellt wurde.

Fuck. Der Kerl ist ja wach.

Khalaf ging blitzschnell die möglichen Optionen im Kopf durch. *Abhauen und in einer Stunde wiederkommen? Nein. Die Gefahr, dass ich gesehen werde, ist zu groß. Bis hierhin hat es ohne Zeugen geklappt. Durchziehen?*

Fieberhaft überlegte Khalaf weiter.

Er hat kein Licht an. Was bedeutet, dass er bereits geschlafen hat. So wie er sich anhört, scheint er tatsächlich nicht gesund zu sein. Er ist geschwächt. Ein weiterer Vorteil für mich …

Khalaf ließ die Nachtsichtbrille – ein auf dem Prinzip der

Restlichtverstärkung beruhendes Modell aus alten Sowjetmilitär-Beständen, auf das er sich bisher immer hatte verlassen können – zurück in die Gürteltasche gleiten, die von seiner rechten Hüfte bis zur Mitte des Oberschenkels herabhing und dort mit einem schmalen Gurt befestigt war. Er würde sie nicht benötigen, es fiel genug Licht von den Straßenlaternen vor dem Haus durch die gardinenlosen Fenster hinein. Schritt für Schritt – immer erst die Spitze seiner schwarzen Militärstiefel auf den Dielenboden vor sich setzend, dann prüfend, ob das alte Holz bei zunehmender Gewichtsbelastung knarrende Geräusche von sich geben würde – arbeitete er sich in Richtung des Zimmers vor, aus dem er das Husten gehört hatte.

☠ ☠ ☠

70

Berlin-Moabit,
Bandelstraße,
25. Oktober, 04:18 Uhr

Der Dunkelheit draußen zufolge muss es mitten in der Nacht sein. Verdammt. Wie lange habe ich geschlafen? Nur ein paar Stunden? Oder ist es schon die Nacht des nächsten Tages?

Er warf erneut einen Blick auf die Seiko-Uhr an seinem linken Handgelenk, hielt sie so, dass das Licht der Straßenlaterne vor dem Haus hereinfiel, das Zifferblatt erhellte. Wenn seine Uhr doch nur eine Datumsanzeige hätte … Seine Kehle schmerzte noch immer.

Ich habe Fieber. Ich habe geträumt.

Aber es war ihm so realistisch vorgekommen! Der Kiefernhain, seine Großmutter. Er hatte immer noch die weiche Stimme der alten Frau im Ohr. Seine Großmutter, die er seit ihrer Ermordung in Hula jeden Tag aufs Neue schmerzlich vermisste.

In diesem Moment meinte er, einen Schatten in der Schlafzimmertür zu erkennen. Nur Sekundenbruchteile später schien sich eine Gestalt über ihn zu beugen.

Aber das kann nicht sein! Ich träume schon wieder. Diese verdammten Fieberträume. Ich muss …

Doch er wurde jäh aus diesen Gedanken gerissen, denn irgendetwas zog an ihm, zog ihn jetzt mit einem kräftigen Ruck hoch, von seiner Bettstatt nach oben. Jetzt schien er über der Matratze zu schweben. Dann wurde sein Körper mit brachialer Gewalt zur Seite gerissen und bäuchlings auf den harten Holzfußboden neben der Matratze gedrückt. Plötzlich schien er wieder in dem Fahrstuhl zu sein, mit dem Mann, der Frau und dem kleinen Mädchen. Oder hatte er schon akustische Halluzinationen?

Das passiert doch gerade nicht wirklich …

Während sein Gesicht hart auf den Dielenboden gepresst wurde, fast exakt an der Stelle, an der das Blut aus seiner Wunde am Zeigefinger bizarre Muster hinterlassen hatte, und sich etwas Stahlhartes brutal in seinen Rücken presste, hörte er wieder das Fiepen und Stöhnen der Frau mit dem wild gemusterten freizügigen Oberteil, auf das er immer und immer wieder eingestochen hatte.

Wie die Lämmer zum Opferfest. Aber das kann nicht sein!

Dann spürte er, wie sich etwas Hartes um seinen Hals legte und ihm die Kehle zuschnürte. Und sein letzter Gedanke war, dass es seine eigene Stimme gewesen war, die er eben für das Schreien der Lämmer gehalten hatte.

71

Berlin-Grünau,
Wohnhaus von Fred Abel und Lisa Suttner,
25. Oktober, 04:21 Uhr

Unruhig wälzte sich Lisa von einer Seite auf die andere, ihre Bettdecke war bereits völlig verdreht. In ihrem Kopf jagte ein Gedanke den nächsten wie in einer Endlosschleife, aus der es kein Entrinnen gab. Wie würde sich ihr Leben mit Kind verändern? Würde sie ihre Karriere für ihren Sohn aufgeben? Wollte sie überhaupt noch weiter Karriere machen? Wie würde sich Freds Job mit ihrer neuen Situation als Mutter und seiner als Vater vertragen?

Lisa drehte sich erneut um und starrte auf die grünlich schimmernde Digitalanzeige des Weckers auf ihrem Nachttisch: 04:21 Uhr. Sie entwirrte sich aus der Bettdecke und wankte müde ins Bad.

☠ ☠ ☠

Fred schreckte aus dem Schlaf hoch. Lisa rüttelte ihn sanft am Bein. Er blinzelte ein paarmal, offenbar musste er sich erst orientieren.

»Lisa! Was ist passiert?«, murmelte er schlaftrunken, während er mit einer Hand nach der Nachttischlampe neben sich tastete.

»Ich blute«, erwiderte sie mit stockender Stimme.

Jetzt hatte er den Schalter gefunden und knipste die Nachttischlampe an. Erneut blinzelte er, wegen der plötzlichen Helligkeit im Schlafzimmer. Dann folgte sein Blick ihrer kaum merklichen Handbewegung. Sie deutete auf ihren Schrittbereich. Dort war der Stoff ihres beigefarbenen Nachthemds dunkel verfärbt. Nicht viel, aber trotzdem war der Blutfleck deutlich zu erkennen.

»Meinst du …«, setzte Lisa an, aber dann verstummte sie und schluchzte laut auf.

Fred sprang aus dem Bett und nahm sie schützend in den Arm.

An seine Brust geschmiegt, ließ sie ihren Tränen freien Lauf. Nach einer gefühlten Ewigkeit sagte sie mit tränenerstickter Stimme: »Ich rufe jetzt einen Notarzt.«

»Nein, du legst dich hin, das mache ich. Keine unnötigen Bewegungen, bitte einfach hinlegen«, hörte sie Fred sagen. Sanft schob er sie in Richtung Bett, wo sie sich kraftlos auf die Kante setzte. Dankbar schaute sie ihn an.

»Hast du Schmerzen?«

Lisa schüttelte den Kopf. »Nein, überhaupt nicht. Ich musste zur Toilette, da habe ich es bemerkt.«

»Du musst auf jeden Fall in die Klinik«, stellte Fred fest und verließ eilig das Schlafzimmer.

Sie hörte, wie er die Treppenstufen hinuntereilte, um sein Handy zu holen, das er abends immer im Wohnzimmer auf dem großen Sideboard ablegte.

Lisa legte sich vorsichtig auf die Seite, zog leicht die Knie an und legte die Hände schützend auf ihren Bauch. Leise sprach sie zu ihrem ungeborenen Sohn: »Bleib bei mir. Bitte bleib bei mir. Ich bleibe auch bei dir.«

72

Berlin-Moabit,
Bandelstraße,
25. Oktober, 04:24 Uhr

Der Typ hatte gefiept und gestöhnt wie ein wollüstiges Weib. Khalaf war über die hohe Tonlage der Geräusche, die der Sterbende im Todeskampf gemacht hatte, erstaunt gewesen – obwohl es doch nur noch wenig gab, was Khalaf in Erstaunen versetzen konnte. Dann hatte der junge Mann mit den wilden schwarzen Locken und der hohen Stimme eines Kindes mit einem leisen Keuchen sein Leben im wahrsten Sinne des Wortes unter Khalaf ausgehaucht.

Khalaf schüttelte verächtlich den Kopf, während er die Stahlschlinge mit seinen behandschuhten Händen löste. Seine Mordwaffe hatte sich tief in die Halshaut des Opfers eingeschnürt und dort einen dunklen, länglichen Streifen hinterlassen, der auf Höhe des Adamsapfels einmal um den gesamten Hals verlief.

Khalaf verstaute das unscheinbare, etwa sechzig Zentimeter lange Drosselwerkzeug, das aus nichts weiter als aus einem extrem belastbaren, aber sehr flexiblen Stahlseil gefertigt war und an beiden Enden in von Khalaf selbst gefertigte Handschlaufen endete, in seiner Gürteltasche. Gerade wollte er das Walther-P38-Messer, das ihn seit seiner Zeit beim syrischen Geheimdienst begleitete, aus seiner Tasche holen, als er plötzlich erstarrte. Bewegungslos verharrte er, versuchte, sich klar zu werden, was gerade mit ihm vorging.

Ich habe genau das hier schon einmal erlebt. Ich bin schon einmal in dieser Wohnung gewesen und habe diesen Mann schon einmal getötet.

Hassan Khalaf schüttelte sich instinktiv.

Nein, Schwachsinn. Das ist unmöglich. Das ist nur ein verdammtes Déjà-vu.

Khalaf gewann sofort die Kontrolle über sich zurück. Er wusste auch augenblicklich, warum ihn sein Gedächtnis täuschte, ihm seine Erinnerung einen Streich spielte. Das Fiepen dieses Typen hatte sich wie die Schmerzenslaute des verletzten Kalbs angehört, das er als Kind nahe Madaba, wo er aufgewachsen war, verheddert in einem Weidezaun gefunden hatte. Er war damals von zwei älteren und stärkeren Jungen verfolgt worden. Die beiden hatten ihm seit fast einem Jahr regelmäßig nach der Schule aufgelauert und – wenn sie ihn erwischten – jedes Mal aufs Heftigste verprügelt.

Auch an jenem Tag, als er auf das Rinderkalb stieß, höchstens wenige Wochen alt und von seiner Mutter getrennt, waren die beiden Schläger wieder einmal hinter ihm her gewesen. Aber danach war alles anders gewesen. Das Kalb hatte alles verändert. Khalaf stand damals vor dem fiependen und keuchenden Tier, er konnte einfach nicht weiterlaufen, seinen Blick nicht von der hilflos in dem Draht des Zaunes gefangenen Kreatur abwenden, die ihn fast flehentlich aus großen braunen Augen ansah. Obwohl hinter ihm die stampfenden Schritte auf dem trockenen Lehmboden der Hochebene Madabas immer näher kamen und er die Physis der beiden Schläger hinter sich spürte, lief er damals nicht weg. Er hatte sich zu den beiden umgedreht, die wenige Meter von ihm entfernt stoppten und erst ihn, dann das Kalb mit höhnischen Blicken bedachten.

Hassan Khalaf hatte ihren Blick ganz ruhig erwidert, ehe er langsam das Schächtmesser seines Vaters, das er das erste Mal bei sich trug, aus seinem Schulrucksack zog, den er neben sich auf den staubigen Boden fallen ließ. Er hatte die Verwunderung und das Erstaunen im Blick seiner beiden Verfolger gesehen. Aber noch verwunderter hatten die beiden dreingeschaut, als sich Khalaf seelenruhig von ihnen wegdrehte und sie dabei keines weiteren Blickes mehr würdigte, sich zu dem Kalb hinunterkniete und ihm mit mehreren gekonnten Schnitten den Kopf abtrennte. Er würde das schabende, knackende Geräusch, als er die Halswirbelsäule zwischen zwei der oberen Wirbel mit dem Schächtmesser durchtrennte und jegliches Leben aus dem Kalb wich, genauso wenig vergessen wie das hohe Fiepen des erst verängstigten, dann im Todesschmerz schreienden Tieres.

In atemberaubender Geschwindigkeit hatte sich Khalaf danach wieder zu seinen beiden Verfolgern umgedreht, ihnen aus der Drehung heraus den Kopf des Kalbes entgegengeschleudert und die Bestürzung und Fassungslosigkeit in ihrem Blick angesichts dessen, was sie gerade mit angesehen hatten, genossen. Noch lange, nachdem die beiden panisch die Flucht ergriffen hatten, umspielte ein Lächeln Khalafs Mundwinkel. Damals hatte er das erste Mal das Gefühl von Stärke, von absoluter Macht verspürt. Und seitdem hatte er das große Spiel verstanden. Er wusste nun, wie man anderen Menschen Angst und sie gefügig machte.

Auch jetzt umspielte wieder ein Lächeln seine Mundwinkel, als er das Walther-Messer mit seiner rechten Hand hervorzog und mit der anderen fest in die Locken des Toten griff. Dann zog er den schlaff an dem Hals baumelnden Kopf zu sich heran.

☠☠☠

73

Berlin-Steglitz,
Charité – Campus Benjamin Franklin, Rettungsstelle,
25. Oktober, 06:25 Uhr

Der Notarzt war nur wenige Minuten nach Abels Anruf eingetroffen und hatte sich davon überzeugt, dass Lisa kreislaufstabil und transportfähig war. Er hatte bereits ihren Liegendtransport durch zwei Rettungssanitäter angeordnet, die mit ihrem Wagen kurz darauf eintrafen. Abel war kurzerhand mit in den Rettungswagen hineingesprungen, der unter Einsatz von Blaulicht und Martinshorn in halsbrecherischer Geschwindigkeit über die Berliner Stadtautobahn zu dem zur Charité gehörenden Klinikum Benjamin Franklin in Steglitz gerast war.

Die diensthabende Gynäkologin hatte zu Abels Erleichterung einen kompetenten Eindruck gemacht. Sie verschaffte sich erst durch vorsichtiges Abtasten von Lisas deutlich vorgewölbtem und prall gespanntem Bauch, dann mittels vaginalen Ultraschalls und anschließend per Oberbauchsonografie einen ersten Überblick über den Zustand ihrer neuen Patientin. Während der Untersuchungen hatte sie immer wieder zufrieden genickt und Lisa beruhigend zugesprochen. Nach der Ultraschalluntersuchung hatte die etwa Vierzigjährige, die ihre schwarzen Haare am Hinterkopf zu einem strengen Dutt gebunden hatte, die Herztöne von Lisas und Abels Kind mit einem Wehenschreiber aufgezeichnet und sich auch mit diesem Resultat augenscheinlich zufrieden gezeigt.

Trotzdem hatte Abel während Lisas Untersuchung Angst verspürt. Angst, wie er sie in dieser Form bislang nicht kannte. Und er musste sich eingestehen, dass er es bisher auch nie für möglich gehalten hatte, sich Sorgen um jemanden zu machen, den er überhaupt nicht kannte – nämlich seinen ungeborenen Sohn.

Die Ärztin legte jetzt die letzte der mit Blut gefüllten Monovetten in eine Nierenschale aus Hartpappe, löste den Stauschlauch und zog die Kanüle heraus, die sie vorsichtig in einem knallgelben Abwurfbehälter entsorgte. Dann legte sie einen Tupfer auf die Einstichstelle in Lisas rechter Ellenbeuge. Schließlich nahm sie mit ihrer freien Hand Lisas linke Hand, drückte diese auf den Tupfer und sagte: »Noch ein paar Minuten fest drücken. Das Blut geht gleich rüber ins Labor. Sie bleiben die nächsten Stunden zur Beobachtung hier. Aber ich kann Sie beruhigen, mit Ihrem Kind ist alles in Ordnung.«

»Und das Blut?«, fragte Lisa leise.

»Eine kleine Plazentarandblutung. Nichts, worüber Sie sich zum jetzigen Zeitpunkt Sorgen machen müssen«, sagte die Ärztin, während sie sich erhob, ihre blauen Latexhandschuhe auszog und in einem Mülleimer entsorgte.

»Eine was, bitte?«, fragte Lisa und blickte zu Abel, den es nicht mehr auf dem Hocker hielt, von dem aus er in den letzten zehn Minuten schweigend die Untersuchung seiner Lebensgefährtin verfolgt hatte.

»Plazentarandblutungen entstehen durch Risse an den kleinen Blutgefäßen am Rand des Mutterkuchens«, brach es aus ihm hervor. Er war dankbar, dass er sich nützlich machen konnte, wenn auch nur durch Reden. »Sie sind schmerzlos und hören meistens sehr bald von allein wieder auf. Das ist nicht sehr häufig, aber kommt durchaus mal vor im letzten Drittel der Schwangerschaft.«

Lisa nickte erleichtert.

Die Gynäkologin zog demonstrativ eine Augenbraue hoch und sagte: »Nicht schlecht. Sie sind wohl ein Kollege?«

»Ja, so etwas in der Art«, erwiderte Abel.

☠ ☠ ☠

Nachdem Lisa auf eine der Stationen zwei Stockwerke höher gebracht und dort in einem Zweibettzimmer bei einer anderen Patientin untergebracht worden war, verließ Abel sie mit einem Gefühl der Erleichterung, aber immer noch aufgewühlt. Er hatte sich für seine Verhältnisse ungewöhnlich liebevoll von Lisa verabschiedet und ihr versprochen, sie abzuholen, sobald von ärztlicher Seite ihrer Entlassung zugestimmt worden war.

Nachdem sich die Tür hinter ihm geschlossen hatte, bemerkte er einen starken Geruch nach Desinfektionsmittel. Und er bemerkte noch etwas. In diesem Flur herrschte absolute Stille.

Totenstille.

Abel blieb stehen. Genau in solch einer Situation hatte er sich vor knapp drei Monaten schon einmal befunden. Damals war Lisa nur knapp einem Mordanschlag durch den Saad-Clan entgangen, nachdem Abadi Saad in ihr Haus in Grünau eingedrungen war und sie am Kopf verletzt hatte. Seinerzeit hatte sich Abel etwas geschworen: *Wenn das hier gut geht, dann will ich alles ändern. Es muss genug sein.*

Instinktiv war ihm das schon länger klar gewesen, aber jetzt war er sich dessen wieder bewusst, nein, er war sich sicher: Er hatte eine Familie. Und er musste für sie da sein.

Er musste sein Leben umkrempeln.

74

Berlin,
Treptowers, BKA-Einheit »Extremdelikte«,
Besprechungsraum,
25. Oktober, 07:30 Uhr

Guten Morgen, Herrschaften«, begrüßte Herzfeld pünktlich auf die Minute seine Mitarbeiter zur morgendlichen Frühbesprechung. »Ich bete zu Gott, dass wir es heute Nachmittag nicht den dritten Tag in Folge mit irgendwelchen armen Seelen, die in unserer Stadt in einer Fahrstuhlkabine erstochen wurden, zu tun haben werden. Doch ehe wir die Sektionsfälle des Tages durchgehen, eine Bitte an dich, Fred.«

Abel drehte den Kopf zu seinem Chef, der zwei Plätze entfernt saß, zwischen ihnen Oberarzt Doktor Scherz.

»Ich möchte, dass du zu einem Leichenfundort fährst.«

Abel nickte kurz, darauf konzentriert, sich seine Erschöpfung nicht anmerken zu lassen. Er fühlte sich völlig gerädert von der vergangenen Nacht und immer noch aufgewühlt von der Erkenntnis, dass sich in seinem Leben – seiner kleinen Familie zuliebe – dringend etwas ändern musste.

Nur was?

Er hätte Herzfeld bitten können, jemand anderes zu schicken, aber da sich sowohl Doktor Wiebke Rath als auch Doktor Alexandra Roth für diesen Tag kurzfristig krankgemeldet hatten, war die Abteilung personell so ausgedünnt, dass ihm eigentlich keine andere Wahl blieb, als zu bleiben. Doktor Alfons Murau weilte immer noch in seinem Sabbatical an einer neuseeländischen Universität, und Sabine Yao wurde erst für den nächsten Tag in der Abteilung zurückerwartet. Ihm drohten die Augen zuzufallen, und nun ärgerte er sich insgeheim, dass er vor wenigen Minuten Doktor Tomas Tomskis Angebot, ihm einen doppelten Espresso mitzubringen, ausgeschlagen hatte.

Während Herzfeld begann, von dem Leichenfundort zu berichten, zu dem er seinen Stellvertreter entsenden wollte, schielte der auf sein Handydisplay, ob sich Lisa vielleicht per SMS bei ihm gemeldet hatte. Aber Fehlanzeige.

Die Visite ist mit Sicherheit noch nicht durch, und erst wenn die Laborwerte da sind, werden sie entscheiden, ob Lisa nach Hause darf oder nicht. Und sicherlich werden sie sie auch heute noch mal gynäkologisch untersuchen, versuchte er sich zu beruhigen.

»In einer Altbauwohnung in der Uhlandstraße ist die Leiche einer bisher noch nicht identifizierten Frau gefunden worden. Sehr wahrscheinlich die Wohnungsmieterin«, führte Herzfeld aus. »Nicht identifiziert, weil der Leichnam fortgeschritten fäulnisverändert und aufgrund dessen eine visuelle Identifizierung mit Lichtbildvergleich von ihrem Personalausweis oder irgendwelchen Fotografien aus ihrer Wohnung nicht möglich ist.«

Abel zog verwundert die Augenbrauen hoch.

Herzfeld kann doch nicht allen Ernstes von mir verlangen, dass ich an einen banalen Fundort zur Identifizierung einer Toten fahre, wo unsere Personaldecke so dünn ist …

Aber wenige Minuten später wusste er um die Sprengkraft, die dieser Fall in sich hatte.

75

Berlin-Reinickendorf,
Weiße Stadt, Wohnung von Sara Wittstock,
25. Oktober, 07:35 Uhr

Auf den zwölf neben- und übereinander positionierten Monitoren in Sara Wittstocks Wohnzimmer war viel Bewegung zu sehen. Immer wieder sprang das Bild um und zeigte neue Fotos jeweils wechselnder Personen männlichen Geschlechts, aus unterschiedlichen Perspektiven. Die Fotos stammten aus sämtlichen deutschen polizeilichen Datenbanken – sowohl von der Bundespolizei als auch vom BKA und den LKA aller sechzehn Bundesländer – sowie vom Bundesnachrichtendienst und dem Bundesamt für Verfassungsschutz. Die beiden in Berlin ansässigen deutschen Geheimdienste wären sicherlich nicht erfreut gewesen, wenn sie gewusst hätten, dass ihre *Big Data* gerade von einer kontaktscheuen, wenngleich beim BKA angestellten IT-Spezialistin abgeschöpft wurden. Auch wenn es dabei um die, allerdings völlig inoffizielle, Fahndung nach einem flüchtigen Mörder ging.

Sara Wittstock konzentrierte sich auf das Naheliegende, nämlich, dass der unbekannte Mann, der Ludger Bartrück erschossen hatte, möglicherweise in Deutschland schon einmal polizeilich in Erscheinung getreten und deshalb in den entsprechenden Datenbanken ein Foto von ihm und dem Tattoo zu finden war. Bei seinem Tattoo handelte es sich entgegen Maries Meinung nicht um ein klassisches Tribal, sondern um die fünf mal drei Zentimeter messende ornamentale Darstellung von zwei schlangenartig ineinander verwobenen Pfeilen. Deshalb hatte Sara die Tätowierung mittels ihres Bilderkennungsprogrammes zunächst segmentiert. Basierend auf den segmentierten Daten, hatte sie einen speziell auf das Tattoo zugeschnittenen Bilderkennungsalgorithmus geschrieben und das von ihr mit Deep-Learning-Algorithmen und neuen Schwellwertparametern modifizierte Bilderkennungsprogramm mit den Datenbanken verknüpft, sodass es auf die dort enthaltenen Personenfotos zugreifen konnte. Das System segmentierte wiederum einzelne Objekte der Fotos aus den Datenbanken, um so Kategorien zu identifizieren, die dem gesuchten Bildausschnitt – der Tätowierung – entsprachen, um dann die beiden Bildsegmente miteinander abzugleichen. Sollte sich hierbei kein Treffer ergeben, würde sie die Suche auf die Interpol- und Europol-Datenbanken ausweiten und danach gegebenenfalls auch die Bilddateien der gängigen Internetsuchmaschinen wie Google mit einbeziehen – dies allerdings aufgrund der Datenmengen und dem damit verbundenen Zeitaufwand erst zu einem späteren Zeitpunkt, als Plan B sozusagen.

Sara Wittstock beobachtete auf der Monitorwand, wie das Bilderkennungsprogramm immer mal wieder einzelne Bildausschnitte der Fotos, die es sich aus den Datenbanken zog, mit einem Netzwerk dünner grüner Linien unterlegte und in einem Karomuster einzelne Merkmale scannte, die wie von einem unsichtbaren Mauszeiger markiert in atemberaubender Geschwindigkeit in kleinen Rastern erschienen und sofort wieder verschwanden.

Ihr war klar, dass vielleicht schon bald mit einem Treffer zu rechnen war, dass aber genauso gut auch viele Tage verstreichen konnten, bis ein positives Resultat vorlag. Im schlimmsten Fall, und auch diese Wahrscheinlichkeit war nicht gering, würde sich der Mann, der das Tattoo trug, auf diesem Wege gar nicht finden lassen.

Die IT-Expertin riss sich von der Monitorwand los und erhob sich langsam, während sie beide Arme in die Luft streckte, ihren Rücken durchdrückte und herzhaft gähnte. Dabei wehte ihr aus den Achseln ihr eigener Körpergeruch in die Nase. Sie wusste sehr wohl, dass sie nicht nur ihr Schlaf- und Ruhebedürfnis sowie ihr Essverhalten, sondern auch ihre Körperhygiene viel zu oft den laufenden Projekten unterordnete, wenn diese ihre volle Aufmerksamkeit erforderten.

Dringend nötig, dass ich mal wieder ein ausgiebiges Vollbad nehme. Und danach werde ich einen Kaffee aufsetzen und ein paar Eier kochen …

☠ ☠ ☠

76

Berlin,
Treptowers, BKA-Einheit »Extremdelikte«,
Besprechungsraum,
25. Oktober, 07:38 Uhr

Die Frau liegt, gänzlich unbekleidet, rücklings in der Badewanne«, fuhr Herzfeld fort. »Die Beine der Toten weit auseinandergespreizt, ihr Gesicht mit einem Lappen oder einem kleineren Handtuch bedeckt – inzwischen durch die aus Mund und Nase ausgetretene Fäulnisflüssigkeit verfärbt.«

Abel spürte ein Kribbeln im Nacken. Auch seinen Kollegen wurde mit einem Mal die Brisanz dieses Falles klar, und kurz ging ein Raunen durch den Besprechungsraum.

Der Bademeister!

»Reichlich Madenbefall des Leichnams. Die diensthabende Kollegin vom Landesinstitut, dessen Mitarbeiter diese Woche mit dem rechtsmedizinischen Bereitschaftsdienst für unsere Stadt dran sind, hat sofort geschaltet, dass diese Auffindesituation der Handschrift des ›Bademeisters‹ sehr ähnlich ist«, sagte Herzfeld und sah vielsagend in die Runde. »Was Sie anscheinend auch sofort bemerkt haben, wenn ich Ihre Reaktion richtig deute. Und da unsere Abteilung für die bisherigen, dem ›Bademeister‹ zugeordneten Delikte zuständig ist« – mit diesen Worten wandte sich Herzfeld direkt an Abel –, »hat die Kollegin vom Landesinstitut vor Ort nichts weiter unternommen und die zuständige Sonderkommission ›Badewanne‹ informiert. Das war vor einer knappen Stunde. Deshalb gibt es auch noch keine Fotos vom Fall.«

»Drosselspuren wie bei seinen früheren Opfern?«, fragte Scherz brummig.

»Dazu ist mir nichts bekannt. Auch nicht zu weiteren Einzelheiten«, erwiderte Herzfeld.

Doch der wie immer missmutige und alles hinterfragende Oberarzt Scherz hakte nach: »Verschlussverhältnisse der Wohnung? Weiß man dazu wenigstens etwas?«

»Ihr kriminalistisches Gespür und Ihr Engagement in allen Ehren, Herr Kollege«, sagte Herzfeld, an Scherz gewandt, »aber, wie gesagt, ich habe noch keinerlei Infos. Aber das wirst du, Fred, uns sicher schon bald alles beantworten können. Entscheidend ist: Gibt es Hinweise auf einen gewaltsamen Tod der Frau? Und wenn es ein Gewaltverbrechen war, ist das tatsächlich die Handschrift des ›Bademeisters‹? Marco Schorlau, der bereits mehrfach wegen Sexualdelikten in Erscheinung getreten und dringend verdächtig ist, der ›Bademeister‹ zu sein – zumindest hat das der DNA-Abgleich ergeben –, sitzt seit dem 30. Juni in Untersuchungshaft, also knapp vier Monate. Deshalb ist die Frage, wie lange die Frau in der Badewanne schon tot ist, ebenfalls für die Soko von vitalem Interesse. Ist sie vor oder nach Schorlaus Inhaftierung gestorben? Fred, dein Fall.«

Mit diesen Worten schob Herzfeld seinem Stellvertreter einen Computerausdruck mit der Adresse der Toten und den Handy-Kontaktdaten der Soko »Badewanne« zu.

Abel erhob sich mühsam von seinem Stuhl. Sein Körper schmerzte an allen möglichen Stellen. Schwerfällig ging er zur Tür, in der Hoffnung, dass keiner seiner Kollegen seinen Zustand bemerkte. Allerdings schien Scherz nicht entgangen zu sein, dass sein Sitznachbar an diesem Morgen nicht in der besten körperlichen und geistigen Verfassung war, denn er musterte Abel mit kritischem Blick – was wiederum Abel nicht entging.

Während er die Tür des Besprechungsraumes hinter sich schloss, hörte er Herzfeld sagen: »So, Herrschaften. Kommen wir zu den Fällen des heutigen Tages. In Kreuzberg hat es heute Nacht …«

Ist das wirklich alles, was ich vom Leben erwarte? Soll ich mich für den Rest meiner Tage nur mit Gewalt, mit Mord und Totschlag umgeben? Sollen diese Eindrücke und Erlebnisse meines Berufes wirklich das sein, was ich abends mit zu meiner Familie nach Hause nehme?, fragte sich Abel.

In ihm nahm plötzlich ein verwegener Gedanke Gestalt an.

77

Berlin-Charlottenburg,
Uhlandstraße,
25. Oktober, 08:32 Uhr

Abel war inzwischen dankbar, den Leichenfundort aufsuchen zu können, denn er brauchte dringend etwas Ablenkung von den Gedanken, die ihm seit den frühen Morgenstunden im Kopf herumgingen. Und er hatte das dringende Bedürfnis, in Bewegung zu bleiben, um nicht durch die Müdigkeit infolge des Schlafmangels der vergangenen Nacht jegliche Konzentrationsfähigkeit zu verlieren.

Darunter hätte seine eigentliche Stärke, das völlige Fokussieren auf einen Fall, das Eintauchen in Sachverhalte, ohne dass irgendetwas um ihn herum ihn ablenkte, zu sehr gelitten.

Er hatte einen Parkplatz auf dem nahe gelegenen Kurfürstendamm gefunden, allerdings im eingeschränkten Halteverbot. Die für solche Fälle vorgesehene Bescheinigung der Berliner Polizeipräsidentin berechtigte ihn jedoch während der Ausübung seiner dienstlichen Tätigkeit, sein Auto auch in Parkverbotszonen abzustellen. Abel hatte die Bescheinigung gut sichtbar auf das Armaturenbrett seines Audis gelegt.

Nachdem er einem uniformierten Polizeibeamten, der ihn vor dem Hauseingang des imposanten Jugendstilgebäudes in der Uhlandstraße erwartete, seinen Dienstausweis gezeigt und von diesem durchgewunken worden war, traf er in der zweiten Etage auf die Kollegen von der Spurensicherung.

»Ebert ist drin.«

Mit diesen Worten begrüßte ihn einer der Kriminaltechniker, ein bulliger Mann mit ausgeprägter Stirnglatze, auf der zahlreiche feine Schweißtropfen glänzten.

Oberkommissar Ebert, früher bei der Mordkommission, seit Anfang des Jahres aber Leiter der Soko »Badewanne«, war ein sowohl erfahrener als auch umsichtiger Ermittler, und Abel war froh, bei diesem Fall mit dem immer gut gelaunten Endvierziger zusammenzuarbeiten.

»Ein Klima wie in einem tropischen Gewächshaus da drin im Badezimmer! Die Gute hat es anscheinend gern warm gehabt und nicht auf die Heizkosten geschaut«, schob der Kriminaltechniker hinterher, während er Abel einen weißen Overall, einen Mundschutz, Plastikfüßlinge und Gummihandschuhe aushändigte.

Wenige Minuten später wurde Abel, mittlerweile in dem Ganzkörperschutzanzug, die Kapuze über den Kopf gezogen und den Mundschutz vor dem Gesicht, von dem vor Tatendrang sprühenden Ebert in den Sachverhalt vor Ort eingewiesen.

»Wenn es sich bei der Toten um die hier amtlich gemeldete Wohnungsmieterin handelt, ist es eine sechsundsechzig Jahre alt gewordene Frau, die allein lebte und Pensionärin war.

Sie war früher in irgendeinem Ministerium tätig. Regelgerechte Verschlussverhältnisse der Wohnungstür, das

Türschloss zweifach geschlossen. Allerdings fehlt der Schlüssel beziehungsweise der Schlüsselbund der Dame. Zumindest sind wir noch nicht fündig geworden. Aber abgesehen davon nichts weiter Auffälliges, was darauf hindeutet, dass sie kurz vor ihrem Tod Besuch hatte. Keine Bewirtungssituation. Alles ordentlich, nichts durchsucht. Jedenfalls auf den ersten Blick. Sollten Sie, Herr Doktor, allerdings Anhaltspunkte dafür finden, dass die Frau Opfer eines Verbrechens wurde, werden wir hier mit der Spusi alles einmal komplett auf links krempeln.«

Abel nickte kurz und fragte dann: »Das Badezimmer?«

»Es gibt zwei. Platz hatte die Dame hier auf jeden Fall genug. Sieben Zimmer Altbau«, erwiderte Ebert. »Das Bad, in dem sie liegt, geht da vorn raus. Kommen Sie mit, Doktor, ich zeige es Ihnen.«

Abel folgte dem Ermittler in das Badezimmer.

Die Tote lag, wie von Herzfeld bereits in der Frühbesprechung beschrieben, nackt rücklings in der leeren Badewanne. Dabei handelte es sich definitiv um ein hochpreisiges Modell, das frei in der Mitte des großen, etwa sechzehn Quadratmeter messenden Raumes stand. Auch das übrige Mobiliar – Lisa hätte es wahrscheinlich als »Master-Bad« bezeichnet – zeugte sowohl von dem guten Geschmack als auch von der Finanzkraft der Mieterin.

Die Beine der Toten waren weit auseinandergespreizt und entblößten ihren Genitalbereich. Dieser war mittlerweile aufgrund der fortgeschrittenen Leichenfäulnisveränderungen und ausgedehnter Madenfraßdefekte kaum noch als solcher zu identifizieren. Die Beine, die wegen der bakteriellen Leichenfäulnis, die von dem gesamten Körper Besitz ergriffen und das Gewebe erst erweicht, dann durch ihre Gasproduktion aufgebläht hatte, waren nach der offensichtlich längeren Leichenliegezeit überwiegend schwarz-braun verfärbt und ähnelten morschen Ästen, die schon einige Zeit tot von ihrem Stamm herunterhingen. Beide Beine waren in den Kniegelenken gebeugt, und die Unterschenkel und Füße der Toten hingen rechts und links über den Wannenrand herunter. Die Kniegelenke waren durch die Vertrocknung und Verhärtung der Oberhaut schon fast völlig versteift, wie Abel bei seiner entsprechenden Überprüfung der Extremitäten feststellte. Überall auf dem Körper, in der leeren Wanne und auf dem Badezimmerboden lagen Tausende von bräunlichen, etwa eineinhalb Zentimeter langen Fliegenpuppen, die – obwohl sich die Tiere im bewegungslosen Puppenstadium befanden, dem Übergang zum vollständig entwickelten Insekt – von weiteren Tausenden sehr quicklebendigen, sich windenden weißlichen Maden in Bewegung gehalten wurden. Das Ganze war eine einzige wabernde, bräunlich-weißliche Masse.

Über dem Gesicht der Toten lag ein Tuch, das durch die aus Mund und Nase ausgetretene Fäulnisflüssigkeit – eine Folge der Verflüssigung von Schleimhäuten und inneren Organen, deren Exsudat durch das Aufblähen des Körpers im Stadium der Fäulnisgasbildung aus allen Körperöffnungen herausgedrückt wurde – schmutzig bräunlich verfärbt war. Eben missfarben, wie Herzfeld es in der Frühbesprechung treffend ausgedrückt hatte.

Der bullige Kriminaltechniker, der Abel im Treppenhaus in der zweiten Etage in Empfang genommen hatte, hatte nicht übertrieben, als er sagte, im Badezimmer herrsche ein Klima, das mit dem in einem tropischen Gewächshaus vergleichbar war. Eine fast unerträgliche Wärme und feuchte Schwüle, durch die Abel bereits nach kurzer Zeit der Schweiß von der Stirn und am Oberkörper in Strömen hinunterlief. Sein Wollpullover mit dem darüber sitzenden, derben und nicht atmungsaktiven Schutzanzug klebte großflächig an seiner Rückenhaut, was seine Bewegungsfreiheit unangenehm einschränkte.

An den beschlagenen Scheiben des Badezimmerfensters lief von innen Kondenswasser herunter. Allerdings waren die hohe Umgebungstemperatur, die Schwüle und die Feuchte in diesem Raum entgegen der Vermutung des Kriminaltechnikers nicht einer voll aufgedrehten Heizung geschuldet, sondern Resultat der Wärmeabstrahlung von Tausenden von Maden. Ein wogender und wabernder Teppich aus Biomasse, der so viel Wärme produzierte, dass sich die Ermittler diesen Effekt bei der Suche nach Leichen im Freien immer wieder zunutze machten: Selbst noch viele Tage nach dem Verschwinden einer Person, wenn davon auszugehen war, dass der Betreffende nicht mehr am Leben war, konnten unzugängliche Waldgebiete von mit Wärmebildkameras bestückten Drohnen großflächig abgesucht werden, da die von Abertausenden Maden erzeugte Temperatur im und am Leichnam sogar deutlich höher war als die Körpertemperatur der vermissten Person zu Lebzeiten.

Sehr wahrscheinlich ist den meisten Menschen gar nicht klar, was für ein Komposthaufen Tote sein können, und dass auch unser totes Fleisch wieder Eingang in den Kreislauf des Lebens findet, ging es Abel bei dem Anblick der wabernden Masse durch den Kopf.

Aber dann konzentrierte er sich wieder auf die vor ihm

liegende Aufgabe. Nicht nur das Gesicht der Toten, auch das obere und mittlere Drittel des Halses waren von dem schmutzig verfärbten Tuch bedeckt – für welchen Zweck auch immer es früher einmal benutzt worden war.

☠ ☠ ☠

78

Berlin-Reinickendorf,
Weiße Stadt, Wohnung von Sara Wittstock,
25. Oktober, 08:44 Uhr

Mit einem turbanartig um ihre feuchten Haare gewickelten Handtuch kam Sara Wittstock aus dem Badezimmer. Sie war barfuß und trug jetzt eine frisch gewaschene Jogginghose und ihr Lieblingsoberteil, ein mehrere Nummern zu großes ausgewaschenes graues Sweatshirt, das sie seit Ende ihres Informatikstudiums vor knapp zwanzig Jahren begleitete. Sie fühlte sich nach dem Vollbad erfrischt und energiegeladen für den Tag.

In der Küche füllte sie die Glaskanne ihrer Kaffeemaschine randvoll mit Wasser. Nachdem sie die Hälfte davon in den Wassertank gegossen und köstlich riechendes Kaffeepulver in den Filter getan hatte – eine spezielle südamerikanische Bohnenmischung, die sie übers Internet regelmäßig bei dem in Brasilien ansässigen Hersteller bestellte und sich postlagernd zusenden ließ –, goss sie das restliche Wasser aus der Glaskanne in einen Kochtopf und schaltete eine der Herdplatten ein. Zu ihrer Erleichterung fanden sich in einem der vier übereinandergestapelten Eierkartons neben der Spüle noch sechs Eier. Auch tiefgefrorenes Toastbrot gab es – es war eine Angewohnheit von ihr, immer mehrere Pakete Toastbrot einzufrieren, die aus der Tatsache resultierte, dass sie alle Lebensmittel ausschließlich online orderte und sich nur einmal im Monat beliefern ließ.

Sara verließ die Küche und ging in den von der Abluft der

Servereinheiten deutlich wärmeren Flur. Vor der Gästezimmertür blieb sie stehen.

»Marie! Es gibt gleich Frühstück. Raus aus den Federn!«, rief sie, während sie an die Tür klopfte.

Aber eine Reaktion blieb aus.

Sara klopfte erneut, diesmal deutlich kräftiger. In Maries Zimmer blieb es, wie schon am Vortag, totenstill.

☠ ☠ ☠

79

Berlin-Charlottenburg,
Uhlandstraße,
25. Oktober, 08:45 Uhr

Nachdem sich Abel einen ersten Eindruck von dem Leichnam und der Auffindesituation verschafft hatte, machte er mehrere Schritte auf das Kopfende der Badewanne zu. Unzählige Maden zerplatzten unter seinen Fußsohlen und erzeugten dabei ein Geräusch, das ihn an das Aufploppen von Maiskörnern erinnerte, die in einer heißen Pfanne zu Popcorn wurden.

Am Kopfende der Wanne angekommen, zog er langsam das Tuch von Gesicht und Hals der Toten.

☠☠☠

80

Berlin-Reinickendorf,
Weiße Stadt, Wohnung von Sara Wittstock,
25. Oktober, 09:00 Uhr

Sara Wittstock öffnete den Eierkarton und entnahm zwei Eier, die sie vorsichtig ins kochende Wasser legte. Sie schenkte sich den letzten Rest Kaffee aus der Kanne in ihre mit Rändern verschmierte Tasse ein und ging zurück an ihre Bildschirme. Ihr Blick streifte die Uhrzeit-Anzeige in der rechten unteren Ecke ihres Laptopbildschirms.

Schon neun Uhr, und immer noch keine Marie … Seit gestern Mittag habe ich sie nicht mehr gesehen.

Sara Wittstock sah gedankenverloren aus dem Wohnzimmerfenster ihrer Wohnung im vierten Stock zu den drei- und fünfgeschossigen Gebäuden auf der anderen Straßenseite hinüber. Die weißen Fassaden, die erst vor einigen Jahren aufwendig saniert und neu gestrichen worden waren, erstrahlten blütenweiß im Licht der Oktobersonne vor einem wolkenlosen, hellblauen Himmel.

In der Ferne ertönte ein Martinshorn. Weit weg.

Die Eier. Ich muss sie rausnehmen …

Sie ging zurück in die Küche. Der Signalton des Martinshorns kam näher, wurde immer lauter. Jetzt gesellte sich ein zweites mit identischen, immer wiederkehrenden Tonfolgen dazu. Erst leise, dann ebenfalls immer lauter, bis es für einen kurzen Moment so schien, als ob die Töne beider Martinshörner zu einem einzigen verschmelzen würden.

Sara Wittstock hörte Reifenquietschen, dann brach das

Geräusch des einen Martinshorns abrupt ab. Das zweite heulte noch für einen kurzen Moment, offensichtlich genau vor ihrem Wohnblock, ehe es auch verstummte.

Ein mulmiges Gefühl beschlich sie. Irgendetwas passierte hier gerade.

Vor meinem Wohnblock. Oder vielleicht sogar hier drin? Marie!

Mit einem riesigen Satz hechtete Sara Wittstock in Richtung Küche. Es war ihr egal, dass dabei die Glasschale, in die sie die frisch gekochten Eier gelegt hatte, klirrend zu Boden fiel und sich alles über den Küchenboden verteilte – Glasscherben und angeschlagene Eier.

Sie sprintete zur Tür ihres Gästezimmers, drückte, ohne anzuklopfen, die Klinke herunter. Doch von innen war abgeschlossen worden. Wild hämmerte Sara Wittstock mit beiden Fäusten gegen die Tür.

»Marie, wenn du da drin bist, mach auf!«

Keine Reaktion.

Verdammt!

»Marie!«, rief sie erneut.

Wieder nichts. Sara Wittstock rannte jetzt ins Wohnzimmer, riss eine der Schubladen ihres gigantischen Schreibtisches auf und zog einen Schlüsselbund mit zahlreichen Sicherheits- und einem einzigen Bartschlüssel daraus hervor. Sie hetzte zurück zum Gästezimmer. Ihr hektischer Versuch, die Tür mit dem Bartschlüssel zu öffnen, schlug fehl, sie konnte ihn nur wenige Millimeter in das Schloss einführen.

Fuck! Der Schlüssel steckt von innen.

Erneut schlug sie gegen die Tür, so heftig, dass die Haut ihrer Fäuste im Bereich der Kleinfingerballen umgehend höllisch schmerzte.

»Marie! Marie, ich bitte dich!«, schrie sie jetzt und merkte, wie Verzweiflung sie überkam und sich ihr Puls stark beschleunigte.

Aber immer noch keine Antwort aus dem Inneren des Zimmers.

Nur Grabesstille.

☠ ☠ ☠

81

Berlin-Charlottenburg,
Uhlandstraße,
25. Oktober, 09:03 Uhr

Abel hatte das Tuch heruntergezogen und sorgfältig in einem Asservatenbeutel verstaut und war nicht weiter verwundert darüber, was darunter zum Vorschein kam.

Ich habe nichts anderes erwartet …

Das Gesicht der Toten ähnelte der Fratze eines steinernen Wasserspeiers. Der Mund sah mit den von Fäulnisgasen grotesk aufgeblähten Lippen wie ein weit aufgerissenes Froschmaul aus. Die Zunge ragte wie ein schwarzbrauner, vertrockneter Aal ein Stück aus der Mundöffnung hervor. In den leeren Augenhöhlen, deren Inhalt – Augäpfel, ringförmig darum angeordnete Augenmuskeln und Fettgewebe – der gefräßigen Gier der Maden zum Opfer gefallen war, lagen Dutzende bräunliche Fliegenpuppen nebeneinander, wie in einem kleinen Nest.

In der schmierig erweichten Halshaut, die aufgrund der weit fortgeschrittenen Leichenfäulnis das gesamte Farbspektrum von schillerndem Mintgrün über mattes Dunkelgrün, helles Gelbgrün bis zu Pastellgrün und leuchtendem Blaugrün umfasste, fanden sich massenhaft kreisrunde Oberhautdefekte von wenigen Millimetern Durchmesser. Ein unerfahrener Leichenschauer hätte sicherlich vermutet, dass es sich um mit einem dünnen, länglichen Gegenstand wie einer Stricknadel zugefügte Stichverletzungen handelte, fein säuberlich dutzendfach nebeneinander platziert, oder vielleicht auch um Schrotschussdefekte. Doch Abel wusste, dass diese kleinen Löcher in der oberen Hautschicht der Eingang zu den Gängen waren, über die sich Dutzende von Maden ihren Weg ins Körperinnere gesucht hatten – in diesem Fall zu den weichen Halsorganen wie Schilddrüse und Speiseröhre.

Abel war klar, dass die äußere Leichenschau im Hinblick auf die Klärung der Todesursache in diesem Fall erfolglos war, denn nur die computertomografische Untersuchung und anschließende Obduktion der Toten würden zeigen, ob ein Angriff gegen den Hals, sei es ein Erdrosseln oder Erwürgen, den Tod der Frau herbeigeführt hatte. Denn die in den verschiedenen Grüntönen schimmernde Halshaut der Toten ließ keinen Rückschluss mehr darauf zu, ob sich dort zuvor Würgemale oder eine Drosselmarke befunden hatten. Nur der radiologische und präparatorische Nachweis von Verletzungen des Kehlkopfskelettes oder des Zungenbeins würden diese Frage beantworten können.

Und auch die Todeszeit würde sich mit rechtsmedizinischen Untersuchungsmethoden in diesem Fall nicht bestimmen lassen. Die Leichenliegezeit betrug mit Sicherheit einige bis viele Monate. Aber wie viele genau, ließ sich unmöglich ableiten, denn mit den üblichen rechtsmedizinischen Methoden wie Messung der Rektaltemperatur, Überprüfung der Pupillenreaktion oder Einsatz von Reizstrom zur Überprüfung der Erregbarkeit der mimischen Muskulatur war diesem Fall nicht mehr beizukommen.

Abel machte sich jetzt daran, die Arme der Toten in der Badewanne auf das Vorhandensein möglicher Abwehrverletzungen zu inspizieren, auch wenn dies sicherlich ein fruchtloses Unterfangen war, da sie, wie die Beine, mit ihrer schwarz-braunen Farbe und den oberflächlichen Hautvertrocknungen ebenfalls morschen Ästen glichen.

82

Berlin-Reinickendorf,
Weiße Stadt, Wohnung von Sara Wittstock,
25. Oktober, 09:04 Uhr

Beherzt trat Sara Wittstock gegen die Tür, genau neben der Türklinke.

»Scheiße!«, stieß sie fluchend aus.

Ein stechender Schmerz, beginnend in den Zehenspitzen und sich rasch bis in die Leistengegend ausbreitend, ergriff von ihrem rechten Bein Besitz.

Verdammte Scheiße, verdammte Scheiße!

Sie spürte Panik in sich aufsteigen.

Ruhig … Reiß dich zusammen!

Der zweite Tritt saß. Diesmal trat sie mit der Hacke zu, legte all ihr Gewicht hinein. Die Tür flog krachend auf. Die IT-Spezialistin dankte Gott, dass diese die einzige in ihrer Wohnung war, die sie nicht nachträglich mit einer Metallplatte verstärkt und in die sie kein Panzerriegelschloss eingebaut hatte. Im Gegensatz zu Schlafzimmer und Wohnzimmer, in denen sie sich bei ungebetenen Besuchern oder anderer Gefahr wie in einem Panic Room abschotten konnte, hatte sie damals das Kinderzimmer ihres Sohnes Rizgar bewusst von solchen Sicherheitsvorkehrungen ausgenommen. Wer konnte schon absehen, was Rizgar später als pubertierender Teenager in der Abgeschiedenheit seines Zimmers vielleicht unternommen hätte! Aber dann war mit ihrem einzigen Kind sowieso alles anders gekommen.

Als Erstes bemerkte Sara Wittstock die Kälte in Maries Zimmer. Noch im Hineingehen begann sie zu frösteln.

Das Zimmer ist leer. Marie ist nicht da, stellte sie wie in Trance fest.

Und dann sah sie das sperrangelweit geöffnete Fenster.

☠☠☠

83

Berlin-Charlottenburg,
Uhlandstraße,
25. Oktober, 10:06 Uhr

Eine Stunde später, wieder vor der Wohnungstür, schälte sich Abel umständlich aus dem Ganzkörperschutzanzug. Ein schwieriges Unterfangen, da der klitschnasse Overall durch Abels starkes Schwitzen wie feuchte Pappe an seinem Wollpullover und der Jeans klebte, die größere Schweißflecken an den Oberschenkeln aufwies.

Gerade als der Rechtsmediziner Overall, Mundschutz, Handschuhe und Plastikfüßlinge in einem von den Mitarbeitern der Spurensicherung dafür vorgesehenen Abfallsack vor der Tür entsorgte, kam Oberkommissar Ebert auf ihn zu.

»Wir haben den Schlüsselbund gefunden«, sagte der Ermittler und hielt Abel fast triumphierend einen kleinen, durchsichtigen Plastikbeutel mit einem darin enthaltenen Schlüsselbund entgegen.

»Okay, wir wissen nicht, ob es weitere Schlüssel gibt …«, überlegte Ebert laut vor sich hin.

Abel wischte sich den Schweiß mit Papierhandtüchern vom Gesicht, die ihm zuvor einer der Kriminaltechniker gereicht hatte.

»Und?«, fragte Ebert. »Was meinen Sie, Doktor, ist das ein Fall für die Soko ›Badewanne‹?«

»Ich gebe zu, die Position, in der die Tote liegt, ist fast

identisch mit den Auffindesituationen der Opfer des ›Bademeisters‹. Schorlau könnte auch diese Frau hier so arrangiert haben, das ist richtig. Da aber ihre Kleidung fein säuberlich auf einem Hocker im Bad liegt und auch ein Handtuch links neben der Wanne in Reichweite, kann sie genauso gut ein Bad genommen haben und an einem gravierenden vorbestehenden Leiden gestorben sein. Es ist nicht selten, dass schwer herz- oder lungenkranke Menschen in warmem Badewasser kollabieren, weil der Kreislauf die wärmebedingte Blutgefäßerweiterung nicht mitmacht«, entgegnete Abel.

»Dass sie gebadet haben könnte, haben wir aufgrund der Kleidung und des Handtuchs auch überlegt«, erwiderte Ebert. »Das Wasser wäre nach so vielen Wochen respektive Monaten längst verdunstet, auch wenn die Wanne zum Zeitpunkt ihres Todes für ein Vollbad gefüllt gewesen wäre.«

»Korrekt.«

»Können Sie schon was zur Todesursache sagen, Doktor?«

»Fehlanzeige. Die Leichenfäulnis ist zu stark fortgeschritten.«

»Mutmaßliche Todeszeit?«

»Ist mit unseren konventionellen Untersuchungsmethoden in diesem Fall nicht zu sagen, Herr Ebert.«

»Was wäre, wenn wir einen Entomologen dazu holen?«

»Tun Sie, was Sie nicht lassen können, Herr Ebert. Ich denke aber, dass Sie mithilfe von Zeugenaussagen, der Klärung der Frage, wann die Frau vor ihrem Tode das letzte Mal ihr Handy benutzt hat und im Internet unterwegs war oder wann sie ausweislich von Einkaufszetteln das letzte

Mal einkaufen war, deutlich weiter kommen als ein Entomologe mit den kleinen Tierchen hier vor Ort. Meine ganz persönliche Meinung. Aber Sie sind der leitende Ermittler.«

Ebert nickte nachdenklich.

☠☠☠

84

Bundesstraße 96 in östlicher Richtung,
Pkw Dr. Fred Abel,
25. Oktober, 10:24 Uhr

Marie ist tot!«, hörte Abel die Stimme seines Freundes Lars aus der Freisprechanlage des Audi.

»Was?«

»Sie … sie hat sich umgebracht«, kam es stockend.

»Lars, das kann doch nicht wahr sein! Sag bitte, dass das nicht wahr ist, dass es nur ein schlechter Traum ist!«, erwiderte Abel fast flehentlich, nach vorn gebeugt in Richtung des Armaturenbretts.

Beim Ertönen des ersten Klingeltons hatte er inständig gehofft, dass es Lisa wäre, die anrief und ihn bitten würde, sie aus dem von seiner jetzigen Position gerade mal fünfzehn bis zwanzig Minuten entfernten Klinikum in Steglitz abzuholen.

»Ich wünschte, es wäre ein schlechter Traum, Fred. Marie hat sich heute Morgen gegen neun Uhr das Leben genommen. Sie hat sich aus dem vierten Stock aus Saras Wohnung gestürzt. Ich … Ich habe es geahnt …« Dann brach die Stimme des Privatermittlers ab.

Abel konnte den Schmerz seines alten und besten Freundes am anderen Ende der Leitung förmlich spüren.

»Wie hättest du das ahnen sollen, Lars?«

»Ich hätte … Ich hätte es verhindern können. Ich …«, setzte Lars immer wieder an.

Abel versuchte, die Selbstvorwürfe seines Freundes zu

entkräften. »Du warst nicht bei ihr. Und das aus gutem Grund, denn du hättest vielleicht diejenigen, die sie umbringen wollten, auf ihre Spur geführt. Wie hättest du aus der Distanz bemerken sollen, was in ihr vorgeht? Überleg doch mal. Wie viele Menschen stehen jeden Tag am Abgrund und sehen auf die Scherben ihres Lebens hinab? Ich meine … Es war doch nicht absehbar, dass sie sich etwas antut. Lars, du darfst nicht … Hör zu, du kannst dich nicht …«

Jetzt war es Abel, der den Satz nicht zu Ende zu führen vermochte. Er wollte seinem Freund Trost zusprechen, aber ihm fehlten einfach die Worte. In so etwas war er nicht gut.

»Ich hätte wissen müssen, dass das so ausgeht«, ergriff Lars wieder das Wort.

Kurz schien die Verbindung unterbrochen, dann hörte Abel die Stimme des Privatermittlers über den Lautsprecher der Freisprechanlage.

»Erinnerst du dich? Damals mit Lilly. Als Lilly im Sterben lag, als der Krebs sie von innen auffraß und es ihr sehnlichster Wunsch war, dass ich in ihren letzten Stunden bei ihr bin. Aber ich konnte nicht bei ihr sein, weil ich unter Mordverdacht im Gefängnis saß.«

Abel hörte, wie Lars um Fassung rang, er wusste nur zu gut, worauf sein alter Freund gleich anspielen würde.

»Damals, als Lilly im Sterben lag«, fuhr er fort, »hat Marie gedroht, sich und Lilly umzubringen. Die Situation war aussichtslos, ich war nicht bei ihr, sie war völlig überfordert. Marie war damals wie von Sinnen. Sie ist mit Lilly im Krankenbett auf das Dach der Klinik gefahren und wollte sich mit ihr in die Tiefe stürzen. Was sie dann aber im letzten Moment doch nicht getan hat. Und in genau so einer Situation war sie diesmal wieder. Sie fühlte sich bedroht, war überfordert mit dem, was mit ihr und um sie herum passierte, und war deshalb auch diesmal nicht mehr in der Lage, klar zu denken und rational zu handeln. Nur mit dem Unterschied, dass sie es jetzt in die Tat umgesetzt hat …«

Abel spürte seine Verzweiflung, wollte etwas sagen, fand aber erneut keine Worte.

Für einen Moment herrschte Schweigen zwischen den beiden Männern.

»Lars, bist du noch dran?«

»Ja«, kam die zögerliche Antwort. »Ja, ich bin noch dran.«

»Lars, ich hoffe, Marie geht es gut, dort, wo sie jetzt ist. Ich hoffe, sie hat ihren Frieden gefunden.«

»Sie hat einen Abschiedsbrief hinterlassen. Eigentlich ist es kein Brief, nur ein paar Worte auf einem Zettel. Sara hat ihn auf dem Nachttisch gefunden und mir vorgelesen. Marie hat geschrieben: ›Wenn ihr das lest, bin ich bei Lilly‹«, erwiderte Lars tonlos.

85

Berlin-Reinickendorf,
Weiße Stadt, Wohnung von Sara Wittstock,
25. Oktober, 12:24 Uhr

Immer wieder und wieder spielte sich die gespenstische Szene vor Sara Wittstocks geistigem Auge ab. Als ob sie sich auf ihrer Netzhaut eingebrannt hätte. Es schien im Nachhinein alles so unwirklich. Und doch war es real. Dennoch kam es ihr so vor, als ob es nicht ihr, sondern einer anderen Person widerfahren wäre. Sie sah, wie sie in das Zimmer stürzt, dann abrupt anhält, sich suchend im Raum umsieht und anschließend zu dem weit geöffneten Fenster schaut. Wie sie auf das Fenster, von dem aus es vier Stockwerke in die Tiefe hinabgeht, zustürzt und ihr Blick dabei auf den Zettel mit der krakeligen, fast kindlich erscheinenden Schrift auf dem Nachttisch fällt. Wie sie sich aus dem Fenster beugt und nach unten schaut. Und dann Marie, die dort in der Tiefe direkt neben dem kniehohen Sockel der Hausfassade auf dem Asphalt liegt. Auf dem Rücken, beide Arme weit von sich gestreckt, mit widernatürlich verdrehten Beinen, den Blick nach oben gerichtet. Vielleicht zu ihr? Vielleicht auch in den Himmel? Mit einem irgendwie erstaunten, aber auch fassungslos wirkenden Gesichtsausdruck.

Sara Wittstock wusste, dass der Schock langsam nachlassen würde. Dass die Erinnerung an Marie und die zwei Tage, die sie bei ihr zu Gast gewesen war, irgendwann immer mehr verblassen würde. Aber sie wusste auch, dass sie das

Bild der Toten nie vergessen, sondern ihr Leben lang in sich tragen würde. Und deshalb war sie in diesem Moment dankbar, dass sie genau den Job machte, den sie nun mal machte. Sie verließ fast nie ihre Wohnung, ging nie unter fremde Menschen, igelte sich in ihrer Blase von Informationstechnologie ein. Nie im Leben hätte sie Abels Arbeit machen können.

Ein lautes »Pling! Pling! Pling!« riss sie aus ihren Gedanken. Das Geräusch drang aus den zu ihrer Monitorwand gehörenden Lautsprechern.

Sie wusste, was das bedeutete. Die Bilderkennungssoftware hatte ihre Schuldigkeit getan. Es gab eine Übereinstimmung zwischen dem Handyfoto und einem der unzähligen Fotos in den durchsuchten Datenbanken.

86

Berlin-Wedding,
Wohnung von Lars Moewig,
25. Oktober, 13:00 Uhr

Moewigs Atem ging stoßweise. Ein tiefes Rasseln bahnte sich seinen Weg aus der Tiefe seiner Lunge, passierte mit einem kehligen Geräusch seinen Hals und endete dann in einer Hustenattacke, die dem bulligen Mann die Tränen in die Augen trieb. Dass er sich gerade die siebte Zigarette innerhalb der letzten Stunde angezündet hatte, machte die Sache nicht besser. Moewig registrierte das leichte Zittern seiner rechten Hand, in der er die filterlose Zigarette hielt, zuckte kurz mit den Achseln und nahm einen weiteren tiefen Zug, den seine Lunge mit einem Stechen quittierte. Allerdings blieb eine weitere Hustenattacke aus. Erneut warf er einen Blick auf den Kühlschrank, verwarf den Gedanken aber sofort wieder.

Ich fange jetzt bestimmt nicht wieder an zu saufen … Das ist ein für alle Mal vorbei. Ich habe das nicht getan, als Lilly gestorben ist, und ich werde es jetzt auch nach Maries Tod nicht tun.

Er erinnerte sich an seine Zeit als ehemaliger Soldat des Kommandos Spezialkräfte. Damals war er in Afghanistan stationiert gewesen. Nach seiner Rückkehr hatte er versucht, die grausamen Bilder in seinem Kopf mit unmäßigem Alkoholkonsum und Kneipenschlägereien zu vertreiben. In jener Zeit hatte er jegliches Maß und die Kontrolle über sich verloren. Als Konsequenz war er unehrenhaft aus der Bundeswehr entlassen worden. Lars schüttelte unwirsch den Kopf, als ob er so die schmerzhaften Erinnerungen vertreiben könnte.

Seine Gedanken kreisten seit Saras Anruf, bei dem sie ihm mit stockenden Worten berichtet hatte, was geschehen war, nur um Marie. Er gab sich die Schuld an ihrem Tod. Er hatte sich zwar Sorgen um sie gemacht, hatte ihren Tod aber schlussendlich nicht verhindert. Trotz der Gefahr, die sein Kontrollbesuch mit sich gebracht hätte, hätte er hinfahren müssen. Auch wenn er Maries Verfolger direkt zu ihr geführt hätte, wäre sie vielleicht noch am Leben.

Ich habe geahnt, dass es so ausgeht. Verdammt, hätte ich doch nur auf mein Bauchgefühl gehört! Wäre ich doch nur zu ihr gefahren, hätte ich sie doch bloß mit zu mir genommen. Es war wie damals. Auf dem Klinikdach. Mit Lilly. Die Situation erschien Marie auch diesmal aussichtslos. Und ich war wieder nicht bei ihr. Genauso wie Lilly vielleicht noch am Leben wäre, wenn ich nicht in Untersuchungshaft gesessen hätte, als sie in der Kinderklinik der Charité um ihr Leben kämpfte. Ich hätte das Geld für ihre Behandlung in den USA auftreiben müssen. Dort hätte man ihr helfen können, sagten damals die Ärzte.

Moewig erhob sich so schwungvoll von dem alten Klappstuhl, dem einzigen Möbelstück in seiner winzigen Küche, dass dieser einen Satz nach hinten machte und gegen die Front der Küchenzeile knallte.

Achtlos drückte er die Zigarette in der Spüle aus, warf einen erneuten Blick auf den Kühlschrank, verließ dann aber die Küche.

Ich muss hier raus!

Während er seine Jacke und den Schlüsselbund ergriff, erschienen die Bilder von Lilly in seinem Kopf. Zunächst nur schemenhaft, mit wenig Konturen, wie in einem Nebel. Bilder, die er seit Jahren erfolgreich nicht an die Oberfläche kommen ließ. Damals hatte er sich fest vorgenommen, Lilly als das gesunde, lebenslustige und immer lachende Mädchen in Erinnerung zu behalten, mit dem er viel zu wenig Zeit verbracht hatte. Fast gar keine. Weil Marie und er sich getrennt hatten. Weil er zunächst als Bundeswehrsoldat, dann als Fremdenlegionär und schließlich als Söldner in den verschiedenen Kriegsgebieten der Welt unterwegs gewesen war. Ein Glücksritter. Ein Getriebener. Er war überall auf der Welt gewesen.

In jedem Scheiß-Krisengebiet, in jedem Drecksloch. Aber nicht in Berlin. Nicht bei ihr.

Jetzt nahmen die Bilder scharfe Konturen an. Seine zwölfjährige, kahlköpfige Tochter, vom Krebs gezeichnet. Mit diesem unnatürlich runden Gesicht, das von Medikamenten und Infusionen aufgeschwemmt war. Nase und Mund durch die Sauerstoffmaske verdeckt, ihre Augen geschlossen, ihr keuchender Atem. Umgeben von hoch aufgetürmten, blinkenden Apparaten, von denen ihr Leben abhing. Wie sie ihn mit müden Augen in ihrem blassen, durchsichtig wirkenden Gesicht zum letzten Mal ansah. Als er bei ihr eintraf, waren ihm nur noch wenige wertvolle Sekunden mit ihr vergönnt gewesen.

Ich war nicht bei Lilly in ihrer schwersten Zeit ... Und diesmal war ich nicht bei Marie ...

Moewig verspürte ein unbändiges Verlangen, sich zu prügeln. Er überlegte kurz, ob er nicht einfach zum Görlitzer Park fahren und sich dort ein paar von den Drogendealern schnappen und denen mal so richtig die Fresse polieren sollte. In dem Moment klingelte sein Handy.

»Ja?«, nahm er den Anruf unwirsch entgegen.

»Lars, Sara hier«, ertönte die gehetzt klingende Stimme der IT-Expertin.

»Sara!« Moewig war dankbar, dass sie ihn aus seinen Gedanken riss. Die Bilder von Lilly verloren an Kontur, wurden jetzt wieder unscharf.

»Hör zu, Lars. Meine Bilderkennungssoftware hat den Tattoo-Mann identifiziert. Er war sehr wahrscheinlich in den Diebstahl von Edelsteinen und wertvollen Schmuckstücken aus dem Grünen Gewölbe in Dresden involviert. Du hast davon gehört, oder?«

»Ja«, antwortete Moewig, jetzt völlig konzentriert auf das, was die IT-Spezialistin ihm zu berichten hatte.

»Es gibt Aufnahmen einer Überwachungskamera«, fuhr sie fort, »die einen Kerl mit exakt demselben Tattoo an exakt derselben Stelle am linken Unterarm einen Tag vor dem Raub in der Ausstellung im Grünen Gewölbe zeigen. Kein Zweifel, dass es sich um denselben Typen handelt!«

»Wer ist es?«

»Das ist das Dilemma. Offensichtlich hat der Kerl den späteren Tatort ausspioniert, als er aufgenommen wurde. Der Mann konnte bisher anscheinend nicht identifiziert werden.«

»Fuck!«, stieß Moewig aus.

»Du sagst es. Die Info ist brandheiß. Ich wollte, dass du es als Erster von mir erfährst. Ich werde jetzt die zuständigen Behörden informieren. Es wird ein bisschen tricky, denen zu erklären, wie ich an Maries Handyfoto gekommen bin. Und warum das Foto nicht seinen Weg in die Ermittlungsakte gefunden hat. Weil es nämlich mit Sicherheit einen Maulwurf in den Reihen des LKA gibt, der die Ermittlungen zum Mord an Bartrück torpediert. Leider muss ich denen klarmachen, dass es in ihren eigenen Reihen gewaltig stinkt. Und dass es eine Verbindung zu dem Anschlag auf Marie in dem Safe House gibt, bei dem zwei Personenschützer des LKA erschossen wurden. Und, und, und … ziemlich verworren, das alles. Ich muss jetzt Schluss machen. Wünsch mir Glück!«

Moewig starrte noch einige Zeit stumm auf sein Handy, nachdem das Gespräch beendet war.

Ich kann nur inständig hoffen, dass derjenige oder diejenigen, die Bartrück ermordet und diesen ganzen Wahnsinn gestartet haben, die Marie in den Tod getrieben haben, zur Rechenschaft gezogen werden, dachte er.

87

Berlin,
Treptowers, BKA-Einheit »Extremdelikte«,
Büro Dr. Fred Abel,
30. Oktober, 16:02 Uhr

Bereits vor sechs Tagen war völlig unvermittelt die brutale Anschlagsserie abgerissen, die fünf unschuldige Menschen, darunter ein neunjähriges Mädchen, innerhalb von vierundzwanzig Stunden auf perfide Art und Weise das Leben gekostet hatte. So abrupt, wie der Terror über Berlin gekommen war, war er auch wieder verschwunden. Zwischenzeitlich war ein Syrer, der mit demselben Modus Operandi wie der Attentäter in Berlin agiert hatte, direkt nach der Tat erschossen worden. Der Mann hatte vier aus Frankreich stammende Schülerinnen, die sich in Amsterdam auf Klassenfahrt befunden hatten, dort in einem Hotelfahrstuhl erstochen. Ein weiterer Mann, dessen Herkunft noch nicht veröffentlicht wurde, war unter dem dringenden Verdacht, einen terroristischen Anschlag geplant zu haben, in Marseille festgenommen worden. Alles deutete darauf hin, dass auch er zu dem Kreis des europaweit agierenden Terrornetzwerkes gehörte, über dessen Hintergrund und Motive noch so gut wie nichts bekannt war.

Aber auch wenn die Anschlagsserie, die die Hauptstadt zwei Tage lang erschüttert hatte, immer noch die Berliner Medienlandschaft beherrschte und deren Nachbeben bei der Polizei auf Bund- und Länderebene zu spüren waren, schien sie vorerst zumindest für die Rechtsmediziner der

»Extremdelikte« zu Ende zu sein. Der tagtägliche Wahnsinn im Sektionssaal der Treptowers nahm wieder seinen gewohnten Lauf, auch wenn die Art von Brutalität und Gewalt in anderer Form daherkam.

Doch von alldem bekam Abel seit fünf Tagen kaum noch etwas mit.

Die Tote aus der Badewanne in der Wohnung in der Charlottenburger Uhlandstraße war aufgrund des Ergebnisses von Abels Obduktion und der am Tatort gefundenen DNA-Spuren ebenfalls dem sogenannten »Bademeister« zuzuschreiben und somit das vierte bisher bekannt gewordene Opfer des Serienkillers Marco Schorlau, der seit mittlerweile über vier Monaten in Untersuchungshaft einsaß und auf seinen Prozess wartete.

Dieser Fall war Abels letzter Sektionsfall gewesen …

Er stapelte die restlichen Bücher in die letzte der vier dafür vorgesehenen Umzugskisten. Nach fast fünfundzwanzig Jahren als Rechtsmediziner verfügte er über eine beachtliche Privatbibliothek, bestehend aus deutscher und internationaler Fachliteratur zu rechtsmedizinischen und kriminalistischen Themen. Sektionsassistent Hermann Vogel würde die Kisten am späteren Nachmittag nach den Sektionen, wenn alle Leichen wieder zugenäht und in den Kühlfächern verstaut waren, abholen und in die hauseigene Bibliothek der rechtsmedizinischen Spezialeinheit »Extremdelikte« in den Treptowers bringen. Abel hatte für die Bücher keine Verwendung mehr.

Sein Chef, Professor Paul Herzfeld, hatte die Nachricht, dass Abel der Rechtsmedizin den Rücken kehren und zum Ende des Monats kündigen würde, erstaunlicherweise sehr gefasst aufgenommen. Er hätte arbeitsrechtlich jede Menge

Gründe gehabt, der Kündigung aufgrund der Kurzfristigkeit zu widersprechen, oder auch versuchen können, Abel umzustimmen. Aber er hatte nichts dergleichen getan und, nach einigen Stunden Bedenkzeit, die er sich erbeten hatte, einer vorzeitigen Vertragsauflösung ohne Diskussion und Umschweife zugestimmt.

Vielleicht, weil er selbst schon einmal an demselben Punkt wie ich war, dachte Abel. *Vielleicht, weil sich Paul Gedanken macht, ob ihn eine solche Entscheidung vor vielen Jahren möglicherweise vor der Trennung und späteren Scheidung von seiner Frau Petra bewahrt hätte und seine Familie nicht an seinem Beruf zerbrochen wäre. Genau das ist nämlich geschehen, das hat er mir einmal im Vertrauen erzählt. Weil er weiß, was für eine Belastung unser Beruf für ein geordnetes Familienleben darstellt, kann er meine Entscheidung nachvollziehen und respektieren.*

Der heutige Tag war Abels letzter Arbeitstag.

Ab morgen werde ich für Lisa und bald auch für unseren Sohn da sein. Noch einmal werde ich es nicht verpassen, mein Kind aufwachsen zu sehen. Ich werde dabei sein, wenn der Kleine seine ersten Schritte macht, seine ersten Worte spricht, ging es Abel durch den Kopf, aber er wurde durch ein Klopfen aus seinen Gedanken gerissen.

»Herein!«

Seine langjährige Arbeitskollegin, Sabine Yao, die wieder zurück in Berlin war, steckte ihren Kopf durch den Türspalt. Sie lächelte ihn aus ihrem fein geschnittenen, blassen Gesicht an und betrat dann sein Büro.

»Verdammt komisch, dein Büro so leer zu sehen«, sagte sie, während ihr Blick auf die gähnende Leere in der großen Vitrine, die ausgeräumten Bücherregale und die völlig freigeräumte Schreibtischplatte fiel, auf der sich sonst Ermittlungsakten in farbigen Aktenordnern gestapelt und handschriftlich von Abel beschriebene Zettel gehäuft hatten. Lediglich der Monitor von Abels PC stand noch einsam und verlassen auf der Schreibtischplatte.

Sabine Yao deutete in die Richtung.

»Ich hatte gehofft, du vergisst bei deinem Auszug die Lampe«, sagte sie mit einem demonstrativen Augenzwinkern.

Abel wusste, dass seine Kollegin auf seine antike Schreibtischlampe mit dem grünen Schirm anspielte, die er vor unzähligen Jahren von seiner Mutter zum bestandenen ersten Staatsexamen bekommen und um die Yao ihn immer beneidet hatte.

»Geht in die Erbmasse ein«, erwiderte Abel, ebenfalls mit einem Augenzwinkern.

Yao schob sich einige widerspenstige Haarsträhnen, die sich aus ihrem schwarzen Pferdeschwanz gelöst hatten, aus der Stirn und sah Abel direkt in die Augen.

»Fred, wir haben so viel beruflich zusammen erlebt, so viel gemeinsam durchgemacht. Auch wenn wir ab und zu unsere Schwierigkeiten hatten, möchte ich dir sagen: Ich schätze dich als Kollegen, aber noch mehr als Freund. Du bist der beste Rechtsmediziner, mit dem ich je zusammengearbeitet habe.«

Abel merkte, wie die Röte in sein Gesicht schoss.

»Okay, vielleicht mit Ausnahme von Herzfeld«, schob Yao nach und lachte dabei laut auf.

Auch Abel musste jetzt lachen.

»Nein, Spaß beiseite«, sagte Yao in ernsterem Tonfall. »Ich habe in den vergangenen Jahren sehr viel von dir gelernt, Fred. Ich konnte mir viel im Sektionssaal abschauen. Deinen Rat und deine Gegenwart werde ich vermissen. Mein Kollege Fred Abel, der immer, auch für die kompliziertesten Fragestellungen, ob fachlicher oder privater Natur, eine Lösung parat hat, manchmal so simpel und naheliegend, dass alle anderen sie übersehen – dieser Kollege wird mir fehlen.«

Abel schätzte die sechsunddreißigjährige Tochter einer Deutschen und eines Chinesen sehr. Vor acht Jahren war sie Herzfeld, der damals die Leitung der neu gegründeten rechtsmedizinischen Spezialeinheit »Extremdelikte« übernommen hatte, aus der Kieler Rechtsmedizin nach Berlin zum BKA gefolgt.

Abel bewunderte sie für die Ruhe und Gelassenheit, die sie ausströmte. Und genauso für ihr fachliches Können, das Herzfelds oder seinem in keiner Weise nachstand. Am Vortag erst hatte er, in Absprache mit Herzfeld, Sabine Yao alle seine noch offenen Fälle übergeben, die er bei ihr in guten Händen wusste.

»Sabine, ich …«, setzte er an, aber die zierliche Frau in der blauen Sektionssaalkleidung unterbrach ihn. »Fred, sag jetzt bitte nichts. Lass es einfach so stehen. Wir bleiben in Kontakt. Da bin ich mir sicher.«

Mit diesen Worten machte sie auf dem Absatz kehrt und verließ Abels Büro.

☠☠☠

Nachdem Sektionsassistent Hermann Vogel eineinhalb Stunden später die vier Umzugskisten mit Büchern geholt und sich von Abel verabschiedet hatte, packte der seine letzten persönlichen Dinge aus den Schreibtischschubladen in eine abgewetzte lederne Reisetasche, die ihm Lisa am Morgen zu diesem Zweck mitgegeben hatte. Er überlegte kurz, ob er auf dem Flur im siebten Stock der Treptowers die Runde machen und sich auch bei den übrigen Kollegen verabschieden sollte, entschied sich aber dagegen.

Es ist nichts. Ich fühle nichts, dachte Abel. *Keine Wehmut, all das hier hinter mir zu lassen.*

Noch am Morgen, ehe er zu seinem letzten Arbeitstag aufgebrochen war, hatte Abel mit Lisa darüber gesprochen, dass es ihm, in dem Wissen, dass dies sein letzter Tag in den Treptowers war und es kein Zurück mehr gab, vermutlich schwerfallen würde, wenn er am Abend die Tür seines Büros im BKA-Gebäude das allerletzte Mal hinter sich schloss.

Ich habe keinen Zweifel daran, dass meine Entscheidung, der Rechtsmedizin den Rücken zu kehren, die richtige ist. Das ist die logische Konsequenz aus dem, was ich in den letzten Jahren erlebt habe. Und im Hinblick darauf, was mich in Zukunft erwartet. Diese Zäsur war längst überfällig …

Ein Lächeln huschte kurz über Abels Gesicht, dann trat er aus seinem Büro und schloss leise die Tür hinter sich.

88

Berlin-Grünau,
Wohnhaus von Fred Abel und Lisa Suttner,
31.Oktober, 17:17 Uhr

Es war ein völlig ungewohntes, richtiggehend komisches Gefühl für Abel gewesen, den Tag ganz allein zu Hause in Grünau zu verbringen. Umso froher war er, dass er jetzt Lisas Auto in der Einfahrt hörte. In wenigen Wochen würde auch Lisa jeden Tag zu Hause bleiben, da dann das Beschäftigungsverbot im Rahmen ihres Mutterschutzes begann.

Abel ging zur Haustür, öffnete sie und erwartete Lisa im Türrahmen.

»Ein ungewohntes Bild von Ihnen, Doktor Abel«, scherzte Lisa, als sie aus ihrem Wagen ausgestiegen war und ihn erblickte. Er wusste sehr genau, worauf sie anspielte. Er konnte sich tatsächlich nicht an einen einzigen Tag in ihrer Beziehung erinnern, an dem er vor Lisa zu Hause gewesen wäre.

»Ich hoffe, mein Hausmann hat das Essen schon auf dem Herd?« Bei diesen Worten mussten sie beide lachen, denn Abel konnte vieles, aber kochen definitiv nicht.

Er umarmte Lisa, strich ihr sanft über den Babybauch und half ihr aus dem Mantel.

Das fühlt sich alles gut an, dachte er gerade, als sein Handy im Wohnzimmer klingelte. Abel sah in die Richtung und anschließend zu Lisa, die demonstrativ mit den Augen rollte. Kurz war er hin- und hergerissen, dann machte er eine entschuldigende Geste, holte sein Mobiltelefon und sah auf das Display.

Sara Wittstock. Er überlegte kurz, den Anruf nicht anzunehmen und stattdessen zu Lisa zurückzukehren, ihnen beiden in der Küche ein Glas Mineralwasser oder Schorle einzugießen und dann weiter über ihre Pläne für das Kinderzimmer zu sprechen – ein Gespräch, das sie am Morgen beim Frühstück begonnen, aber nicht hatten zu Ende führen können. Doch er entschied anders.

Sara ist immer für mich da gewesen in den letzten Jahren …

Nach einer kurzen Begrüßung und nachdem die IT-Spezialistin festgestellt hatte, dass sie sich erst einmal an den Gedanken würde gewöhnen müssen, dass Abel jetzt Privatier, wie sie es formulierte, sei, kam sie ohne Umschweife zum Grund ihres Anrufs.

»Der Typ mit dem Tattoo, der Bartrück erschossen hat, ist mittlerweile identifiziert. Nachdem ich unsere Leute über den Zusammenhang zwischen Bartrücks Ermordung und der Übereinstimmung mit dem Tatverdächtigen von dem Raub im Grünen Gewölbe in Dresden informiert habe, sind die umgehend aktiv geworden. Kein Wunder. Der mutmaßliche Räuber ist zudem auch ein mutmaßlicher zweifacher Polizistenmörder, der sehr wahrscheinlich auch die beiden Beamten im Safe House erschossen hat. Sein Name ist Tamer Masih.«

»Sollte mir der Name etwas sagen?«, fragte Abel.

»*Nope.* Aber dreimal darfst du raten, welcher andere Name immer wieder im Zusammenhang mit Masih auftaucht.«

»Saad?«

»*Correctement.* Masih stammt aus dem Dunstkreis der Saads.«

»Und jetzt sind die Zielfahnder an ihm dran?«, wollte Abel wissen.

»Sie waren an ihm dran. Haben ihn auch aufgespürt«, fuhr Sara fort.

»Und? Mach es doch verdammt noch mal nicht so spannend, Sara!«, sagte Abel, wobei er eine entschuldigende Geste zu Lisa machte, die jetzt bei ihm stand.

»Der Bursche hat sich in den Libanon abgesetzt. Offensichtlich übers Baltikum. In Tallinn verliert sich seine Spur. Die Angaben zu seiner mutmaßlichen Ausreise aus Deutschland sind übrigens widersprüchlich. Entweder hat er sich bereits am 21. oder erst am 23. Oktober aus Deutschland abgesetzt.«

»Moment«, warf Abel ein. »Wenn er am 21. Oktober Deutschland verlassen hat, kann er nicht der Typ sein, der im Safe House am 22. abends um sich geschossen hat und hinter Marie her war, als sie mir fast vors Auto gelaufen ist.«

»Richtig, Sherlock.«

»Und wie geht es weiter?«, fragte Abel ungeduldig.

»Frag das nicht die Computerfrau, Fred. Du weißt viel eher als ich, wie der Gang der Dinge sein wird, was die Ordnungsmacht jetzt wohl unternehmen wird, welche behördlichen Mühlen schnell oder langsam mahlen und welche Wege diplomatisch geebnet werden müssen, um den Typen im Nahen Osten aufzuspüren.«

»Hmm«, machte Abel. »Das wird kein leichtes Unterfangen.«

Als Abel das Gespräch beenden wollte, sah er, dass Lisa

demonstrativ mit ihren Lippen den Satz *Wie geht es ihr?* formte.

Abel nickte ihr zu, dankbar für den Hinweis.

»Wie geht es dir, Sara?«

»Mein Therapeut wird mir helfen, damit ich das, was sich in meiner Wohnung abgespielt hat, verarbeiten kann«, erklang die sachliche Antwort.

»Das ist gut, Sara. Ich meine …«, begann Abel, wurde aber von der IT-Expertin unterbrochen, die anscheinend nicht tiefer in das Thema einsteigen wollte und es jetzt eilig hatte, das Telefonat zu beenden.

»Wir sehen uns kommenden Mittwoch bei Maries Beerdigung, Fred. Mach es gut.«

Eigentlich wollte Abel sie noch fragen, ob es irgendwelche Neuigkeiten zu dem mutmaßlichen Maulwurf im LKA gab, aber da hatte Sara das Gespräch schon beendet.

»Und?«, fragte Lisa, als Abel das Handy weggelegt hatte.

»Sara wird zu Maries Beerdigung kommen.«

»Aber deshalb hat sie nicht angerufen, oder? Fred?«

»Es könnte sein, dass der Mann, den Marie quasi auf frischer Tat bei dem Mord an Ludger Bartrück ertappt hat, auch der Mann ist, der das Safe House in Oranienburg gestürmt und die beiden Beamten getötet hat. Aber ganz ehrlich, Lisa. Es interessiert mich nicht, ob es der Mörder von Bartrück war, der hinter Marie im Safe House her war, oder ob es ein anderer von Asad Saads Schergen war. Marie ist tot. Lars wird das sicherlich anders sehen, aber ich will die Sache jetzt endgültig hinter mir lassen. Ich will das … Ich will das nicht mehr in meinem Leben haben. In unserem Leben …«

Lisa nickte und gab ihm einen Kuss auf die Stirn, wofür sie sich auf die Zehenspitzen stellen musste.

»Ich weiß, Freddy, ich weiß«, sagte sie leise und strich ihm dabei zärtlich durch die Haare.

89

Berlin,
Treptowers, BKA-Einheit »Extremdelikte«,
Besprechungsraum,
4. Januar, 07:55 Uhr

In Vertretung von Herzfeld, der noch bis Anfang der kommenden Woche im Skiurlaub in den Alpen sein würde, leitete Yao die Frühbesprechung an diesem Tag. Gerade hatte sie die anstehenden Sektionsfälle referiert und an die jeweiligen Kolleginnen und Kollegen verteilt. Aber nicht nur in den täglichen Frühbesprechungen vertrat Yao in dieser Woche den Chef der Abteilung. Professor Herzfeld hatte sie vielmehr wenige Tage vor Weihnachten gefragt, ob sie sich vorstellen könne, in die Fußstapfen von Fred Abel zu treten und als stellvertretende Leitung der »Extremdelikte« zu fungieren. Eine Position, die bis dahin von Herzfeld interimsmäßig mit Oberarzt Doktor Scherz besetzt worden war. Yao hatte sofort zugesagt. Und Scherz war zähneknirschend wieder ins zweite Glied zurückgetreten.

Herzfeld und Yao hatten bei dieser Gelegenheit noch kurz über Abel gesprochen, der zwei Wochen zuvor Vater eines gesunden Jungen geworden war, dem Lisa und er den Namen Albert gegeben hatten – in Gedenken an Lisas mit vier Jahren ertrunkenen Bruder. Ihr ehemaliger Kollege lebte anscheinend seine neuen Vaterfreuden voll aus. Eine Rolle, die sie Abel niemals zugetraut hätten.

Am Tag zuvor hatte im BKA die Nachricht die Runde gemacht, dass Kriminalhauptkommissar Ehrenberg bei einem tödlichen Verkehrsunfall ums Leben gekommen war. Ein dunkler SUV unbekannten Fabrikats hatte Ehrenberg, der auf dem Fahrrad unterwegs zu seiner Arbeitsstätte in der Keithstraße gewesen war, die Vorfahrt genommen, und der Fahrer hatte unmittelbar danach Unfallflucht begangen.

Yao erhob sich jetzt von ihrem Stuhl und bat alle im Raum anwesenden Rechtsmediziner, es ihr nachzutun.

»Bitte erheben Sie sich von Ihren Plätzen. Wir wollen dem verstorbenen Kriminalhauptkommissar Ehrenberg, der uns allen durch die langjährige Zusammenarbeit der ›Extremdelikte‹ mit der Berliner Mordkommission gut bekannt ist und dem sich einige – wie ich weiß – persönlich verbunden fühlten, mit einer Schweigeminute gedenken.«

Yao fand diese Geste des Respekts und Innehaltens für den Mann, der als Mordermittler fast so etwas wie eine Legende bei der Berliner Polizei gewesen war, angemessen.

Nachdem das geräuschvolle Zurückschieben der Stühle durch die sich Erhebenden verklungen war, war es für eine kurze Zeit völlig still im Besprechungsraum.

Dann bedankte sich Sabine Yao und beendete mit einem energischen »Dann wollen wir mal!« die morgendliche Frühbesprechung.

90

Berlin,
Treptowers, BKA-Einheit »Extremdelikte«,
Sektionssaal,
4. Januar, 08:22 Uhr

Sabine Yao eröffnete die Körpervorderseite des Toten mit einem einzigen gekonnten Schnitt, den sie schnell und ohne das Messer auch nur einmal abzusetzen, von der Drosselgrube bis zum Schambein des Toten zog. Kurz erfüllte ein jauchiger Fäulnisgeruch den Sektionssaal, der allerdings aufgrund der auch an diesem Morgen unermüdlich ihren Dienst versehenden Lüftungsanlage genauso schnell wieder verflog, wie er gekommen war. Yao hatte sich selbst an diesem Morgen für die Obduktion eines Brandopfers eingeteilt.

In der Silvesternacht hatte es in einem Wohnhaus in der Moabiter Bandelstraße gebrannt, wobei die Brandursache noch nicht ermittelt werden konnte, denn ausweislich der Ermittlungsakte dauerten die Untersuchungen des zuständigen Brandkommissariats und der Brandsachverständigen der Berliner Feuerwehr noch an. Vielleicht eine verirrte Silvesterrakete oder anderes Feuerwerk, möglicherweise aber auch ein defektes Elektrogerät oder – auch diesbezüglich wurde in alle Richtungen ermittelt – vorsätzliche Brandstiftung. Das Mehrfamilienhaus aus der Zeit des Jugendstils in einer heruntergekommenen Wohngegend war nicht vollständig ausgebrannt, aber doch so stark beschädigt worden, dass ein Abriss des Hauses zur Diskussion stand.

Vielleicht ein warmer Abbruch, wie es im Versicherungsjargon so schön heißt, wenn Immobilienbesitzer lieber abreißen und neu bauen wollen, anstatt zu sanieren, war es Yao bei der Lektüre der Ermittlungsakte durch den Kopf gegangen.

Bei den Räumungsarbeiten war erst drei Tage nach dem Brandausbruch in einer Wohnung im dritten Stock des Mehrfamilienhauses eine lediglich leicht brandgezehrte Leiche gefunden worden. Andere Personen waren bei dem Brand nicht zu Schaden gekommen, da die wenigen noch in dem Haus wohnenden Mieter rechtzeitig hatten evakuiert werden können, während ringsherum das Silvesterfeuerwerk knallte und krachte.

Dass der Fall bei den Rechtsmedizinern der »Extremdelikte« gelandet war, war nicht etwa dem Umstand geschuldet, dass die betreffende Wohnung, in der man den Toten fand, von der Hausverwaltung seit einem Jahr als leer stehend deklariert worden war. Nein, es war die Tatsache, dass dem Leichnam der Kopf fehlte, was nicht durch Brandzehrung oder die Räumarbeiten in dem Gebäude erklärt werden konnte. Der Kopf des Toten blieb auch nach mehrfacher Absuche der Örtlichkeit verschwunden. Das gab dem Fall durchaus die nötige Brisanz und rechtfertigte damit den Einsatz der BKA-Rechtsmediziner.

Während sich Yao nacheinander durch die verschiedenen Organpakete arbeitete, die ihr Sektionsassistent Hermann Vogel nach deren Exenteration, also der Entfernung der Organe aus dem Körper im Rahmen der Sektion, anreichte, kam sie nach und nach zu einer ersten Einschätzung.

Aufgrund des Zustands seiner inneren Organe und des tadellosen Gefäßstatus kann der Tote höchstens Anfang bis Mitte zwanzig gewesen sein, als er starb. Der Kopf wurde offen-

sichtlich im frühen postmortalen Intervall abgetrennt, der Hals ist regelrecht einmal zerteilt worden. Mit einem Messer oder einem anderen scharfen Werkzeug. Stabile Klinge, so viel ist sicher. Derjenige, der den Kopf abgetrennt hat, wusste in jedem Fall, was er da tut, denn Knochen sind nicht beschädigt. Nicht mal kleinste Scharten an der Knochenrinde. Den Stress, Knochen zu zerteilen, hat der Täter sich nicht angetan. Hat fein säuberlich den Bandapparat der Wirbelsäule zwischen dem fünften und sechsten Halswirbelkörper durchtrennt. Alle Achtung. Warum er das gemacht hat? Keine Ahnung. Jedenfalls nicht, um eine Identifizierung zu erschweren, denn dann hätte er die Hände auch gleich mit abtrennen müssen, um einen Fingerabdruckvergleich zu verhindern. Todesursache: bisher Fehlanzeige … Organgesund war der Mann jedenfalls. Mal sehen, was die Toxikologie bringt. Allerdings lässt sich auch nicht ausschließen, dass ein Angriff gegen den Hals todesursächlich war, da nicht nur der gesamte Kopf, sondern mit ihm auch der Hals und die wesentlichen Halsorgane wie Kehlkopf und auch das Zungenbein fehlen. Hinweise auf seine Identifizierung: auch Fehlanzeige. Keinerlei Zahnarbeiten, makellose eigene Zähne. Keine Tattoos, keinerlei Operationsnarben … Nichts, was ich den Ermittlern an die Hand geben könnte.

☠ ☠ ☠

Knapp eine halbe Stunde später verließ Sabine Yao den Sektionssaal in Richtung Damenumkleide. An ihrer ersten Einschätzung hatte auch die Untersuchung der restlichen Organe des jungen Mannes nichts geändert. Vielleicht würde sich aufgrund der weiteren polizeilichen Ermittlungen demnächst ein Verdacht ergeben, um wen es sich bei dem Toten handeln könnte. Oder die DNA-Analyse erbrachte einen Treffer in der DNA-Datenbank, woraufhin sich seine Identität feststellen ließe.

Aber womöglich würde sich seine Identität nie aufklären. Dann würde der unbekannte Tote für immer ein Geist bleiben.

Nachwort

Liebe Leserinnen und Leser,

mit *Zerteilt,* dem fünften True-Crime-Thriller um den Berliner Rechtsmediziner Doktor Fred Abel, endet nun diese Reihe. Aber nicht, weil mir keine weiteren Titelwörter mit *Z* mehr einfallen wollen, sondern aus dem genauso einfachen Grund, dass man dann aufhören sollte, wenn es am schönsten (oder am spannendsten …) ist.

Ursprünglich hatte ich die Abel-Reihe als Trilogie *(Zerschunden, Zersetzt, Zerbrochen)* angelegt, aber dann konnte ich es doch nicht lassen und musste weiterschreiben. Und jetzt sind es mit *Zerrissen* und *Zerteilt* insgesamt fünf Bände der »Z-Reihe«, wie die Bücher im Droemer Knaur Verlag auch genannt werden, geworden.

Die ersten drei True-Crime-Thriller sind mit dem großartigen Schauspieler und meinem guten Freund Tim Bergmann in der Hauptrolle als Rechtsmediziner Fred Abel verfilmt worden. Außerdem waren alle Bände auf der Bestsellerliste vertreten. Dieser Erfolg ist nicht selbstverständlich und liegt nicht nur an einem tollen Verlagsteam bei Droemer Knaur, sondern vor allem auch an Ihnen und euch, meinen treuen Leserinnen und Lesern, Instagram-Followerinnen und -Followern und all jenen Fans, die an *echtem* True Crime aus erster Hand interessiert sind, von denjenigen, die den Job des Rechtsmediziners auch im wahren Leben machen.

Auch in *Zerteilt* gibt es wieder einen Rundumschlag zu den Themen Rechtsmedizin und kriminalistische Ermittlungsarbeit. Wir begleiten Fred Abel nicht nur an Leichenfundorte respektive Tatorte zur Feststellung von Todesursachen oder Todeszeitbestimmung. Wir sind auch dabei, wenn der Rechtsmediziner mögliche Geschehensabläufe rekonstruiert, die zum Tod eines Betreffenden geführt haben, wir hören dem Team der rechtsmedizinischen Spezialeinheit »Extremdelikte« in der morgendlichen Frühbesprechung zu (eine Besprechung, die es in genau dieser Form jeden Morgen um 07:30 Uhr mit dem gesamten Obduzenten-Team in der Berliner Rechtsmedizin gibt) und schauen Abel und seinen Kolleginnen und Kollegen über die Schulter, wenn im Sektionssaal obduziert, Todesursachen und Todesarten diskutiert und Schlussfolgerungen für die weitere polizeiliche Ermittlungsarbeit gezogen werden.

Alle hier dargestellten Fälle haben sich in der ein oder anderen Form so oder so ähnlich ereignet, und ich war in die rechtsmedizinischen Untersuchungen eingebunden. Natürlich wurden Namen, Alter, Ort und Vorgeschichte von mir verändert, um die Persönlichkeitsrechte der Toten zu wahren und den Todesfällen Anonymität zu geben, die notwendig ist, wenn sie in die Öffentlichkeit gelangen.

Das Ende des Buches (ohne hier schon irgendetwas zu verraten) wird sicherlich einigen Leserinnen und Lesern nicht gefallen. Aber ein Ende ist immer auch Chance und Möglichkeit für einen Neuanfang. Und so ist es auch bei der Fred-Abel-Reihe, denn Abel übergibt sozusagen den Staffelstab an seine Kollegin Sabine Yao – auch wenn das eigentlich Herzfelds Entscheidung und Verdienst ist. Rechtsmedizinerin Sabine Yao ist eine zierliche Deutsche mit chinesischen Wurzeln, die treuen Leserinnen und Lesern und Fans nicht nur aus dieser Reihe, sondern auch aus meinem Buch *Kaltes Land* bekannt ist.

Und das ist zugleich eine gute Nachricht, denn die demnächst startende Sabine-Yao-Reihe wird an einige Handlungsstränge der Fred-Abel-Reihe anknüpfen, und es wird in meiner neuen True-Crime-Thriller-Reihe auch ein Wiedersehen mit den Figuren und Charakteren der rechtsmedizinischen Spezialeinheit »Extremdelikte« des BKA in Berlin geben.

Herzlichst, Ihr
Michael Tsokos

Danksagung

Mein Dank geht zuallererst an meine genauso großartige wie langjährige Lektorin Alexandra Löhr. Es war wieder ein Fest, diese reibungslose und tolle Zusammenarbeit. *Merci!*

Stellvertretend für die Mitarbeiterinnen und Mitarbeiter des Instituts für Rechtsmedizin der Charité sei hier Dr. Larissa Amadasi, Dr. Marc Windgassen und Dr. Lars Oesterhelweg gedankt, mit denen ich spannende Obduktionsfälle erleben durfte.

Beim Landesinstitut für gerichtliche und soziale Medizin in Berlin danke ich meinen Mitarbeiterinnen und Mitarbeitern Denise Dümpelmann, Philipp Möller, Dr. Edwin Ehrlich und Dr. Frank Rosenbaum stellvertretend für das ganze Team. *Thanx!*

Roman Hocke und seinem Team von AVA international: *Grazie!*

Stellvertretend für alle Kolleginnen und Kollegen bei meinem Verlag Droemer Knaur sage ich Doris Janhsen, Katharina Ilgen, Nina Vogel, Patricia Keßler, Hanna Pfaffenwimmer und Carolin Graehl: *Gracias!*

Meiner Frau Anja danke ich für die Freiräume, die sie mir immer lässt, damit ich mich in meiner Freizeit meinen ganzen Aktivitäten widmen kann. *Kea leboha, moratuoa o aka!*

Und Ihnen, liebe Leserinnen und Leser: *Asante!*

Michael Tsokos

LESEPROBE

aus

Kaltes Land

von

Michael Tsokos

Ein Fall für Sabine Yao

PROLOG

Der korpulente Mann schnaufte heftig. Sein Atem rasselte. Trotz der nächtlichen Kälte lief ihm Schweiß über das Gesicht. Als er die verrostete Sackkarre an den deckenhohen Regalen vorbei in die Mitte des Lagerraumes schob, tauchte die nackte Deckenglühbirne die unverputzten Wände ringsum in blasses, gelbliches Licht. Nach wenigen Schritten hatte er sein Ziel erreicht.

Der Verschlusshebel an der Oberseite der fünfhundert Liter fassenden Gefriertruhe ließ sich mit seinen Händen, die in dicken Winterhandschuhen steckten, nur schwer greifen. Fluchend bekam er den Verschluss erst nach mehreren vergeblichen Versuchen zu fassen, und mit einem metallischen Klacken schwang der Deckel auf.

Für einen kurzen Moment hielt er inne und blickte hasserfüllt auf den Inhalt vor sich. Neben seinem rasselnden Atem war nur das elektrische Surren der Kühlung zu hören. Eine mehrere Zentimeter dicke Eisschicht lag über der Toten. Die dicke Raureifkruste erinnerte ihn an die dunklen, langen Wintermonate in seiner Heimat. Große Eiskristalle bedeckten ihren Kopf, das Gesicht und die Strickjacke über ihrem Oberkörper.

Der Mann beugte sich nach vorn und versuchte, den tiefgefrorenen Leichnam zu bewegen. Vergeblich.

Verdammte Scheiße, dachte er. *Die Alte ist festgefroren.*

Mit schweren, stampfenden Schritten ging er hinüber zu einem der Regale und durchwühlte geräuschvoll mehrere der metallenen Regalbretter, bis er schließlich gefunden hatte, wonach er suchte. Mit dem Brecheisen begann er die eisige Verbindung zwischen den Wänden der Gefriertruhe und der Oberfläche der Toten zu lösen, begleitet von stakkatoartig ausgestoßenen Flüchen in seiner Muttersprache.

Warum musste die Alte auch so neugierig sein? Hat mich verdammt viel Kohle gekostet. Die hatte echt Nerven. Der Atem des Mannes ging heftig, fast brodelnd.

Das laute Schaben, Stoßen und Kratzen, das das Brecheisen verursachte, als der Mann mit brachialer Gewalt den toten Körper aus seinem eisigen Versteck löste, war ohrenbetäubend, und für einen kurzen Moment überlegte er, ob er nicht besser die offen stehende Tür des Lagerraumes schließen sollte. Er verwarf den Gedanken jedoch gleich wieder. *Auf dem Gelände ist niemand außer mir. Kein Mensch bekommt hiervon etwas mit.*

Etwa zwanzig Minuten später hatte er es unter größter Anstrengung geschafft, die zusammengekrümmte Leiche, deren Arme und Beine vor dem Körper mit Panzertape zusammengebunden waren, aus dem Inneren der Gefriertruhe regelrecht herauszubrechen. Die grob gewebte Strickjacke war nun an den Oberarmen teilweise zerrissen und die darunterliegende Haut der Toten aufgeschürft, aber das scherte den Mann nicht.

Er hob die Tote unter Aufbietung all seiner Kräfte an und wuchtete ihren steifen Körper über den Rand der Truhe. Mit einem dumpfen Aufprall landete sie vor seinen Füßen. Er wischte sich den Schweiß von der Stirn. Nach mehreren Versuchen gelang es ihm schließlich, den tiefgefrorenen Körper auf die Transportfläche der Sackkarre zu ziehen und dort mit Spanngurten zu fixieren. Sein massiger Körper bebte, als er die Karre mit einem Ächzen aufrichtete. Während er die Tote in den Lieferwagen wuchtete, lief ihm der Schweiß nicht nur über das Gesicht, sondern auch über seinen Oberkörper.

Zehn Minuten später war er an seinem Ziel angekommen, einem dunklen, unbeleuchteten Waldweg. Sicherheitshalber hatte er schon fünfzig Meter vor der Abzweigung die Scheinwerfer des Transporters ausgeschaltet. Er drehte den Zündschlüssel um, und der Motor erstarb mit einem gluckernden Geräusch. Die Uhr im Armaturenbrett zeigte 04:16 Uhr an. In drei Stunden würde es hell werden. *Noch genug Zeit. Jetzt geht es schnell. Fast geschafft.*

Der Mann ließ das Fenster der Fahrerseite herunter und lauschte. Nichts. Nur leises Wasserrauschen. Behäbig schwang er sich von seinem Sitz und stapfte zur Rückseite des Lieferwagens.

Die nächsten Schritte waren ein Kinderspiel. Die auf dem unbefestigten Waldboden hin und her ruckelnde Sackkarre mit festem Griff schiebend, erreichte er nach etwa zwanzig Metern das Flussufer. Die Wasseroberfläche schimmerte dunkel und warf hin und wieder helle Reflexionen des Mondlichts zu ihm herüber. *Nicht zu nah rangehen, da wird es abschüssig.*

Der Leichnam taute bereits, und die Eisschicht auf der Körperoberfläche der Toten war mittlerweile kalter Nässe gewichen. Er kniete sich schnaufend neben die Tote, zog seine Handschuhe aus und begann vorsichtig, zuerst die Spanngurte und dann das Panzertape zu lösen, mit einem Teppichmesser, das er aus seiner völlig abgewetzten und ölverschmierten Arbeitshose gezogen hatte. *Jetzt keine Spuren hinterlassen. Alles sauber entfernen, ja nichts liegen lassen, und dann nichts wie weg hier. Bloß nicht da oben auf dem Waldweg festfahren oder auf dem Rückweg einen Unfall bauen,* schoss es ihm durch den Kopf.

Mehrfach musste er sich den Schweiß mit dem Ärmel seines zerschlissenen Fleecepullis aus den Augen wischen. Dann war es endlich geschafft. Er warf einen letzten Blick auf die Tote. Ihr graues Haar hing wie ein zerfledderter Wischmopp zu allen Seiten herunter und verdeckte ihre Stirn und Augenpartie. Ihre Gesichtszüge um Mund und Nase wirkten seltsam verschoben, gar nicht so, wie er sie in Erinnerung gehabt hatte. Die steifen Finger schauten wie gräuliche Wachskerzen aus den Ärmeln der Strickjacke hervor. *Fast als ob sie nach mir greifen wolle.*

Er riss sich von dem Anblick los und zerrte sie bis an die Uferkante des Flusses. Dann gab er der toten Frau einen kräftigen Tritt.

Mit einem lauten Platschen landete sie im Wasser, woraufhin eine Bisamratte aufgeschreckt aus der Uferböschung auf ihn zuschoss. Der Mann zuckte kurz zusammen. Danach herrschte wieder völlige Stille, abgesehen von dem Rauschen des Wassers.

1

Kiel, Altstadt, 2. Polizeirevier, Falckwache, Donnerstag, 8. Oktober, 8:55 Uhr

»Wie alt ist Ihre Schwester denn?«, fragte der glatzköpfige Beamte mit den drei Sternen auf den Schulterklappen seines mitternachtsblauen Uniformhemdes, der sich vor wenigen Minuten als Polizeiobermeister Scholl vorgestellt hatte.

»Fünfundsechzig. Johanna ist fünfundsechzig«, antwortete Almuth Amsinck und strich sich eine graue Strähne, die sich aus ihrem altmodischen Haarknoten gelöst hatte, aus dem Gesicht. Ein Kloß schien in ihrem Hals zu stecken, den sie vergeblich herunterzuschlucken versuchte. Sie räusperte sich.

»Elf Jahre jünger als ich. Wir waren drei Schwestern. Die mittlere, Agathe, ist vor vier Jahren gestorben. Johanna war unser Nesthäkchen. Wir …« Almuth Amsincks Stimme versagte nun gänzlich, und sie merkte, wie sich ihre Augen mit Tränen füllten.

»Und seit wann genau haben Sie nichts mehr von Ihrer Schwester gehört?«, fragte der Beamte in ruhigem Tonfall, fast behutsam, während sie mit ihren knochigen Händen umständlich in ihrer Handtasche herumkramte, um dann ein besticktes Stofftaschentuch hervorzuziehen. »Oder vielmehr, seit wann erreichen Sie Ihre Schwester nicht?«

Almuth Amsinck stellte die Handtasche aus glanzlosem Kunstleder mit dem altmodischen Clipverschluss wieder vor sich auf den Boden und schnäuzte sich, ehe sie mit bebender Stimme antwortete: »Ich habe das letzte Mal am Sonntag … Am Sonntag habe ich zuletzt mit Johanna gesprochen … Also, ich meine, am Telefon.«

»Vor vier Tagen also. Ist das denn so ungewöhnlich?«

»Seit Montag versuche ich, Johanna zu erreichen, Herr Wachtmeister. Über Festnetz und Handy. Das Festnetz klingelt, ohne dass sie abnimmt. Und das Handy ist immer ausgeschaltet. Der Teilnehmer ist vorübergehend nicht zu erreichen, heißt es da immerzu.« Almuth Amsinck musste erneut mit den Tränen kämpfen.

»Sie sollten sich keine Sorgen machen, Frau Amsinck. Eine erwachsene Frau wie Ihre Schwester unternimmt vielleicht etwas, von dem Sie nichts wissen. Womöglich hat sie eine neue Bekanntschaft gemacht oder ist kurzfristig verreist? Oder sie hat ihr Handy verlegt, und jetzt ist der Akku leer. Es gibt viele mögliche Erklärungen, die wir hier immer wieder erleben, wenn es zunächst so aussieht, als sei jemand urplötzlich verschwunden. Glauben Sie mir.«

»Meine Schwester hat keine Geheimnisse vor mir. Wenn sie jemanden kennengelernt hätte oder verreisen wollte, würde ich es wissen«, antwortete Almuth Amsinck mit fast tonloser Stimme, während sie nervös das bestickte Stofftaschentuch in einen der an der Umschlagkante abgestoßenen Ärmel ihres Mantels schob.

»Ich meine ja nur«, erwiderte Polizeiobermeister Scholl in leicht resigniertem Tonfall und massierte sich mit Daumen und Zeigefinger seiner linken Hand die dicken Tränensäcke unter den Augen.

»Ich war gestern bei Johanna zu Hause. Erst habe ich geklingelt. Dann bin ich rein. Ich habe einen Zweitschlüssel für ihre Wohnung. Keine Spur von ihr. Nichts. Die Nachbarn haben sie auch in den letzten Tagen nicht zu Gesicht bekommen, sagen sie. Und ihr Briefkasten ist voll mit Werbeprospekten und Gratis-Zeitungen. Das ist sehr ungewöhnlich für meine Schwester.«

Almuth Amsinck war erstaunt, wie die Worte jetzt plötzlich aus ihr herauspurzelten.

»Wie gesagt, Frau Amsinck, vielleicht ist Ihre Schwester spontan für ein paar Tage verreist. Musste einfach mal raus. Deshalb hat das alles erst mal wahrscheinlich nichts zu bedeuten. Wir sind in Kiel, da läuft es normalerweise nicht so wie im Fernsehen. Die Leute werden hier nicht Opfer von Entführungen oder Verbrechen, sondern tauchen regelmäßig nach spätestens zehn Tagen wieder auf. Machen Sie sich also keine Sorgen …«

»Und dass sie nicht zur Arbeit erschienen ist, dafür gibt es dann wohl Ihrer Meinung nach auch eine plausible Erklärung?«, unterbrach Almuth den glatzköpfigen Mann in einem Tonfall, der viel schärfer klang, als sie es beabsichtigt hatte.

»Moment. Ihre Schwester ist fünfundsechzig, sagten Sie. Sie arbeitet noch? Was macht sie denn und wo?«

»Sie hat einen Minijob als Putzfrau, oder Raumpflegerin, wie sie immer sagt, in einer Autowerkstatt in Kiel-Gaarden. Frühmorgens zwei Stunden, bevor die aufmachen. Sie hätte eigentlich diese Woche an jedem Morgen um 5:30 Uhr dort erscheinen müssen. Heute fehlt sie den vierten Tag in Folge. Das weiß ich, weil ich da schon zweimal angerufen habe, auch heute, bevor ich zu Ihnen gekommen bin.«

In diesem Moment machte der Mann in der blauen Uniform vor ihr eine Wandlung durch. Irgendetwas mussten ihre Worte bewirkt haben, denn er richtete sich jetzt in seinem Schreibtischstuhl kerzengerade auf, zog die Brauen hoch und sah sie mit Augen, aus denen jede Müdigkeit verschwunden zu sein schien, aufmerksam an.

»Erzählen Sie mir alles. Schön der Reihe nach. Ich bin ganz Ohr«, sagte er, während er die Tastatur seines Computers auf der Schreibtischplatte vor sich zurechtrückte.

☠☠☠

Eine knappe Stunde später hatte Almuth Amsinck Polizeiobermeister Scholl alles erzählt, was sie zum Verschwinden und dem persönlichen sowie beruflichen Umfeld ihrer Schwester Johanna Buntrock, geborene Amsinck, berichten konnte. Wie sie am gestrigen Mittwoch auf der Arbeitsstelle ihrer Schwester angerufen hatte und man ihr mitgeteilt hatte, dass Johanna schon den dritten Tag in Folge ihrer Arbeit ferngeblieben wäre. Dass sie bei ihrer Schwester zu Hause keinen Hinweis auf ihren Verbleib hatte feststellen können. Dass Johanna pflichtbewusst war und deshalb niemals ohne triftigen Grund ihrer Arbeit fernbleiben würde, ohne wenigstens jemanden darüber in Kenntnis zu setzen. Und dass sie niemals aus freien Stücken von einem Tag auf den anderen alles zurücklassen und einfach von der Bildfläche verschwinden würde. Dass Johanna seit dem Tod ihres Mannes vor knapp zwei Jahren die kleine Zweizimmerwohnung in Kiel-Wellingdorf allein bewohnte und den Job als Raumpflegerin hatte annehmen müssen, weil die Rente ihres Mannes weggefallen und ihr Anspruch auf Witwenrente zu gering war. Dass sie, Almuth, nichts von irgendwelchen Streitigkeiten in Johannas persönlichem Umfeld wusste und dass ihre Schwester außer ihr und zwei erwachsenen Nichten in Berlin keine weiteren Angehörigen hatte. Dass Johanna über keinen privaten Bekanntenkreis verfüge, abgesehen von einer Brieffreundin in Gütersloh, die sie aber auch bereits kontaktiert hatte und die auch nichts über Johannas Verbleib wusste.

Almuth Amsinck war stolz auf sich gewesen, dass sie dem Wachtmeister alles so konzentriert, fast ohne Tränen und mit nur wenigen Unterbrechungen berichtet hatte.

Dann hatte sie Polizeiobermeister Scholl eine genaue Personenbeschreibung ihrer Schwester gegeben. Größe, Gewicht, Statur, Augen- und Haarfarbe. Zwischendurch hatte sie immer wieder seine Nachfragen beantwortet, so zum Beispiel, dass Johanna keine Medikamente nehmen und auch nicht an ernsthaften Erkrankungen leiden würde. Und dass sie schon gar nicht lebensmüde sei.

Scholl hatte sie dann über das weitere Vorgehen unterrichtet. Johanna würde über das polizeiliche IT-System zur Fahndung ausgeschrieben werden – was nicht bedeutete, dass sie festgenommen werden würde, wenn sie irgendwo polizeilich in Erscheinung trat, sondern dass man dann lediglich ihren Aufenthaltsort und die Freiwilligkeit ihres Verschwindens feststellen würde. Es sei denn, sie wäre in einen Verkehrsunfall verwickelt und befände sich nicht ansprechbar in einem Krankenhaus oder würde als verwirrte Person im Rahmen eines Polizeieinsatzes aufgegriffen. In diesem Fall würde sie als nächste Angehörige sofort benachrichtigt. Wenn Johanna innerhalb der nächsten Tage nicht wieder auftauchte beziehungsweise sich ihr Aufenthaltsort nicht feststellen ließ, würde die Vermisstenstelle des Landeskriminalamts die Vermisstensache von der zweiten Kieler Polizeidirektion übernehmen.

Nachdem Polizeiobermeister Scholl Almuth seine Visitenkarte in die Hand gedrückt hatte und sie zugesagt hatte, ihm ein neueres Foto und die Bankverbindung von Johanna zukommen zu lassen – zur Feststellung, ob es in den letzten Tagen zu Kontobewegungen gekommen war –, begleitete er sie zum Ausgang der Wache.

Als sie sich von dem Beamten verabschiedete, hatte sie für einen kurzen Moment das Gefühl, dass ein Teil der Last, die sie seit Tagen mit sich herumtrug, von ihren Schultern genommen worden war. Doch als sie dann in den nasskalten Oktobertag hinaustrat, wurde sie erneut von Tränen übermannt.

Innerlich völlig aufgelöst und laut schluchzend, sodass andere Passanten stehen blieben und ihr ratlos nachsahen, wie sie mit verstohlenem Blick feststellte, ging sie zur Bushaltestelle, während ihre Gedanken nur um das eine kreisten: *Wo ist Johanna? Was ist mit meiner Schwester passiert?*

2

Berlin, Treptowers, BKA-Einheit »Extremdelikte«, Sektionssaal, Montag, 19. Oktober, 14:05 Uhr

Sektionsassistent Hermann Vogel zog den Reißverschluss des weißen Plastikleichensacks mit einem geräuschvollen Surren zu, bevor er die Bahre neben sechs weitere Bahren schob. Darauf lagen ebenfalls weiße Leichensäcke, unter denen sich menschliche Konturen abzeichneten.

Sabine Yaos Augen folgten den routinierten Bewegungen des erfahrenen Sektionsassistenten, der jetzt mit dem Fuß die Bremse der Räder des Stahluntergestells arretierte, während sie die durchsichtige Plastikschürze von ihrer Oberbekleidung im Sektionssaal, einem blauen, kurzärmeligen Schlupfkasack, abstreifte.

Yao streckte sich und machte einige Dehn- und Streckübungen, die jedoch die Verspannungen ihrer Schultermuskulatur – eine Folge der letzten sechs Stunden, in denen sie fast ohne Pause halb gebückt am Sektionstisch gestanden hatte – nicht lösten. Organpakete sezieren, knöcherne Frakturen freipräparieren, den Inhalt aus Magen und Blase herausschöpfen und asservieren. Lauter Handgriffe und Fertigkeiten, die die sechsunddreißigjährige Rechtsmedizinerin seit mittlerweile zehn Jahren als Automatismen verinnerlicht hatte und bis zur Perfektion beherrschte.

Der Vormittag hatte es in sich gehabt, selbst für das Team der rechtsmedizinischen Sonderabteilung »Extremdelikte«, das einiges gewohnt war – nicht nur, was das Arbeitspensum anbelangte, sondern auch die Brutalität der von ihnen untersuchten Kapitalverbrechen.

Nach der Frühbesprechung um 7:30 Uhr im Konferenzraum ihrer Abteilung hatten sich die diensthabenden fünf Rechtsmediziner direkt in den Sektionssaal begeben und dort zwei nicht identifizierte männliche Tote obduziert, die in den frühen Morgenstunden von einem Amokfahrer in einem Mercedes Sprinter überfahren worden waren.

Yao war bei beiden Fällen die Rolle der federführenden und somit für das Diktat des Sektionsprotokolls verantwortlichen Obduzentin zugekommen. Dass es sich nicht um einen terroristischen Attentäter, sondern um einen Lebensmüden gehandelt hatte, der es in Kauf genommen hatte, Unbeteiligte mit sich in den Tod zu reißen, stand laut den Ermittlungen des Berliner LKA fest. Die Berliner Boulevardzeitungen hatten in ihren Online-Ausgaben zunächst gemutmaßt, dass es sich bei dem aus Syrien stammenden Fahrer um einen Islamisten handele, und bereits vom »Breitscheidplatz 2.0« geschrieben. Denn der Geschehensort der Amokfahrt lag nicht einmal vierhundert Meter vom Breitscheidplatz entfernt, jenem Ort des Terroranschlages, dem am 19. Dezember 2016 elf Menschen zum Opfer gefallen waren, als ein aus Tunesien stammender Islamist in den Abendstunden mit einem Sattelzug in den gut besuchten Weihnachtsmarkt gerast war. Offensichtlich handelte es sich bei dem heutigen Fall allerdings um einen Suizidversuch des hochgradig alkoholisierten Fahrers, und das Motiv lag im persönlichen Umfeld. Näheres wusste Yao noch nicht. Was aber feststand, war, dass die beiden Opfer Obdachlose waren, die unter dem Vordach eines Supermarktes campiert und dort die letzte Nacht verbracht hatten, ehe sie gegen

4:00 Uhr morgens von dem Sprinter überfahren und zwischen Fahrzeugfront und Hauswand des Supermarktes nicht nur eingeklemmt, sondern regelrecht zermalmt wurden. Die Identifizierung der beiden Toten gestaltete sich schwierig und würde sich wahrscheinlich noch einige Tage hinziehen, da sie keinerlei Ausweispapiere oder andere Hinweise auf ihre Identität bei sich gehabt hatten.

Im Anschluss hatten Yao und ihre Kollegen zwei Brüder, die in der Nacht zuvor bei einem Schusswechsel verfeindeter libanesischer Clans in Berlin-Reinickendorf vor einer Shishabar ums Leben gekommen waren, obduziert sowie eine hochgradig fäulnisveränderte weibliche Leiche, die in einem Waldstück in Rüdersdorf in der Nähe von Berlin von Pilzsuchern gefunden worden war.

Der Frau, die sehr wahrscheinlich noch nicht alt gewesen war – ihre Arterien waren nicht arteriosklerotisch verändert und ihre Organe gut in Schuss –, war der Kopf abgetrennt worden. Dies ließ sich aufgrund der Morphologie der Wundränder definitiv nicht auf postmortalen Tierfraß durch Füchse oder Dachse zurückführen, wie er bei in Wäldern aufgefundenen Toten zuweilen vorkam. Zudem waren beide Brüste der Frau mit einem grobzahnigen Werkzeug, sehr wahrscheinlich einer Säge, abgetrennt worden. Ob zu Lebzeiten oder nach ihrem Tode war wegen der fortgeschrittenen Fäulnisveränderungen nicht mehr festzustellen. Und auch ihre Identität war noch völlig unklar.

Aber das war am heutigen Tag im Sektionssaal noch nicht alles gewesen. Bei Fall Nummer sechs hatte es sich um einen bekannten Berliner Politiker gehandelt. Der Tote, Mitglied des Berliner Abgeordnetenhauses, hatte bei der Auffindung in seiner Wohnung durch seine Putzfrau einen gigantischen

Cockring um seine Peniswurzel getragen, der vor seinem Tode Penis und Hodensack offensichtlich über längere Zeit so heftig abgeschnürt hatte, dass deren Blutzirkulation zum Erliegen gekommen war und sein Genital infolgedessen eine ungesunde, dunkelviolett-schwärzliche Farbe angenommen hatte. Aber nicht der Penisring, sondern der Armbrustpfeil, der in der Brust des Mannes steckte, hatte den Ausschlag dafür gegeben, dass die Rechtsmediziner der BKA-Einheit »Extremdelikte« in diesen Fall involviert worden waren.

Und der letzte Fall war eine zweifelsfrei identifizierte weibliche Wasserleiche gewesen, die erst am frühen Vormittag aus der Havel geborgen wurde – die vierundfünfzigjährige Gattin eines weißrussischen Investmentbankers, die vier Tage zuvor in Berlin-Mitte Opfer einer Entführung geworden war. Nach den bisherigen Ermittlungen des BKA war das taktische Kalkül ihres Ehemanns, der die Höhe des Lösegeldes im Sinne der von der Versicherung seiner in Berlin ansässigen Firma für solche Fälle vorgesehenen Versicherungssumme nach unten verhandeln wollte, nicht aufgegangen, und die Entführer hatten entweder ihre Geduld oder die Nerven verloren. Vielleicht beides.

Neugierig, wie es weitergeht?
Lesen Sie weiter in *Kaltes Land* von Michael Tsokos.